The Berserker
Rises to Greatness.

黒の召喚士 15

迷井豆腐

Illustration
ダイエクスト、黒銀(DIGS)

「あなた様の全てを私にくださいね！」
クロメル
Kuromel

ケルヴィン
Kelvin
「……よし。やろうか、クロメル。
待ちに待った、最後の至福の時間だ」

「では、蹂躙を開始します……♪」

黒の召喚士 15

戦闘狂の成り上がり

迷井豆腐

OVERLAP

The Berserker Rises to Greatness.

登場人物

ケルヴィン・セルシウス

前世の記憶と引き換えに、強力なスキルを得て転生した召喚士。
強者との戦いを求める。二つ名は『死神』。

〈ケルヴィンの仲間達〉

エフィル

ケルヴィンの奴隷でハイエルフの少女。主人への愛も含めて完璧なメイド。

セラ

ケルヴィンが使役する美女悪魔。かつての魔王の娘のため世間知らずだが知識は豊富。

リオン・セルシウス

ケルヴィンに召喚された勇者で義妹。前世の偏った妹知識でケルヴィンに接する。

クロト

ケルヴィンが初めて使役したモンスター。保管役や素材提供者として大活躍！

メルフィーナ

転生を司る女神（休暇中）。
ケルヴィンの正妻を自称している。よく食べる。

ジェラール

ケルヴィンが使役する漆黒の騎士。リュカやリオンを孫のように可愛がる爺馬鹿。

シュトラ・トライセン

トライセンの姫だが、今はケルヴィン宅に居候中。
毎日楽しい。

アンジェ

元神の使徒メンバー。
今は晴れてケルヴィンの奴隷になり、満足。

ベル・バアル

元神の使徒メンバー。激戦の末、姉のセラと仲直り。天才肌だが、心には不器用な一面も。

シルヴィア

シスター・エレン捜索のため、奈落の地へと訪れている。
シュトラと和解できてうれしい。

エマ

大剣でぶった切る系女子にして、シルヴィアの冒険者仲間。
シュトラと和解できてひと安心。

黒女神とその使徒達

クロメルを妄信し、世界の破壊を目論む集団。天空を翔ける巨大戦艦エルピスから全世界へ宣戦布告する。

クロメル

メルフィーナの憎悪を体現した存在。
その目的は今の世界を破壊し、
ケルヴィンのための世界へと創り変えること。

序列第３柱『創造者』

実名はジルドラ。一度はジェラールに倒されたが、トリスタンが死んだ因果により、機竜ジルドラ・サンとして復活を遂げる。

神の使徒

エレアリスを神として復活させ、世界に降臨させることを目的に暗躍を続ける組織。現在は、ケルヴィン達と和解。

序列第４柱『守護者』

実名はセルジュ・フロア。
固有スキル『絶対福音』を持つ前勇者。
ケルヴィンらを奈落の地へと招待した。

序列第７柱『反魂者』

実名はエストリア・クランヴェルツ。
現在はシスター・リーアとして、シスター・アトラの護衛の任に就いている。

神皇国デラミス

教皇が頂点に立ち、転生神を崇拝している。
西大陸の帝国と十字大橋で結ばれているが険悪。

コレット

デラミスの巫女。勇者召喚を行った。信仰上の病気を患っている。

神埼刀哉《かんざき とうや》

日本から召喚された勇者。二刀流のラッキースケベ。恋心にはとても鈍感。

志賀刹那《しが せつな》

日本から召喚された勇者。生真面目で、刀哉のトラブルの後処理係。

水丘奈々《みずおか なな》

日本から召喚された勇者。火竜のムンちゃんを使役する。ほんわか。

黒宮 雅《くろみや みやび》

日本から召喚された勇者。ロシアとのクォーターで不思議系帰国子女。

フィリップ

デラミスの教皇。コレットの父でもある。セルジュと同じく古の勇者パーティーのメンバーだった。

CONTENTS

イラスト／ダイエクスト、黒銀(DIGS)

第一章　▼最終決戦

——中央海域

大変唐突な展開なんだが、俺は今、メルフィーナに抱えられて移動中である。なぜに俺はメルに運ばれているのか、その経緯を思い出してみよう。まずはアレだ、メルフィーナとクロメルの戦いがどうなったかだ。

2人の熾烈《しれつ》な攻防の末に、クロメルの領域は見事に打ち破られた。上手《うま》い具合に2人仲良く最高打を叩《たた》き出す事ができたんだろう。空中にて拳と拳がぶつかった時、俺達《たち》を囲い込む宇宙からガラスの割れるような音が鳴ったんだ。バキリ、バキバキリと、1つの箇所で鳴ったのを皮切りに、次々と連鎖的に響き渡ってしまう不吉な大合唱。魔力がすっからかんな俺に、そんな状況をどうにかする力は残っていなかった。兎《と》にも角《かく》にも、この危機を仲間達に知らせなければならない。俺は急いで念話を使用して、全員に方舟《はこぶね》から退避しろと指示を送信。それが終われば、お次は自分の安全確保だ。

僅かな魔力よ、どうにか持ってくれ。そう願いながら唱えるは飛翔《フライ》の魔法。この領域が破壊されるのは確定事項として、その後にどこへ飛ばされるのかは全く不明。

最悪、船の外に放り投げられる可能性もある。これはそういった事態への最低限の備えであり、メルにいらぬ心配をさせない為《ため》の気遣いでもあった。今の俺にはこれが限界だ。

「ハアアァァァ――――！」

「こぉのおぉぉぉ――――！」

最大限にまで広げた翼を羽ばたかせ、２人は破損する領域なんてお構いなしに力を高めていく。拳に籠《こ》められる威力が高まるほどに天使の輪が発光して、もう俺の視点からは眩《まぶ》し過ぎて姿が見えなくなっていた。そしてこの瞬間、予想していた領域の崩壊が巻き起こる。

宇宙を模していた景色が弾《はじ》け飛び、俺達を取り囲む環境が激変。先ほどまで景色の一部であった黒き欠片《かけら》は光の粒子となって四散し、今までクロメルの領域によって隠されていた、荘厳なる聖堂がその姿を現したのだ。戦艦の中だからとか、そういった常識的な観点は一切排除した方が良いだろう。デラミスで目にした大聖堂、それと瓜二《うりふた》つな空間が俺の眼前に広がっていた。この場を取り巻く空気感というか、雰囲気というか――そういったところまで、デラミスにそっくりだ。

……まあ、だからといってメルフィーナ達が止まる事はなかった。聖堂のこの厳かな空気に触れる事で気分が落ち着いた、なんて事が宿敵を前にして起こる筈《はず》もなく、２人の拳はまるで止まる兆しを見せない。もしくは戦闘に集中し過ぎてしまって、領域が崩壊した事に気付いていない？　ああ、この線は大いにありそうだ。俺だって稀《まれ》によくそうなるし、夢中になってしまうのもある種、仕方のない事。相手が自分と同等の力を持つ者だったとすれば、尚更止《なおさらや》むを得《え》ないと納得できるというものだ。

「やるじゃないですか！」

「貴女《あなた》こそっ！　流石《さすが》は私ですね！」

おっと、あそこに置いてあるパイプオルガンとか、奈落の地《アビスランド》の使徒本拠地にあったやつじゃないか？　あの時は結局破壊できずに、クロメルに方舟諸々《もろもろ》と一緒に逃げられたんだよなぁ。それが今この瞬間に巻き添えを食らって、盛大に粉砕されてしまったんだから呆気《あっけ》ないものだ。クロメルの意識外での出来事だったからか、巫女《みこ》の秘術を使っての再生もしていない。

間近で神と神による戦いを堪能しつつ、そんな風に感傷にふけってみたり、分析も行ったり、自分と周囲の心配もしなきゃいけないわで、俺の心は喜怒哀楽の感情を一挙に味わう状態となりつつある。並列思考はもうずっと働きっぱなしで、脳内麻薬だって出ずっぱりになっているだろう。そんな昂《たかぶ》る状態で俺自身は戦っていないのだから、精神は冴《さ》え渡るばかりだ。

――だからこそ、もう次の瞬間には聖堂が完膚なきまでに破壊され、その余波によって戦艦エルピスが墜落すると、感覚的に分かってしまった。今ならばセラの気持ち、予知染みた感性が十二分に理解できる……！

なんて、ふざけている場合ではない。確かにいつもよりかは研ぎ澄ましているけど、ボロボロの体がついていかないんだ。崩れ落ちて来た瓦礫《がれき》の塊をひょいっと躱《かわ》すも、やはり今はこれが限界。エルピス自体が全崩壊してしまうと、脱出するのは困難を極める。仲間達にあんな念話を送っておいて、俺が助からなかったら良い笑いもんだよ。粘風反護壁《リヴエカウンターガム》、あと1回くらいならいけるか……？

「「っ！」」

メル達は既に大聖堂の壁を抜け出して、戦艦の装甲板があろうと力尽《ず》くで穴を開けながら、縦横無尽に戦っている。バトルジャンキーとして、周りに振り回されぬその戦い方には、敬意を払わずにはいられない。だがこの荒らされ切った大聖堂と同じく、そう時間も掛からずに船は落ちるだろう。あいつらの戦いを集中して観戦したいものだが、自分の命には代えられないからな。並列思考のリソースを全て魔法の詠唱に割き、残り少ない魔力で最大限の効力を発揮させる。感性の豊かさは魔法にも通じてくれたようで、何とかS級に準じた障壁を生成する事に成功。

「よし、何とかでき――」

「――あなた様、避難しますよ」

が、障壁を作り出した直後にメルフィーナがどこからともなく飛来。方舟の壁と同じ扱いで俺の障壁をぶち壊し、了解も得ないまま俺を脇に抱え出したのであった。頑張って作った工作が、目の前で踏み潰された気分だ……って、違う！

「うおっ、メルかっ!?」

「ご安心を、心が綺麗《きれい》な方のメルフィーナですよ♪」

精神をいつになく研ぎ澄ましているなんて大言を吐いた割に、いとも簡単に捕まってしまった。相手がメルフィーナだったから良かったものの、これではセラに示しがつかない。すまん、調子こいてました。しかしメルよ、その言い方は綺麗な心を持つ人は言わないと思う。

「あ、いやっ、クロメルはどうした!?　倒したのか!?」

「いいえ、まだです。クロメルはどうした!?」

「いいえ、まだです。幾百と拳を交えてダメージと疲労を与えたのですが、やはりそこは私と言うべきでしょうか。何をやっても互角なんですよね。ほら、私の身はボロボロです。尤《もっと》も心の方は、こうして現在進行形で満たされているのですが」

「お、おおうっ!?」

メルの不意打ちにやけ顔で狼狽《ろうばい》しそうになるも、俺にそんな暇は残されていなかった。俺を抱えたメルが凄《すさ》まじいスピードで地面を蹴り、空気の壁を切り裂きながら飛翔《ひしょう》したからだ。

『もっとゆっくりお話ししたいところですが、まずは脱出を先決します。ついつい我を忘れて、ポッキリ折ってしまいましてら……あ、応答は念話でお願いしますね。舌、噛《か》んじゃいますから』

『ポッキリってお前……いや、それはまあいいか。周りの有り様を見れば、何となく察しが付く』

『流石はあなた様。では、いよいよ本格的に飛ばしますよ。クロメルを追います……！』

『え、これ以上速くな――』

――とまあ、流されるままメルに運搬される最中という訳だ。メルフィーナが俺の救出を優先する一方で、クロメルは方舟の外へと飛び去って行ったとの事。戦艦エルピスの破壊が、奇《く》しくも神の争いのゴング代わりになったというべきか。

崩壊する戦艦内部を突き抜けて行くと、エルピスがど真ん中から叩き割れる光景が視界に入った。ああ、これはポッキリだ。紛《まが》うことなきポッキリだ。改めて神としてのメルフィーナの、そして神に成り代わろうとするクロメルの凄まじさを実感する。

『クロメルの行動原理は、あなた様を喜ばせる事にあります。最終局面となった今、人質を取るような卑劣な行為に手を染める事はないでしょう』

『ああ、分かってる。やるとすれば、俺がもっと喜びそうな事なんだろ？』

『それはそれで、色々と厄介なんですけれどね……さあ、この方舟ともおさらばです。このまま外に出ますよ！』

呆《あき》れるほどに広大だった戦艦を抜け、大空の下へと飛び出す。生きた状態で再び太陽の光を浴びられた事に、心の底から感謝したいところだ。だがやはりと言うべきか、外も悠長に構えていられる状況ではなかった。

◇　◇　◇

ポッキリと折れてしまったエルピスから抜け出した俺達は、急いで周囲の状況を確認した。真下からは巨大戦艦が海へ墜落した事による轟音《ごうおん》が鳴り、その被害から逃れようと水《すい》燕《えん》の飛空艇らが全速力で退避を開始している。滑り出しのアクションが早かったのか、どの船も巻き添えは食らっていないようだ。ポツリポツリと全身鎧《よろい》な天使や天使なモンスターの姿を見かけるも、無尽蔵にこいつらを放出していたエルピスがああなっては、圧倒的だった数の利もなくなったようなもの。今においてこれらが脅威となる事はないだろう。そっちの対応は水燕組に任せて、俺らの視界からは捨て置く。

『あなた様』

『ああ、あそこに行こう』

ぐるりと辺りを見回して、それが一番の災厄であると一目で理解する。メルフィーナに連れられて向かった先には、エフィルにセラにジェラール——外の敵殲滅《せんめつ》に携わっていた仲間達の中でも、最高戦力と呼べる者達が集っていた。

『ご主人様っ！　ご無事だったのですね！』

『って、姫様ぁ!?』

『愛の力で復活しました。ぶいですねっ！』

『そんなボロボロな姿で何ピースサインしてるんだよ……色々話を交えたいところだけど、手短に済ませるぞ』

『その前に、その格好を何とかしなさいよ』

到着と同時に、歓喜&驚愕《きようがく》の歓迎で出迎えられ、ついでにメルに抱えられた状態を指摘される。無言でメルに解放してもらう俺。

さて、再会を喜んで仲間達を抱き締めてやりたいのは山々だが、それよりも今はやるべき事がある。エルピス内部で起こった出来事を念話で直接伝え、即行の情報共有を開始。同時に、セラ達からも情報を送ってもらう。機竜の打倒、ジルドラの復活、からのクロメル来襲、ジルドラまさかの瞬殺――そして機竜となったジルドラの肉体を弄《いじ》って、現在の状態に落ち着いたと。

『ジルドラの悲鳴が上がった瞬間、ミチミチってあの格好良いのが機竜に纏《まと》わり付いたの。それが何重にも重なって、ああなったって訳』

『黒い球体か……』

そこに浮かんでいたのは、どこまでも黒い球体だった。気色悪いではなく格好良いと表現するのはどうかと思うが、セラの言う通り球体の表面には、触手の片鱗《へんりん》らしきものが見受けられる。幾重にも触手で囲んだあの中に、クロメルと機竜がいるのは確かだ。

『誰か攻撃とかしてみたか？』

『ううん。何だかすっごく嫌な予感がしたから、今のところ静観中。アレもああなってから一向に動かないし、どうしようかって話し合ってたところよ』

『セラの勘が正解だ。あの触手、見た目以上に危険なんだよ』

『みたいですね。ご主人様から頂いた情報によれば、触れたものを弱体化させる能力があるようですし……』

しかし、どうしたもんかな？　触手との相性が良いクロトに任せてみるのも手だろうが、クロメルが今も神に匹敵する力を解放しているとすれば、メルフィーナでもない限りは攻撃が通じるとも思えない。保管内に溜《た》め込んだクロトの魔力も、ついさっき使い果たしてしまった。俺自身が出たい気持ちも逸《はや》る、逸るが……！　やはり、メルフィーナに頼るのが最善なんだろうか……!?

「おい、愚息。葛藤する暇があるなら、我にも分かるように説明せよ」

「あ、はい。アレに触れる行為自体が危険って事です。直接攻撃は止めた方が良いですね」

セラの隣にいた義父《とう》さんの言葉に、反射的に返答する。この場で念話ではなく、口頭で話した初めての瞬間だった。

「……あら？　あなた様、漸《よう》くいらっしゃったのですね。同化に夢中になり過ぎてしまいまして、お声を耳にするまで気付きませんでしたよ。妻たる者として、あなた様を最も愛する者として戒めませんと」

「「「「っ！」」」」

声は球体の中より聞こえてきた。興奮したり疲労したりした様子はなく、緩やかながらもハッキリとした口調だった。次いで、纏わり付いていた触手達《たち》が徐々に解かれていく。俺を含め、この場にいた全員がクロメルを警戒。そして目にしたんだ、変貌したクロメルの姿を。

解かれた触手はギチギチと圧縮され、機竜のパーツとなって漆黒の体へと収められた。球体から別の形状へと変形したその姿は、エルピスに乗り込む前に俺も目にした、トリスタンの配下に酷似している。但しその色合いは全くの別物で、紛い物ながらに神々しさを放っていた青と白の装甲はすっかりと反転。黒一色に染め上げられていた。よくよく見れば細部は触手で形作られており、禍々《まがまが》しく蠢《うごめ》いているのが分かる。

意思疎通で得た、ジルドラ復活後の姿とも照らし合わせる。ジルドラが展開したという、背後の光の曼荼羅《まんだら》の変わりようも酷《ひど》いものだ。光っているには光っているのだが、その輝きは血が固まった後のような、限りなく黒に近い赤色を放っていた。これでは邪教徒が崇《あが》める怪しげな権化、暗黒神とか邪神とか、そういう類の神そのものである。

「私が思っていた以上に、この肉体との親和性は高かったようです。かつてエレアリスが創造した、神柱を素材の一部にしている為《ため》でしょうか？　ええ、ええ、素晴らしいです。これならば、ジルドラも浮かばれるというものでしょう」

黒き機竜の肉体には、頭部に当たる首から上がなかった。クロメル襲来の際に、竜の首が千切り取られた為だ。代わりにその位置には、クロメルが座していた。いや、座すという表現は少し異なるか。刈り取られた首の断面に下半身を埋め、その境目を例の触手で補強していたのだ。人魚であれば下半身は魚のそれだが、この場合の下半身は竜王の首から下が生えていると言える。メルフィーナとの殴り合いで破損した軽鎧も、更に忌まわしく一新される気合いの入れようだ。

「……頗《すこぶ》る良いッ！」

「あなた様、心の声が実際に出てます。口の端っこも感情が出ちゃってます」

クロメルが黒き翼を広げたところで俺の体と心は耐え切れず、ついつい場の空気を読まずに本心を語ってしまう。だってこんなサプライズ、想定していなかったんだもの。誰だってにやける。俺だってにやける。

「最後の最後まで平常通りですね、あなた様。どこまでも愛らしいです。ですが、それもここまで。最後の手段に望みを託すのは些《いささ》か心細いものでしたが、これがなかなかどうして。転生神メルフィーナ、今の私とタイマンを張る勇気はありますか？」

「……」

優勢になった途端に調子に乗るのは、如何《いか》にもメルの側面らしい。だが、姿を晒《さら》して力を見せ付けるクロメルの底の知れなさは、本来の力を取り戻したメルフィーナに冷や汗を流させるほどのもの。初めてクロメルの威圧を直《じか》に受けたエフィル達も、その力の前に萎縮してしまっている。俺だってそうだったし、今のクロメルはあの時以上の存在となっているんだ。そうなってしまうのも、ある種当然の反応だろう。……力に差があり過ぎる。

『メル、ぶっちゃけた話さ、どんなもんだ？』

『正直に話せば、かなり不味《まず》い展開ですね。先の戦いで私が疲弊しているのに対し、あの姿となったクロメルは一切の疲れを見せていません。強がりなどではなく、実際にそうなのでしょう』

『朗報にして悲報だな。純粋な強さについてはどうだ？』

『明らかに強くなっています。転生神としての、私の力を上回るほどに。飛空艇から脱した際、何かしらの手段を講じるとは思っていましたが、まさかここまでとは……私の判断ミス、いえ、あなた様を救出するのは最善の選択でした。そこにおいて後悔はありませんが――』

『――このままでは勝てないのも、また事実か……』

クロメルの目的は俺を楽しませる事。十分に作戦を練らせ、俺の持つ力、俺の仲間との絆《きずな》、転生神メルフィーナの力を運用させ、その上で全てを挫《くじ》き、最高の戦いを堪能させる事。念話を行うこの刹那の時間も、クロメルにとっては知覚可能な範囲だろうが、恐らくクロメルから手を出してくる事はない。ただ、ジッと待っている。俺が最後の号令を出す、その瞬間を。

『……辞めるしか、ありませんね』

『は？　止《や》めるって、この戦いをか？』

『フフッ、違いますよ。代償を支払い、転生神としてあなた様に最後の加護を与えます。問答は無用、どう転んでも、もうこれしかありませんからね』

『お、おいっ！』

俺の制止も聞かず、メルフィーナは最後の加護とやらを、無理矢理に差し出してきた。

◇　◇　◇

全身から力が溢《あふ》れる。自分の手を見れば、転生神であるメルフィーナを象徴するような、美しく辺りを照らす青と白の光で包まれていた。この光が灯《とも》されるだけで、心の底から温かさを感じる。どこまでも穏やかな心にさせてくれる。周囲の仲間達、ジェラールやセラ達もこの光を纏っていた。ボガやムドファラクにも――ん？　エフィルにはない？　義父さんもそうだ。全身を光で灯されている者と、そうでない者がいるのか？

「メルフィーナ、自ら神の座を降りますか……！」

不意にクロメルが、不満そうな表情を浮かべながらそんな言葉を口にした。神の座を降りる。当然、これはメルフィーナの事を指すのだろう。

「……メル、どういう事だ？　この光、さっき言っていた加護ってやつか？　一体何を犠牲にして付与したんだ、おい!?」

俺の肩に手を置いたメルは、心なしか存在が希薄になっているように感じる。いや、実際に若干透けている。そんなこいつの姿を見た途端に、最悪な事態を想像してしまう。

「ご安心を。あなた様が考えている、私が消えるような事は起こりません。ただ、神を辞めただけです」

「や、辞めたって、何の為に……!?」

「世界滅亡の危機を脱する為の、最終手段を使う為ですよ」

「……対邪神復活を想定して講じられた、使徒の一時的神化現象。神の座を放棄する事で、転生神としての力を再分配する荒技です。まさか、メルフィーナの方からそれを行うとは思ってもいませんでした。良いのですか？　それはこの世界にとって、諸刃《もろは》の剣《つるぎ》でもあるのですよ？」

「全て承知の上です」

クロメルは相変わらず不愉快らしく、つい先ほどまでの余裕はどこかに忘れて来てしまったかのようだった。何か、まだ俺が想定していない事が裏にある。そう確信させられた。

『あなた様、聞いてください。私が消えるような事はありませんが、訳あって一刻を争う状況です。ここからは念話が可能な者全員に対して回線を開いて、私が灯したこの光について説明致します』

『……聞かせてくれ』

『先ほどクロメルが話した通り、私が行使したのは自らの使徒を限定的に神の領域にまで至らせる権限です。此度《こたび》は使徒をあなた様の配下に置き換え、その効力を発揮させています』

俺の配下……召喚術での契約を結んでいない、エフィルや義父さんに光が灯されていない理由はそこか。

『神の領域に至らせるとはつまり、光を灯した者に私と同等の力を授けるという事です。私の義体が『絶対共鳴』の固有スキルであなた様のステータスをお借りしていたのを、効果範囲を拡張して私の神体で行ったものと同義だとお考えください。普通であれば使いこなせないであろう過剰な力ですが、今だけは十全に扱えるよう感覚レベルも向上している筈《はず》です』

『効力が懇切丁寧過ぎて、後の説明を聞くのが怖いな……』

『それだけではありませんよ。絶対共鳴と同じく大本である私が無事な限り、状態異常や能力低下効果も受ける事はありません。クロメルの触手に触れたとしても、今であれば全く害はないでしょう』

『反則級に凄《すご》いな。でもそれってさ、お前に何かあったら全員ピンチじゃないか？』

『ええ、その通りです。ですから――』

メルフィーナの召喚が解除され、魔力体となって俺に宿る。

『――このように』

『なるほど、確かにそれが一番安全だ』

義体だった頃のメルフィーナも、魔力体の際にステータスが変化する事はなかった。要はメルが魔力体の状態でも、この光の力は維持される。

『話に割って入るわよ。この力がすっごいって事は理解したわ。だけど、さっきクロメルが言っていた世界にとっての諸刃の剣、って言葉が気になっているのよね。メルも何だか急いでるみたいだし、何かまだあるんでしょ？』

セラが俺の言いたい事を全部言ってくれた。そう、そこなんだ。

『ぶっちゃけ、このままでは世界が崩壊します』

『『『『……は？』』』』

たぶん、念話越しに全員が聞き返したと思う。

『ですから、世界が崩壊します。だって世界を治める神が不在状態ですもん。何らかの形で古《いにしえ》の邪神が復活し、神が使徒に力を与えてその討伐に出る。万が一それに失敗した時、この世界ごと邪神を滅する為の邪法なんです。分かりやすく言えば、ええと……ラグナロク？　兎《と》も角《かく》、私も後には引けないという事です！　私は！　私の信じる仲間に！　私の全てを擲《なげう》ちますっ！』

『え、いや、ちょっと……ええ!?』

動揺が走る。が、光の効果で直《す》ぐに感情の起伏が抑制された。凄い便利ですね、この光！　邪法って割に綺麗《きれい》だし！……無理矢理に感情を高めようとしても駄目らしい。

「フフッ。その忙《せわ》しない様子から察するに、状況を理解したようですね」

「クロメル、お前はこれを知ってたのか？」

「もちろん、私の事ですから。ですが、世界の崩壊なんてものは私《クロメル》と私《メルフィーナ》、そのどちらも望む展開ではない筈でした。……ないと思っていたのですが、どうやら白い私はなかなかの勝負師だったようです。正直、この土壇場でこんな手に出るとは思ってもいませんでしたよ」

クロメルの両手に、黒塗の大槍《おおやり》が1本形成される。姿形はルミナリィやイクリプスにそっくりだが、規格は更に巨大なものとなっていた。あのレベルの得物を自分で生成しちゃうのかよ。

「良いでしょう。私が神の座に至る事で、崩壊を止めて差し上げます。女神らしく、世界を救うのです。あなた様、もうぐずぐずしている暇はありませんよ？　あなた様だって、この世界をなくしたくはないでしょう？　私と未来永劫《えいごう》、戦いを楽しみたいのでしょう？　ならば、武器を取りなさい。仲間達《たち》と呼吸を合わせ、共闘なさい。その神の力ごと、私はあなた様を満足させますからっ！」

猛《たけ》りと共に、禍々《まがまが》しい魔力と殺気が迸《ほとばし》る。今一度、意思疎通を開始。言葉は介さず、仲間の気持ちだけを汲《く》み取る。……そうか、気持ちは一緒か。とんでもない事を宣言され、クロメルという難敵を前にしてるってのに、もう戸惑いや萎縮は誰も持っていなかった。俺達を取り巻く光のお蔭《かげ》なんだろうけど、元からあるこの気持ちは、間違いなく最初から共有していたものだ。

『エフィル、義父《とう》さんと一緒に安全な場所に下がってくれ。ムドは狙撃が主になるだろうから、そのまま連れて行って構わない』

『……承知、しました。共に戦えない事を残念に思います。せめて、これを』

『あ、受け取ります』

エフィルが爆攻火《ヒートファーニス》を詠唱し、ひょっこりと一部魔力体から実体に戻ったメルに施してくれた。これにより、俺達全員の初撃の威力は2倍となる。

『ご武運を……！』

ムドファラクに乗ったエフィルが、義父さんを連れてこの場を離れようとする。反対されると思ったが、意外にも義父さんは素直に従ってくれた。

「そんな顔をするな。我だって己の力量は弁《わきま》えている。愚息よ、セラを頼んだぞ。我が愛《まな》娘《むすめ》を護《まも》れるような男は、今のところ貴様しかいないのだからな」

「と、義父さん!?」

まさか、義父さんからそんな言葉が飛び出すとは……世界崩壊が近いというのは、やはり真実だったようだ。うん、これは負けられない。

『クロメルは現在、複数の命を宿しています。光竜王サンクレス、神機デウスエクスマキナ、コアとしてエネルギーを供給するジルドラ、そしてそれらの中核を成すクロメル――彼女を倒すには、これら4つの命を滅する事が必要不可欠と言えるでしょう』

『姫様、具体的にはどうすればいい？』

『頭部に根差すクロメルの本体、背に展開された紅の曼荼羅《まんだら》、神機の原動機、コアであるジルドラの破壊です。他を跡形もなく滅したとしても、1つでもどれかを残せば再生してしまいます。そういう意味でも、時間との勝負になりますね』

『要は総力戦ね。良いじゃない、面白いわ！』

話は決まった。しかし、こんな時になってもクロメルはまだ待ってくれている。本当に良い女だな、あいつは。

「……よし。やろうか、クロメル。待ちに待った、最後の至福の時間だ」

「ええ、ええ！　あなた様の全てを、私にくださいね！　ではでは、蹂躙《じゆうりん》を開始します……♪」

◇　◇　◇

賽《さい》は投げられた。俺達の戦い、その集大成とも呼べるであろう舞台は、実力を出し合う中で弊害の少ない海のど真ん中だ。世界崩壊の前兆なのか、多少海が荒れたり空が奈落《アビスランド》の地色に染まったり、或《ある》いは海水を巻き込んで竜巻が発生したりしている。どれもこれもクロメルと比べたら些細《ささい》な出来事に過ぎないが、短時間でこれなんだ。長引けば今以上の異常気象に発展する恐れがある。軽視はできない。……まあ、ちょっとだけ戦いの舞台としては相応《ふさわ》しいとか、そんな事も思ったりはしたけどさ。

クロメルと対峙《たいじ》するは飛行する俺とセラに、ボガに騎乗したジェラール。それにプラスして、エフィルと共に前線から離れて狙撃に徹するムドファラクだ。

『うおおおっと、ギリギリか！　ギリギリ間に合ったのか!?　ケルヴィンの兄貴、助太刀に来たッスよ！　この盛大な祭りに参加しねぇ手はねぇッスよね！』

ムドファラクに乗ったエフィル達と入れ替わりで、とんでもない速度で爆走するダハクが到着。更に追加してダハクも参戦、と。遅刻寸前だぞ、この不良め。でも、今は最高に気分が良いから不問としよう。

『ダハク、ボガ。早速で悪いが、開戦の合図を頼めるか？　遠慮はいらない。クロメルなら何だって受け止めてくれるから、景気良くやってくれ』

『お、マジッスか！　今の俺の息吹《ブレス》、止《とど》まるところを知らないッスよ！』

『おい、ダハク！　いいからさっさとやるぞ！　力が漲《みなぎ》るからって、調子に乗り過ぎなんだよ！　おでは知ってるぜ。そういう奴《やつ》は、毎回痛い目を見る！』

『うるせぇよ、ボガ！　調子が良い時はその波に乗んのが、竜生を楽しむ一番のコツなんだよ！』

『ああん!?　ならおで以上の息吹《ブレス》を出してみろよ！　大噴火の息《イラプションラウドブレス》！』

『言ったなこの野郎!?　ぜってぇ俺の息吹《ブレス》の方が上だかんな！　マジですげぇかんな！　腐食退廃の息《ヴェノムバイスブレス》！』

喧嘩《けんか》するほど仲が良いというが、この場合は仲が良過ぎだ。何もこんな時に、それも感情の抑制が行われている中で、意地の張り合いなんてしなくても良いだろうに。ある意味感心してしまう。

しかし、ダハクとボガの息吹《ブレス》の威力は本物だった。メルフィーナのステータスで解き放たれた緑と赤の光線は、それだけで大地を跡形もなく消し飛ばしてしまうほど。戦いの合図として相応しく、放った本人達もかなり驚いている様子である。それでも力を発揮できているのだから、メルの加護が上手《うま》く機能している事が窺《うかが》える。

「終焉の象徴《クルエルディマイズ》・竜哮《ロア》」

図体《ずうたい》の割に、あまりの威力に動揺する2体の竜王。そんなダハクらとは逆に、クロメルは興奮を露《あら》わにしつつも冷静だった。機竜に寄生した触手達が一瞬で2つの竜の頭を形作り、あろう事かその大口から漆黒の息吹《ブレス》を吐き出したのだ。狙うのはもちろん、クロメルに迫るダハクとボガの攻撃。真っ向から衝突した彩り鮮やかな息吹《ブレス》らが、途轍《とてつ》もない衝撃波を周囲に撒《ま》き散らす。

「ぐおお……！」

「こん、ちくしょうがっ……！」

2対1での撃ち合いだというのに、両者の余力には明らかな差があった。以前とは比べ物にならない筈のダハク達の息吹《ブレス》がギリギリで拮抗《きっこう》、いや、押し負けそうになっているのだ。体の構造上、息吹《ブレス》を吐く感覚というのは分からないが、ダハク達が体の底から気張っているのは十分に理解できる。それだけに汗1つ流さず、片手間に片付けるようなクロメルの余裕が際立って見えた。

『もちっと耐えるのじゃぞ、ボガ！』

『アンタもね、ダハクっ！』

だが、クロメルに迫るはダハクとボガの息吹《ブレス》だけではない。方舟《はこぶね》内部で見せ付けられた圧倒的なスピード、それに匹敵する速度でセラが飛翔《ひしょう》し、ボガが密《ひそ》かに発射させていた追尾型の炎塊、追躡砲火《ヴォルテルム》にはジェラールが乗っている。もちろん、接近を開始したのは俺だってそうだ。

これまでであれば、息吹《ブレス》の衝撃でクロメルに近づく事もままならなかっただろうが、今であればそんな無茶も通ってしまう。クロメルに近づくほどに衝撃の波が強くなるも、今はそれが心地好《よ》いとさえ感じられた。ここで感じられる、或いは見て取れる全てが、これまで俺が知覚してきた世界とは次元の異なるものなんだ。抑制された心にも、多少なりともワクワク感が芽生えるというものである。当然、これも仕方ないので不問だ。いやはや、説明せずとも分かり切った事柄だったな。

「まずは挨拶代わりじゃて！　纏ノ空顎《マトィアギト》！」

ジェラールが追躡砲火《ヴォルテルム》から飛び降り、後続の追躡砲火《ヴォルテルム》へと移動。その跳躍の際に、前方へ空顎《アギト》を放つ。ボガの炎と合わさった斬撃は炎を纏《まと》い、そのままクロメルへと直行して行った。

「合体技とは好奇心が刺激されますね！　ですが――！」

クロメルが振るった大槍が、ジェラールがそうしたように斬撃を放つ。息吹《ブレス》同様、こちらも打ち消されてしまった。

「ジェラール、古くから私の最愛の人を支えてくださった事を感謝しますよっ！　これはその、せめてものお礼です！」

機竜の肉体、その腹部に当たる部分が唐突に膨れ上がる。また触手で何かするのかと思ったが、どうも違うらしい。触手群の中に、何やら球体のようなものがある。でかい水晶の中に、人らしき黒い影が蠢《うごめ》いていた。ひょっとして、あれはコアか？

『黒い姫様直々の招待か、面白い！　王よっ！』

『ああ、分かってるよ。あれ、ジルドラのオリジナルが中にいるんだろ？　コアはジェラールに任せる。けど、どっちにしたって時間との勝負だ。クロメルの注意をある程度削《そ》いでくれている、ダハクとボガの攻撃が続いているうちにけりを付けてくれ。他は俺達で何とかする！』

『承知したっ！』

『弱点が露出してるからって、油断するなよっ！　あからさまに罠《わな》だかんなっ！』

『ガッハッハ！　心遣い、痛み入る！』

俺とジェラールの話を聞いて、ボガが炎ミサイルの行き先をコアへと変更。盾をしまい魔剣のみを携えたジェラールが、機竜腹部から飛び出すコア部分へと突貫した。

『ケルヴィン、私はどうする？』

『セラは神機の心臓部を見つけてくれ。ぶっちゃけ、こればっかりはどこにあるのか分からん。お前の勘だけが頼りだ』

『ふふん、私ったら頼りになる女ね！　任せなさい、プチッと潰してくるから！』

一度状況を見極める為《ため》だろう。そう言ってセラは上空へと羽ばたいて行った。時間は僅かしかないというのに、セラのあり余る自信は相変わらずだ。本当に頼りになる。

『残るは曼荼羅とクロメル本体……この状態でも助言くらいはできます。あなた様、微力ながらにお手伝いしますよ』

『ハハ、何だか最初の頃を思い出す構図だな。これ以上ないくらいに心強いよ』

クロメルはこちら側の攻撃にしっかりと対応した上で、視線はずっと俺の方を見据えていた。まるで俺にこっちに来いと、自ら手招きしているような感覚だ。実際、そういう狙いもあるんだろう。けど――

「――心配すんなって！　お前の相手は俺に決まってんだろうがっ！」

互《つ》いに口端を吊り上げる、俺とクロメルの得物が交差した。

◇　◇　◇

ケルヴィンがクロメル本体と刃を交える中、ジェラールは機竜の腹部から摘出されたジルドラと相対していた。もう1秒もしない間に、ジェラールを乗せる追躡砲火《ヴォルテルム》は対象へと衝突する。そんな間近に迫るこの距離になって、コアを取り巻く環境は漸《ようや》く動きを見せ始めた。

人体を丸々包み込む巨大な真珠のような形状をしたコアは、それまで無防備な状態で露出されていた。しかし、ジェラールが近づくのを待ち構えていたのか、周囲の黒き触手群が再びコアを隠し、迎撃の形態へと姿を変える。触手が蠢き出来上がったものは、鬼神の如《ごと》き怒りの形相。銀のコアを口に含むようにして、牙を模して先を尖《とが》らせた鋭利な触手が立ち並ぶ。それだけではない。機竜の腕であった部分が大きく膨れ上がって、肉体から分離して独立。左右のそれぞれが宙に浮き、手の平に赤く大きな目を持つ巨拳となったのだ。

クロメルに乗っ取られた後、辛うじて竜の姿を保っていた機竜であるが、今となっては面影も殆《ほとん》どないに等しい。醜悪な姿へと形状を歪《ゆが》める胴体、分離された2つの拳には今も触手と目玉が蠢いている。そんな不気味な物体の境に埋め込まれた神機の装甲だけが、それが機竜であったものだと訴えているようだった。

（まるで鬼の面に鬼の手――いや、ジルドラの怨念が具現した姿かの）

ジェラールはこの刹那の間に起こった出来事に、仇《かたき》であり宿敵であるジルドラの邪気を感じ取っていた。眼前にいる敵の造形は、とてもジルドラが考案するようなものではない。どちらかと言えばトリスタンのセンスに近く、ジルドラであれば鼻で笑う代物だ。これまで幾度となくジルドラの作品と戦ってきたジェラールは、そのようなジルドラのプライドを意図せず理解していた。だが、今のジルドラにはプライドをかなぐり捨て、全霊を以《もっ》て自分を倒そうとする気概、いや、道連れにしようとする黒い心が見受けられたのだ。

（こんな状態にまでなって、まだこの世に執着するか……）

鬼は嗤《わら》う。腹を空《す》かした獣が永い時を経て獲物を見つけたように、取り込んだジルドラの魂の声を高らかに代弁するように。

「ガハハ、よかろう！　冥府の王として、貴様の怨念を断ち切ってくれる！　いざっ！」

猛《たけ》ると同時に、ジェラールの魔剣ダーインスレイヴに神の魔力が供給される。

「纏ノ天壊《マトイテンガイ》！」

斬撃を放つ事で莫大《ばくだい》な破壊力を巻き起こすジェラールの天壊《テンガイ》を、メルフィーナの力を使い無理矢理に刀身へ維持。今のジェラールといえども、これを扱うには両手で剣を摑《つか》まなければならない。超攻撃特化となった暴れ馬の矛先を、眼前へと向ける。そこにはもう、ジェラールを粉砕せんと鬼の拳が振り下ろされていた。

勝負は一瞬、ジェラールは迫り来る鬼の拳を斬り払い、鬼の待つ道を突き進む。大剣ではあり得ぬ神速の剣筋に、２つの拳は瞬く間に両断されてしまった。見詰めた者に対して数多くの状態異常をきたす赤き目も、絶対共鳴と同じ状態にあるジェラールには効果がない。同様に、触れる事で発動する劣化能力の脅威に晒《さら》される事もない。

「ぐっ……!?」

だがしかし、切り裂かれて尚《なお》2つの拳は、ジェラールをただで通そうとはしていなかった。拳の表面から、或《ある》いは両断された断面から鋭利な触手を伸ばし、ジェラールの鎧《よろい》を貫かんと、すれ違いざまに攻撃を仕掛けてきたのだ。触手は纏わり付く荊《いばら》となり、堅牢《けんろう》な装甲を貫通する。ジェラールが苦しむその様子に、鬼の顔は更に嗤いを加速させていた。

生身のないジェラールだからこそ大事には至らないが、ダメージは着実に蓄積される。

「嘲笑《あざわら》うには、まだ早かろうよっ！　なあ、ジルドラよ！」

呑《の》み込まんとする触手を振り払い、大剣を雄々しく振り上げて前へと踏み込む。追躡《ヴォル》砲火《テルム》が鬼と衝突、次いで足下より出《い》でる爆風に巻き込まれるも、ジェラールが止まる事はない。コアを囲う鬼の顔ごとその剣で両断せんと、己の鎧を無視して最大の攻撃を解き放つ。

「くぅおおおぉぉぉ―――！」

追躡砲火《ヴォルテルム》が鬼に深く突き刺さって足場は安定している為、落下する心配はないだろう。それでも容易《たやす》く斬り伏せられた拳とは違い、鬼の顔はかなり強固なものだった。凝縮された触手の数がそもそも異なるのか、それともジルドラの呪詛《じゅそ》を直《じか》に受けているせいか？

尤《もっと》も、そんな事はジェラールにとってどうでもいい。斬る、斬る、斬る——触手にいくら攻撃されようとも、鬼の顔がいくら嗤おうとも、眼前の敵を斬る事だけに全ての神経、思考を集中させている。そして彼の愛剣である魔剣もまた、使い手の想《おも》いに応えようとしていた。

纏ノ天壊《マトイテンガイ》の輝きがピークに達した時、ジェラールは得物を振り下ろし切っていた。剣の軌跡は鬼の顔を通り、内包されたコアにまで届いている。それを証明するように、鬼の顔は左右へと大きく大きく斬り裂かれ、ジェラールを嘲笑っていた嗤いを止めるに至る。

——バキバキバキ。

崩れ落ちたのはコアの表面、そして魔剣ダーインスレイヴの刀身だった。強過ぎる斬撃は確かに鬼を打ち倒したが、それ故にコアを完全に破壊する寸前で耐え切れず、自壊してしまったのだ。

『あと少しだったのに、残念だったなぁ？』

コアの内部より、そんな声が聞こえた気がした。ぼんやりと見える人影が、鬼の代わりに嗤っているようにも思える。

「いいや。友の無念を晴らす機会を与えてくれた事に、逆に感謝しよう」

『何……？』

周囲の触手達《たち》がジェラールの鎧を蝕《むしば》む中、ジェラールは折れてしまった魔剣を保管にしまい、代わりに別の剣を取り出していた。それは剣であり、銃でもある。言うなれば銃剣、ジン・ダルバの肉体を乗っ取っていたジルドラが、かつて使用していた武器だった。

『それはっ……！』

「ワシの無念は前に晴らしたからのう。今回は、戦友ダン・ダルバに譲るとしよう。さらばだ、ジルドラよ」

『や、止《や》めろ！　止め――』

コアに走った亀裂に刀身を差し込み、引き金を引く。メルフィーナの魔力を装着した銃剣はその力を遺憾なく発揮させ、ジルドラの肉体ごとコアを粉砕した。

◇　◇　◇

「う～～ん……」

上空より悩まし気な声を上げるのは、先ほど自信満々に飛び立ったセラだ。悪魔の翼を羽ばたかせながら腕を組み、足下の光景を見渡している。

「む～～……」

右に首を傾《かし》げ、その次には左に傾げる。彼女は今、持ち前の勘を頼りに神機の心臓部を探しているのだが、どうも上手《うま》くいっていないようである。

「……というか、その心臓あそこになくない？　全然ピンとこないんだけどっ！」

地団駄を踏もうにも、ここに地面はない。段々とイライラが募る。幸いにも今は感情の抑制効果がある為、セラの頭は直《す》ぐに冷静なものへと戻っていった。セラは今一度頭を冷やして、改めて状況を整理する事に。

（冷静になりましょう。普通に考えれば、心臓部はあの格好良い物体のどこかに埋め込まれている。けど、私の勘は全然反応しない。って事は、普通じゃないところにあるのよね。アレ、元々はジルドラとトリスタンの共同制作って聞くし、相当捻《ひね》くれた場所に設置したんじゃないかしら？　それを踏まえて、心臓部を探すとなれば――っ！）

バッと顔を上げて、機竜とは全く別の方向を見据えるセラ。そして行動の早い彼女は、次の瞬間にはもうそちらへと飛び立っていた。

◇　◇　◇

殲滅《せんめつ》目標であった巨大戦艦が沈み、トラージの飛空艇は直ちに避難を開始した。残る仕事といえば討ち漏らした鎧天使らを倒すくらいなもので、役目として担っていたものは殆ど完遂したと言っても良いだろう。だがそんな中で、規格外と規格外による神々の戦いが始まってしまう。如何《いか》にトラージの船が優れていようとも、迂闊《うかつ》に近づくものならば、多くの犠牲を出す事は必至。今や彼らの目標は、この戦いに巻き込まれぬよう、安全圏に脱する事となっていた。

「おーおー、派手にやってんなー。俺もあそこに交ぜてもらいたいもんだぜ」

「アズちゃん、およしなさいな。あれはまた次元の異なる戦いよ。私達竜王だって立ち寄ってはならない、恐らくは最高位に位置する者同士のもの――まあ見学するだけならタダな訳だし、それで満足なさいな。たぶんこの戦い、今日を逃したらもう見られないレベルで凄《すご》いから！」

「もう！　アズグラッドお兄様もサラフィアも、もっと緊張感を持って！」

しかしながらその外野では、呑気《のんき》に観戦を決め込む者達もいる訳で。氷竜王サラフィアと彼女に騎乗するアズグラッドに対して、同じく騎乗する幼い姿のシュトラが注意を促していた。

「ケルヴィンお兄ちゃん達から意思疎通で戦況を確認して、一応の避難は完了しつつあるけど、まだまだ予断を許さない状況なんだよ!?」

「ハハハッ！　それは違うぞ、シュトラ！　俺達にどうにもできない戦いがそこにあるんなら、そいつを見ない手はねぇだろ！　それが俺の糧となり、延《ひ》いてはトライセンの糧となる！」

「も～！　また馬鹿な事を言っているんだから……」

「まあまあ〜。アズちゃんは考えなしが過ぎるけど、シュトラちゃんは逆に重く考え過ぎよ〜。それに、今やれる仕事は十分にしているでしょ？　シュトラちゃんの指示で全竜王が安全圏から周囲を囲って阻止しているから、あの戦いで生じる衝撃が各大陸に届く事はないわ。私が作った氷の堤防も、今のところ無事に機能しているみたいだしね♪」

「む〜！」

「フフフ、不満気に頬を膨らませるシュトラちゃん、いつにも増して可愛《かわい》いわね〜。人の姿だったら、その柔らかなほっぺをつっついているところよ？」

サラフィアの言葉を受けて、更に頬を膨らませるシュトラ。一見ふざけているようだが、念話を受け取ったシュトラはケルヴィン達を心から心配していた。しかし、自ら救援に向かうような事はしない。敵味方の戦力を鑑みて、行ったとしても足手まといにしかならないと判断したからだ。直接では力になれない、ならば戦いでは解決できない外堀を埋めようと、氷竜王であるサラフィアを始めとした雷竜王、水竜王、風竜王、闇竜王に助力を求め、外側にペンタゴンを形成。これにより、神々の戦いによる影響を最低限に抑え込んでいたのだ。

「でも、問題はお兄ちゃん達の戦いだけじゃないの。この世界自体が、確実に滅びに向かってる。もう私には祈る事しかできないけれど、お兄ちゃんならきっと——」

「あん？　なあおい、何かがこっちに近づいて来てねぇか？」

「途轍《とてつ》もなく強い気配ね。というか、速過ぎてお母さん吃驚《びっくり》しちゃう」

「も、も～！　一体何なの!?」

折角の良い台詞《せりふ》の最中に割り込まれ、幼シュトラはすっかりプンスカモードだ。大人モードに戻った際に、さぞ赤面する事だろう。

「って、あれはセラお姉ちゃん？　私にも認識できるって事は、大分スピードは落としてるみたいだけど……」

「ハァ？　あれで速度落としてんのかよ!?　豆粒みたいな距離だったのに、もう到着すっぞ？」

シュトラが指摘する通り、セラは最高速度から大分落としてのスピードでこの場所へと迫っていた。神体であるメルフィーナと同等の力が備わったセラであれば、それこそ一瞬で到着する事ができる。しかし、それに伴って巻き起こるソニックブームの威力は甚大だ。セラはその辺りの事情を考慮して、今の速度で移動しているのだとシュトラは推測した。

『セラお姉ちゃん、どうしたの？』

『……』

念話でのやり取りを試みるも、セラからの返答はなかった。

（あ、あれっ？　何だかセラお姉ちゃん、戦闘態勢じゃない……？）

間近に迫って初めて分かる、セラの鬼気迫る表情。まるで敵に向けるような殺気を飛ばされ、思わずシュトラは固まってしまう。
『お、お姉ちゃん！　ストップ、ストップー！』
混乱の最中にそう念話を飛ばすも、セラはスピードも纏《まと》う雰囲気も変えてくれない。
シュトラが考察する間もろくにないまま、魔人紅闘諍《ブラッドスクリミツジ》及び無邪気たる血戦妃《クリムゾンアストレイア》を展開して、
容赦のない最大威力を叩《たた》き出す拳を振り上げていた。
「ス、ストッ、ぴゃあ――――――!?」
距離がゼロになる寸前に出てしまった、シュトラの可愛らしくも変な叫び。そして、恐
怖のあまり目を瞑《つぶ》ってしまう。
「あ、あれっ……？」
当然ながら、その拳がシュトラに振り下ろされる事はなかった。シュトラも頭では理解
していたものの、頭の回転が速過ぎる為《ため》に様々な可能性を思い描いてしまったようだ。で
は、セラが攻撃したものは？　その解を得る為に、シュトラは閉じていた瞳を見開いた。
「ふぃー、まさかこんなところに隠していたなんてね。本当に捻くれているんだから、
参っちゃうわ！　今の私って極端な力になってるから、周りに配慮をするのにすっごく神
経使うし！」
声の方へと振り向く。シュトラの瞳に映ったのは、空中にて仁王立ちとキメ顔を決め込
むセラの姿だった。先ほどまでの殺気は何処《どこ》にいったのか、今のセラはいつもの天真爛漫《てんしんらんまん》

な様子だ。

「セラお姉ちゃん、それって……」

「うん？　ああ、これ？　神機の心臓ってやつよ」

差し出されたセラの右手には、キューブ状になった鉄の塊らしきものが置かれてあった。

「それ、私達《たち》が捕縛したタイラントリグレス……？」

「そ！　これも結局のところ、ジルドラの発明品なんでしょ？　あいつ、これに神柱の心臓部を埋め込んでいたのよ。機竜の中核を構成していた重要パーツの一部が、まさか肉体外のゴーレムの中にあったなんてね。道理で機竜をいくら探しても、私の勘がうんともすんとも言わなかった訳よ！」

「……なるほど、そういう事だったのね」

「いや、どういう事だよ？」

セラの掻《か》い摘《つま》んだ説明にシュトラは完全に納得、一方でアズグラッドはさっぱりな様子だ。

「つかよ、アレがどうしたらそうなるんだよ。その物騒な両腕で、思いっ切り握り潰したのか？」

「あら、よく分かったわね！」

「うわ、そんな気なかったのに正解しちまった！」

「ちょっと貴女《あなた》、あのゴーレムは変わった能力を持っていたみたいだけど、それはどうしたの？」

「どうしたもこうしたも、握り潰す瞬間に反抗してきたから命令しただけよ？　抵抗するな！ってね。っと、今は雑談してる時間なんてなかったんだった。じゃ、私戻るから！」

手の平にあったキューブ状タイラントリグレス（鮮血ソース添え）をメキメキと握ったまま、ここへやって来た時以上のスピードで飛んで帰るセラ。シュトラ達は呆気《あっけ》に取られたまま、この場に残されるのであった。

「流石《さすが》にあのレベルの奴《やつ》らとは、喧嘩《けんか》できねぇな（うずうず）」

「言葉の反応と心の反応が合ってないわよ、お兄様……」

◇　◇　◇

交差した黒き得物が2つ、同時に崩れ去る。片や死神の大鎌を連想させる死の化身、メルフィーナの魔力を使い、あらん限りの魔力超過を注ぎ込んだ大風魔神鎌《ボレアスデスサイズ》。片や荘厳かつ神聖なれど、邪悪な神の力にてその性質を反転させた漆黒の大神槍《しんそう》。この世にはこれ以上に強力な武器は他になく、双方破壊の極みに至った頂点である。では、それら最強の武器が衝突したのなら、その結果は一体どうなるだろうか？　答えは簡単、古くからよく例えられるような、ありきたりな結末になるに決まっている。喧嘩両成敗、どちらも破壊されるのだ。

……尤《もっと》も、この直後が例外的な展開に当たる。ケルヴィンとクロメルは武器が破壊されたのもお構いなしに、剣戟《けんげき》を再び振るい出していた。そして、その先の結果を更に再現。その後も、その後も、その後も――幾度となく破壊されようと、その手には新調された相棒が握られていた。

こちらの種も実に単純だが、その実態は異常の一言に尽きる。両者とも大鎌と大槍《おおやり》を失った瞬間に、また新たな刃を生成していただけ。但しその合間に気を緩ませる時間は微塵《みじん》もなく、より速い一撃を次の攻撃へ、より強力な武器を生み出そうと、2人の世界はより濃いものへ、更なる高みへと挑戦し続ける。狙う部位は何《いず》れも致命傷となる首や顔面心臓、向かい合う最愛の人が繰り出すそんな攻撃を読み合う様子は、少しばかり方向性がおかしいだけで、愛を語り合うのとそれほど違いはないのだろう。

『あの黒槍、俺の大風魔神鎌《ボレアスデスサイズ》と同系統の力か！　武器の性質を真似《まね》るなんて、どこまで俺の事が好きなんだよ、ちくしょう！　興奮が、止まらないっ！』

『意思疎通を介しての危険通達も、これ以上の速さになると付いて行けなくなります！全くもう、感情抑制ありの状況下でこれですものね！　それと、鼻血を出さぬようご注意を！　折角の舞台が、台無しになってしまいますよ！』

ケルヴィンはメルフィーナによる全面的なバックアップを得て、自身の限界を疾《と》うに超えて戦っていた。それでもクロメルの猛撃を掻《か》い潜《くぐ》り、止《とど》めを刺すにはもう一手が足りない。世界崩壊へのカウントダウンが差し迫る中、これ以上に時間を掛けている暇はない。だがそれ以上に楽しい、嬉《うれ》しい、愛《いと》しい。2人の女神に挟まれ、ケルヴィンは最高の時間に溺れてしまっている。善と悪の女神も、そんな彼の顔が見られて嬉しいのか、正直世界の崩壊が頭の片隅にあるのか怪しい段階にあった。

「「いつまでも無視してんじゃねぇ――――!」」

「なあっ!?」

それはケルヴィンとクロメルがぶつかるよりも早くに放たれていた、2つの竜の息吹《ブレス》。終焉の象徴《クルエルデイマイズ》・竜哮《ロア》に押されていたダハクとボガの攻撃が、ここにきて急激に強くなったのだ。

「これは……!」

ケルヴィンと共に我に返ったクロメルが、苦悶《くもん》の表情を浮かべる。全神経をケルヴィンに注いでいる状態では、火と土を司《つかさど》る息吹《ブレス》に対応できないと悟った為だ。一方のケルヴィンには、とある念話が送られて来ていた。

『おう、これが念話ってやつか! 変な感じだな!』

『その声、アズグラッドか? どうしてお前が?』

『いや何、ついさっきお前の仲間の赤毛がこっちに来て、やりたい放題やって帰ったと思ったら、また引き返して来てな。いつの間にか拉致られちまったぜ！　で、ダハクの背に連行された！』

『……よく分からないが、取り敢《あ》えずすまん』

『すまんじゃねぇよ。ったく、状況把握して納得したぜ。放っといたらお前ら、いつまでもいちゃついていやがるからな。俺の力でダハクとボガの息吹《ブレス》を強化して、目を覚まさせたって訳よ！　この馬鹿ップルが、もっと節度ある付き合いをしやがれってんだ！　俺が交ざるに交ざりにくいだろうがっ！』

『お、おう……』

アズグラッドの言い分は尤ものようで、微妙に滅茶苦茶《めちゃくちゃ》であった。

『アズグラッド、分かったから静かにしろって！　水差してすんません！　けど兄貴、俺達も助太刀させてもらうッス。マジで時間がやべぇッスよ！』

『エフィル姐《ねえ》さんの料理にありつくまで、おでは死ねない……！』

更に一際大きく、威力が底上げされていく2色の光線。それに呼応するように、また新たな念話が届く。

『王よ、気持ちは分かるが世界があってこそじゃ！　コアは破壊した！　再生しようと、ここにワシがいる限り何度でも打ち砕こうぞ！』

『ケルヴィン、私も心臓を見つけて来たわ！　鷲掴《わしづか》みにしていつでも破壊できるから、ケルヴィンのタイミングに合わせて破壊するからねっ！』

『ジェラール、セラ……！』

機竜腹部にてジェラールが、上空よりセラが戦果を報告する。これで残るは、クロメル本体と曼荼羅《まんだら》のみとなった。そして血色の輪にもまた、攻撃が迫る。

「ムドファラクによる狙撃、でしたか。ダハクらを意識させる事で隙を突こうとしたんでしょうが、惜しかったですね」

『……ダハク達が活躍して、私達がミスをした？　あり得ない展開。不服を申し立てる。もう一回、も～一回やらせて』

クロメルの死角より放たれた、ムドファラクの竜咆超圧縮弾《サジタリア》は、寸前のところで新たに芽生えた触手達に阻まれてしまった。

――カァーン……

曼荼羅の鐘が不気味に鳴り渡る。いつか見て聞いた、再生の音だ。すかさずジェラールがコアの残骸に銃剣の連射、セラは元に戻ろうとする神機の心臓を両手で押さえ付ける。

「慣れてしまえばこの程度の戦況、どうという事はありませんよ！」

「そうかい、嬉しいなぁっ！」

その間にも行われる斬撃の応酬、斬撃での殴り合い。心なしか、ダハクらの助力を得る以前よりも速度が増しているようだ。不利でしかないこの状況が、クロメルに更なる進化をもたらしてしまったのか。これまで身を隠していたムドファラクもが息吹《ブレス》攻撃に加わるも、状況は好転しない。

『クロトっ！』

「でしょうね！」

曼荼羅の真上に出現するは、心身の回復に専念させていたクロトの召喚。されどその策も、クロメルには読まれていた。荒れ狂う海に接する竜巻の1つから、触手に塗《まみ》れた竜の頭がクロト目掛けて飛び出したのだ。このような姿になっても、その頭部には面影がある。クロメルが最初にもぎ取り海へ捨てた、機竜のそれだ。曼荼羅を破壊しようとするクロトへ、大口を開けながらの突貫。クロトが自らの体を幾本もの針にして阻もうとするも、竜の頭の勢いは止まらない。クロトの本体に食い掛かり、曼荼羅から遠ざかってしまう。

「残念でしたねっ！　私とあなた様の邪魔は、誰にもできな――」

――ズザァン！

曼荼羅から聞こえる異音が、クロメルの叫びを遮る。直後、血色の巨大な輪と鐘に幾つもの線が走り、隅々にまで伝播《でんぱ》。音を耳にして思い出したかのように、バラバラと細かく刻まれて崩れ落ちた。

「な、にぃ……!?」

『ウォン！　ウォンウォンウォン！（とった！　僕がとった、とったよ！）』

『おっし！　でかした、アレックス！』

目標を破壊する為《ため》に行われた、奥の手であるクロトの召喚。方舟《はこぶね》での戦いを経て、クロメルはクロトを要警戒対象と見做《みな》していたのだが、それが仇《あだ》となる。クロトの召喚こそがブラフで、その裏でケルヴィンによる魔法陣の隠蔽と、自身の隠密《おんみつ》を使用して潜んでいたアレックスが攻撃。その口に銜《くわ》えるは、リオンから持っていってと渡された黒剣アクラマ。相棒から贈られた黒剣から成される無数の斬撃が、邪悪なる曼荼羅の悉《ことごと》くを斬り裂く。

「クッ！　しかし、しかしっ！　これで本当の本当に、あなた様は手詰まりです！　クロトとアレックスの戦力を加えたとしても、私は倒せないっ！」

「いいや、それは違う！　俺にはまだ、お前がいるっ！」

その瞬間、ケルヴィンの魔力体からメルフィーナが実体化。蒼《あお》き女神と共に杖《つえ》を握り締めた死神は、最後の一振りを振り抜いた。

◇　◇　◇

戦場は静寂に包まれていた。実際には竜巻などの異常気象がそこかしこで巻き起こっている筈《はず》なのに、不思議とこの場所だけは穏やかな空気で満たされている。外の者達は声を掛ける訳でもなく、ただその聖域を見詰めるに止まっていた。

「あぁ、あ……こうなって、しまい、ましたか……私なりに、頑張ったんですけどね……」

「お前は頑張り過ぎの1人で抱え過ぎなんだよ。そろそろ気を緩めたって、誰も文句は言わないさ。そんな輩《やから》がいたとしても、俺が黙らせる」

「フフッ、あなた様も、やり過ぎですよ……で、すが、私もまた……やり過ぎですね……力を解放させる為に、肉体に負荷を、掛け過ぎ、て……しまい、ました……」

消え入るような小さな声で、だが心から安堵《あんど》した声色で、ケルヴィンに抱えられた彼女は言葉を紡ぐ。その横には、もう1人の彼女も見守っていた。そしてそれは、セラの両足首を掴《つか》み何とか落下を免れたジェラールと、滞空しつつ彼を支えるセラも同様。2人は少し離れた場所にて、この戦いの結末を静観する。

「これで漸《ようや》く終焉《しゅうえん》、か。セラよ、駆け寄らなくて良いのか？　いつもならば我先にと、王のところへ馳《は》せ参じるというのに」

「もう、私だって空気くらい読むわよ。むしろ、人よりも読んでると自負しているくらいに！」

「これこれ、声が大きいわい。しかし、そうさなぁ。ならば今は、静かに見守るとするかの。姫様もそうしておられる」

「静かにするのは苦手なんだけどね。ま、今はそうさせてもらうわ。こっちのも、一応は見届けないといけないし」

セラが視線を向ける先では、機竜であったものが鎮座していた。触手が跡形もなく消え去り、元の機械的な外見の姿に戻っている。が、両腕は戦闘中に切り離した為になくなっており、コアのあった腹部は大きく損傷。穴だらけながらに辛うじて残った肉体も、ゆっくりと崩れ去ろうとしていた。

――そして、クロメルが根を下ろしていた頭部部分。今はそこに彼女の姿はなく、代わりに大量の血がこびり付いていた。

「私に構っていて、良いのですか……？　もう、時間がありま、せんよ……？」

ケルヴィンに抱かれたクロメルの体には、下半身に当たる部分がなかった。先の戦いでの最後、ケルヴィンとメルフィーナが放った決死の一撃は、クロメルの槍を折り、彼女を袈裟《けさ》斬りにする形で終止符を打った。機竜の頭部に付着した大量の血はその時のものであり、肥大化した死神の刃はクロメルの半身を丸ごと呑《の》み込んで消滅させたのだ。……彼女の命は風前の灯。回復魔法を施したところで、もう長くは持たないだろう。

「お前と一緒にいる時間くらいはあるさ。感謝してもし切れないんだ。あれだけ楽しい時間を過ごせたのは、全部お前のお蔭《かげ》だろ？」

「世界を、滅ぼし……あなた様を、殺そうとして、いたのに……？」

「本気でそうしてくれたからこそ、俺も同じくらい本気になれたんだよ。だから、俺に対して負い目はもう感じるな。むしろ誇ってほしいくらいだ。お前の愛がどれだけ凄《すご》くて深いのか、俺が一番分かってる」

「あ、う……」

クロメルが震える手をケルヴィンに伸ばそうとするも、後ろめたさを感じたのか途中で止めてしまう。そんな彼女の手を、ケルヴィンは自ら引き寄せる。白い肌を更に白くさせたクロメルの頬が、ほんの少しだけ赤く染まった。

「どうして、でしょうね……　私の、願いが、打ち砕かれたという、のに……久しぶりに、心に掛かった靄《もや》が、なくなった、気分です……ねえ、メル、フィーナ……」

「……何ですか？」

「私が、こうなってしまっては……もう、世界を転生させる事は、できないでしょう……しかし、この世界は崩壊に、向かっている……それだけは、避け、なければ、なりません……絶対に、私達《たち》の愛しい人を、死なせない、でね……？」

「ええ、約束しますとも。私は夫と世界、そのどちらも失うつもりはありませんよ。こんな大事を引き起こした貴女《あなた》がいたんです。私だって、同じくらいの奇跡は起こしてみせますよ」

ケルヴィンが握った手の上へ被《かぶ》せるようにして、メルフィーナも自らの手を置く。その言葉に嘘偽《うそ》りはない。それはメルフィーナの瞳を見れば、クロメルにも分かる事だった。

「そう……安心、しました……ああ、楽しい、愛しい時間は……終わるものなの、ですね……でも、それでも……悠久の時よりも、今が愛《いと》おしい……」

クロメルの唇から新たな血が流れ、同時に涙が流れる。握る手からは、少しずつ体温が下がっていくのが分かる。最早《もはや》、言葉を口にするのも辛《つら》いに違いない。ケルヴィンは意を決して、彼女に想《おも》いを伝える事にした。

「クロメル、お前に言っておきたい事がある」

「え……？」

「あなた様？」

――それからケルヴィンが何を言ったのかは、その場にいた3人にしか分からない。最も近くにいたジェラールやセラでさえも、話の内容を耳にする事はなかったのだ。但し、ケルヴィンの言葉を聞いた2人は、同時に驚きの表情を作っているようだった。

「……？　何を話しているのかしらね？」

「ううーむ、王がいつもの臭いポエムでも言ったんじゃろうか？」

「あー……ないと思うけど、絶対とは言い辛いわね。絶対とは」

内容は不明だが、恐らくそこは主観の問題だろう。

「本気、なのですか……？　正気とは思えません、ね……一体どうなるのか、分かった、ものでは……ありません、よ……？」

「俺はいつでも本気で正気だ。こんな時に冗談を言うつもりはないよ」

「格好付けているところ申し訳ないのですが、完全に思い付きですよね？　単にそうしたいと思ったから、口にしてしまったんですよね？」

「……まあ、そうとも言うかも」

ふいっと視線を逸《そ》らすケルヴィンに、メルフィーナは軽く溜息《ためいき》をつく。それでも嫌がっている様子ではなかった。

「あなた様がそうしたいのであれば、私からこれ以上どうこう言うつもりはありません。後は全て、彼女次第です」

「助かる」

「フッ、フフッ……私も相当に、狂っていると自負、していますが……やはり、似た者同士、でしたか……」

「お褒めに与《あずか》り、光栄なこって。で、どうだ？」

「もう、あなた様がこの手を……取って、くれた事で、答えは出て、いますよ……ですが、何分《なにぶん》バグだらけ、ですからね……正直、私にもどう、なるか……」

「答えが出てるなら、それだけで十分だ。それ以上の心配は俺が引き受ける」

「そうです、か……私、もう、とても眠くって……先に、眠らさせて、頂きます……あ、あなた様……」

「何だ？」

「愛して、いますよ……」

握っていた手から、ふっと力が消える。瞳を閉じたクロメルの顔は、深く深く、安らかに眠るようで――次いで生気を失った彼女の体が輝き出し、光の粒子となって四散。ケルヴィンの腕の中にはもう、クロメルの姿はなかった。

「……よろしかったのですか？」

「よろしいも何も、これが最善だと思っての行動だよ。メル、これから面倒事が増えるかもしれないけどさ、悪いけど一緒に十字架を背負ってくれ」

「フフフッ、何を今更。それに、さっきも言ったではないですか。その程度の奇跡、私が成し遂げて差し上げます」

「ああ、頼りにしてる。さて、ここから次の問題なんだが――世界滅亡、どうやって食い止めるの？」

ケルヴィンが辺りを見回すと、周囲一帯がこれでもかとばかりに荒れていた。先ほどまでの静寂は、自らの世界に没頭したが故の静けさだったのだろうか。

『念話にて皆に通達します。クロメルを無事に討伐致しました。次に、世界の崩壊を止める為――前転生神の名において、新たなる転生神を暫定的に任命します』

◇　◇　◇

――水燕《すいえん》三番艦

クロメルとの最終決戦を終え、俺達はいったんトラージの飛空艇へ集まる事にした。黒幕であるクロメルを倒した今も、この世界は転生神不在という大きな問題を抱えている。その問題を解決する為にも、俺ら以外の主要メンバー達にも集まってもらった。コレットや刹那《せつな》達、プリティアにシルヴィア、アズグラッド、義父《とう》さん、元使徒等々、今回の戦いで活躍してくれた者達だ。リオンやアンジェもそうだが、負った怪我《けが》を治療し切れていない者も多い。そのような中で集まってくれた事に、まずは感謝したい。

「ゴマ、お前今までどこに行ってたんだ！　船から落ちたんじゃねぇかと心配したんだぞ!?」

「私がそんな間抜けな事をする筈ないでしょ。他で戦況が危なそうなところがあったから、そっちの応援に行っていたのよ」

来て早々、サバトとゴマが兄妹喧嘩《げんか》をし始めていた。状況が状況なので、サバトが殴り飛ばされる前に情報を共有しておこう。メルに説明を頼む。

「――というのが、この事態のあらましです。対象の討伐は既に完了していますので、後は私の継承権限が残っているうちに次代の転生神を確定させる事ができれば、世界の崩壊を食い止められるでしょう」

「ん、でもそれって簡単な事なの？」

「簡単に済ませて良い事ではありません。緊急時における仮継承とはいえ、神となるに相応《ふさわ》しい人格、実力を身に付けている方でなければ、継承の際に不適合判定が下され、邪《よこしま》なる者としてその方は消滅してしまいます。本来であれば天使の長達が長い月日をかけて協議を重ね、候補者に試練を与え選定するのを、この短時間で見出《みいだ》さなければならないのです。でなければ、世界は終わります」

「お、おお。俺ら、何気にすげぇ場面に立ち会ってんだな……」

転生神が代替わりするなんて、それこそ何百年も昔、エレアリスからメルフィーナに移った時以来の事だ。変に緊張してしまうのも無理はない。しかし、心身共に転生神に相応しい人物か。

「初めに言っておくが、俺らガウン組は誰も当《あ》て嵌《は》まらないと思うぜ？　親父《おやじ》なら肉体的な強さは問題ないだろうが、神に相応しい性格かって言われると、黒も黒、真っ黒だ。なあ？」

「……（ニッコリ）」

同意を求めるようにゴマの方を向いたサバト。だが視線の先にあったのは、静かなる微笑《ほほえ》みを浮かべながら拳を構える彼女の姿だった。

「な、何でお前が怒ってういばいえあっ!?」

「なら、コレットちゃんはどうかしら？　デラミスの巫女《みこ》としての実績があるし、彼女以上に清らかな心の持ち主はそうはいないと思うの」

背後で吹き飛ぶサバトを総スルーしつつ、シュトラがそんな意見を出した。慣れとは恐ろしいものである。

「いや、この場合ツッコむべきはコレットについてか。シュトラ、残念ながらコレットは手遅れなんだ」

「へ？　何が？」

「何がってそれは、なあ？」

幼いシュトラにコレットの変態性を何と説明すれば良いものか逡巡《しゅんじゅん》して、ついコレットの方を見てしまう。ここで1つ、異変を発見。メルフィーナの後釜を考えるこの集まりが始まってから、まだコレットが一言も発言していないのだ。信仰力に定評のあるデラミスの巫女らしからぬこの行動に、俺は目を疑いコレットの容態を心配した。

「……」

「コレット？　コレットやーい？」

「お、おい、マジで大丈夫か？」

俺が声を掛けるも、コレットは驚くほどに無反応だ。目を見開いたまま、静かに椅子に座っているだけ。全く動く様子がなく、生気もない。ついでに瞳に光沢もない。

「ええっと……コレット、気絶してるみたいです……」

コレットの隣にいた刹那が状態を確認してくれた。メルフィーナが転生神でなくなると聞き、精神がショックに耐えられなかったのか……信仰心を極めたが故の反動、ダメージを少しでも抑える為《ため》の強制スリープが働いたんだろう。

「シュトラの案についてですが、コレットは転生神になり得ません。いくら心が清らかであろうと、肉体が継承に耐えられないのです。人を基準とするならば、進化を遂げているかが条件となるでしょう。それに何よりも、コレットはデラミスの巫女としてその生涯を捧《ささ》げてきました。御覧の通り、仮に神となれたとしても、今の状態では正常な判断を下す事はできないでしょう。……あなた様、後でコレットの事もよろしくお願いします」

「え？　あー、うん、確かにそうだな……」

つまり、別件の問題としてコレットの心のケアもしなければならないと。最悪の場合、新転生神の反対派として第二のアイリスとなる可能性すらあるもんなぁ。信仰の力とは、時に恐ろしいものである。尤《もっと》も、メルフィーナは今も元気も元気、超元気だ。エレアリスが封印された時とはまた状況が異なり、しっかりと俺達《たち》がフォローしてやれば、間違った方向に進むような事はないと思う。

「でもそうなると、候補はかなり絞られる事になるよね。人間の場合は聖人、魔人、超人――このいずれかに進化していないと、そもそも駄目なんだよね？」

「かつ神に相応しい人格者となれば、そうじゃな……」

「おい、貴様ら！　セラとベルの名を挙げるつもりだろう!?　駄目だ、駄目だぞ！　確かに2人はそれに相応しい素質の全てを兼ね備えた全世界の宝であるが、神になるなんてパパは許しません！　悪魔として駄目、絶対！」

「父上、静かに」

「パパ、話が進まないから黙ってて」

「はい！」

セラベルに咎《とが》められた途端、静かになる義父さん。悪魔としては複雑な想いがあるんだろう。今は静かでも、セラベルの名が挙がれば再び暴れ出しそうだ。北大陸組も無理、と。

『王よ、王よ』

『ん、ジェラールか？　どうした？』

『どうしたも何も、このままでは姫様、ワシらのリオンを推薦するのではないか？』

『……やっぱ、ジェラールもそう思うか？』

『当たり前じゃて！　進化を遂げた健康的な聖人の肉体に、誰であろうと平等に接する優しき心の持ち主じゃ。エフィルの線も一瞬考えたが、あれでいてどんな時でも王を最優先、何が何でも王が一番！　な、ところがある。神の精神を推測するのであれば、やはりリオンしか適任者はおるまい。じゃが仮にそうなれば、これからリオンと共に行動する事ができなくなるのではないか？　今回の姫様の召喚は特別なケース、転生神とは本来下界へ干渉できないものだと、前に姫様は言っておった。そうなれば、ワシは寂しくて死ぬかもしれん……！』

『さ、流石《さすが》に言い過ぎだろ。それにほら、メルが長期休みを取ったのと同じく、義体を使って帰って来る事だってあるだろ』

『その休暇、姫様が何百年も働き続けて漸《よう》く溜《た》め込んだものじゃろうが！　世界がこんな有り様で、神とはいえ新米のリオンがそうやすやすと戻って来られるとは思えん！』

『……』

転生神に適している人物、ああ、そうだ。そんなの、リオンしかいないだろう。現実的に考えてみれば、ジェラールの言う全てが的を射ている。リオンがいなくなった後の世界、そんなもの、考えただけでも吐き気がする。しかし、誰かが転生神の座を継がなければ、この世界が崩壊してしまうのもまた事実。俺は一体、どうすれば……

「実はですね、私の方で候補者は決めていました。皆さんのお話を伺ってから改めて考え、その後に決定しようとしていたのですが、やはり私の挙げた候補者に間違いはなかったようです。彼女ならば私の後任、神になっても問題ないでしょう」

議論が行われる中で、ふとメルがそんな事を言い出した。瞬間、俺とジェラールがビクリと反応してしまう。

『王よ！』

『分かってる、分かってるけど……！』

葛藤に次ぐ葛藤、大切な妹と世界を天秤《てんびん》にかける。考えてみろ、リオンはまだこの世界でも成人を迎えていないんだ。あんなに小さく、可愛《かわい》くも愛《いと》おしいリオンを神になんて、俺は、俺は――

「改めて告げたいと思います。次の転生神に相応しい、その者の名をっ！」

気が付けば、頭で考えるよりも先に口が動いていた。すまない、メル。ここは1人の兄として、大切な妹を護《まも》らせてもらうっ！

「ゴルディアーナ・プリティアーナ、私は貴女《あなた》に次の時代を託したいと思います」

「メル、それは駄目だってあっれぇ――!?」

「あらん、私ぃ？」

俺の絶叫の後、気絶したコレットが床に倒れた。

◇　◇　◇

「転生神の後継者が、ゴルディアーナ、だと……!?」

　メルフィーナが継承を行う相手を宣言した瞬間、船の中の時間が止まった気がした。実際問題、セラとリオン以外のメンバーは口を開けたまま凍り付いている。コレットなんて倒れて吐血している。そ、そうだよな。このままだとコレット、デラミスの巫女じゃなくてゴルディアの巫女になっちゃうもんな。気絶したまま血を吐いてしまうコレットの気持ち、今ならば共感できる。

「コ、コレットしっかり！　ケルヴィンさん、コレットが大変です！」

「分かってる、痛いほど分かってる。リオン、ちょっとコレットに膝枕をしてやってくれないか？　その間に俺が回復させるから」

「了解だよ、ケルにい。コレット、頑張って！　傷は浅いよ！」

　残念ながら我が妹よ、コレットの傷はリオンが思っている以上に深いのだぞ。ほら、リオンに膝枕されているのに、まだ気絶から目覚めない。こんな重傷なコレット、俺は初めて見る。S級白魔法を連発しても、全く微動だにしないってどういう事さ？

　……などと言いつつも、内心俺は凄《すご》く安心していた。だってリオンが選ばれなかったんだもの。あまりに予想外な結果だったんだもの。恐らくはジェラールも、俺と気持ちは一緒だと思う。皆に見つからぬよう、部屋の端っこで喜びの舞いを踊っているし。

　いやまあ、プリティアが転生神になったとしたら、正直に言って悲しい気持ちも強い。

奇抜な容姿で男を戦慄させる恐怖の対象でもあったが、何だかんだで助けられた機会が多く、意外なほどに常識人で仲間達にとっても良き友人であったからだ。でも、でもさ、根拠もクソも何もあったもんじゃないけど、プリティアなら神の常識を打ち破ってくれる気がするんだ。たとえ彼、ゴホン！……彼女が転生神になったとしても、次の日にはケロッと現世に顕現しそうな、そんな予感がする。ジェラールだってそう願っているだろう。あんなに心優しい騎士様なんだ、そうに違いない。

「そう言えば、セラとリオンは全然驚いてる感じがしなかったな。ひょっとして、この展開を予想していたのか？」

「ふっふーん、当たり前じゃない。あの条件を聞いて、ゴルディアーナを最初に思い浮かべない方がどうかしているわ！　親友として、自信を持って保証しちゃうもの！」

「だね～。プリティアちゃんは人生経験豊富だし、いつも慈愛に溢《あふ》れているもんね。将来はあんな素敵な女性になりたいなって、僕密《ひそ》かに憧れていたんだ。それくらい信頼してるし、メルねえの後任として立派に神様をやってくれると思うよ」

「お、おう……」

セラとリオンの言う事は尤もだ、尤もな事ばかりだ。だがしかし、お兄ちゃんとしては微妙な心境だ。ゴルディアーナのような素敵な女性を目指してほしいような、頼むから止《よ》してくれよと懇願したいような。

「みぃんなぁ～。驚くのは仕方ないけれどぉ、今はそれどころじゃないでしょん？　今も世界の危機は迫っているのよん？　私が転生神となる事でそれが止められるのならぁ、私は喜んで受け入れるわん。だからどうかぁ、落ち着いて頂戴なぁ」

「プ、プリティアちゃん……！」

「うおおおん！　プリティアちゃん、プリティアちゃ～～ん……！」

　ダハク号泣。しかし、改めて偏見なしにプリティアの言葉を受け入れると、まるで女神のような純白さが窺《うかが》える。皆が混乱する中で世界の均衡を第一に考えるこの姿勢、そして自らにのしかかる多大な責任をものともしていない精神の強さ――俺も心の底から認めたいと思う。プリティア、お前が次の転生神に相応《ふさわ》しい。

「それにぃ、仮認定っていう事は直《す》ぐに神となる訳でもないんでしょん？」

「ええ、ゴルディアーナの言う通りです。正式な転生神への継承には、やはり天使の長達の承認が必要となります。その期間は大体、仮継承からひと月前後といったところ。とはいえ、前任の私からの推薦です。それも形式的な事だけで、継承はまず確実なものとなる事でしょう」

「うふん、それで十分よん。これからについて色々と話しておきたい事があったしぃ、それまでに片付けておくわん。ねっ！」

「ガハッ!?」

突如としてプリティアにバチコンとウインクを飛ばされるジェラール。不意の出来事に回避が間に合わなかったのか、そのままジェラールは壁に激突した。動揺し過ぎである。

「もう時間はそこまでありません。早速、ゴルディアーナに転生神を仮継承させたいと思います」

「了解よん。それで、私はどうすれば良いのん？」

「難しい事は何もありません。まずは目を瞑《つぶ》り、心を穏やかにしていてください。それができましたら、貴女が理想とする神として相応しい姿を、あり方を想像してみてください。その想い《おも》が強く正しいほど、付与される神性が高まります」

「なるほどねぇ。それって格好から入っても問題ないのかしらぁ？」

「格好、ですか？　ええ、特に問題はありませんが……」

「まぁ！　良かったわぁ～。やっぱり女神といったらこれよねん。じゃ、準備するから待っててねん」

プリティアはメルから少し離れた場所で、静かに瞑想《めいそう》するような――否、自らの筋肉ボディを誇示するような姿勢を取った。具体的なポージングは想像にお任せするが、まあ大体そんな想像で合っていると思う。

「フー……」

そこから息を吐いて、吐いて、吐いて――プリティアがカッと両目を見開いた。

「慈愛溢れる天の雌牛《ローズイシュタル》・最終形態《ファイナルエディション》・軽量型《マイルド》！」

何の手違いが起こったのか、俺達《たち》の眼前にピンクの化け物、ゲフンゴホン！　桃色の女神を模した筋肉が爆誕した。あまりに衝撃的な出来事であった為《ため》、詳細は省かせて頂く。頼む、省かせてくれ。

「め、女神様だ！　やっぱりプリティアちゃんは、女神になる前から女神様だったんだ……！」

ダハクの顔から涙以外にも色々と流れ過ぎて、大変やばい事になっている。しかし、プリティアのインパクトがそんなダハクを優に超えている為、誰も気にしないし咎めない。驚きで声が出ないってのは、こういう時の事を言うんだろうな……

「うふん。実際の理想を表に出した方が、想像も捗《はかど》るってものよねん。あ、誰か鏡とかあるかしらん？」

「え、えと、私の手鏡なら……」

「あら、可愛らしい鏡ん。ちょっとだけぇ、お借りするわねぇ？」

緊張のあまり動きがカクカクしている奈々《なな》から、プリティアが手鏡を受け取る。メイクの最終チェックをしているんだろうか。あ、止《や》めて！　それ以上手鏡にウインク飛ばしたら、物理的に鏡が割れちゃうから！　俺達男性陣の精神にも止《とど》めを刺されちゃうから！

「プリティアちゃん、戦闘の時よりもミニサイズで可愛いね」

「ん、とってもエコ」

「最終形態《ファイナルエディション》を自由自在に操るとは、流石は私と唯一対等に戦える人類だ。まあプリティアちゃんなら、神になるくらいの事はやっちゃうだろうなって確信してたよ、このセルジュさんはねっ！」

……え、アレもっとでかかったの⁉　あ、いや、意思疎通でリアルな映像寄越《よこ》さなくても大丈夫だから！　リオン、その情報をアップデートするのを止めなさい！　送るにしても、ダハクだけに留《とど》めて！

「そ、そろそろよろしいでしょうか？」

「うん、今日もビューティフルぅ！　完璧にオッケーよん！　さあ、イメージしてぇ！　最高の私の姿をぉ！」

その後、飛空艇の中より眩《まばゆ》いピンクの光が溢れ出し、転生神の仮継承は無事に終わった。もうこれ以上、詳しく語る必要はないだろう。無事に終わった、それが全てだ。

「主、主。ダハクが出血多量で倒れた。無様にもほどがある」

「もう放っておきなさい……」

第二章 ▼ 新たなる時代へ

世界を巻き込んでの戦いを引き起こした首謀者、クロメルとの決戦から数日が過ぎ去った。あれからプリティアが転生神を引き継ぐ事で、世界の崩壊は大きな傷跡を残しつつも、回避する事に見事成功。今ではすっかりと安定し、各地から天使型モンスターの姿もなくなったのであった。

しかし、あれだけの騒動があった後の事だ。どこもかしこも後始末で手一杯のようで、殺人的なスケジュールの中で日々を送っている。特にデラミスのコレットなんて、多忙に加えて転生神関連の事柄にまで携わっている。多忙なのはいつもの事だが、ここ最近は本気で過労死を心配するレベルだ。

まあ、かく言う俺もそんな転生神様の関係者な訳で、無事にそのイベントごとに付き合う事となった。壊れてしまったジェラールの魔剣を直す暇さえなく、瞳に生気がない感じで毎日を楽しんでいる。ああ、ついこの間までの楽しいひと時が懐かしい、戻りたい――

『――あなた様、あなた様！　時には上の空になるのも良いですが、ほどほどにしてくださいね？』

『話し合いしか行わない会議に、一体何の価値と意味があるんだろうか……』

『そう言わないでください。意味はちゃんとありますから、せめて表情だけでもキリッとしましょう。キリッと！　はい、今日も素敵ですよ』

隣に座るメルに顔をメイキングされ、生気を取り戻す俺。今何をしているのかというと、デラミスで行われている会合に出席している真っただ中。例の転生神関連の事柄、というやつだ。立場上、俺は前転生神であるメルの使徒。継承云々《うんぬん》の話を進めるにおいて、メルと共に最重要人物に指定されちゃってるのである。コレットより100％の善意を以《もっ》てして、フィリップ教皇からは100％の悪戯心《いたずらごころ》を以てして言い渡された、大変名誉のある任務なのだ。但し俺はメルのお飾りのようなもので、基本的には椅子に座っているだけ。既に大変退屈な任務と成り下がっているのは、言うまでもないだろう。とはいえ、メルの今後に関わる大切な風儀である事に変わりはない。己の欲を殺し、きっかり最後まで付き合う所存だ。

プリティアが未来の仮転生神となった後、メルは神としての力を失った。正確には任命を行う最後の権限は残っているそうだが、『転生術』などといった特異な能力は疾《と》うにない。また、今のメルは義体を用いての顕現ではなく、メル本来の肉体が下界している状態にある。まあ神でなくなったのだから、それも当たり前か。義体が有していた『絶対共鳴』もなくなり、ステータスも以前とは全くの別物だ。神となる以前に、メルが有していた本来のステータスと言えば良いのかな？　尤《もっと》も神でなくなろうとその食欲は全く衰えず、『大食い』スキルを当たり前のように覚えていた。神でなくともメルはメル、その点は一切変わらないんだ。寝相の悪さも、俺が太鼓判を押してやる程度に変わらない。

「それでは、この案件はそのように致しましょう。今度魔王が現れる兆しが見えた際は、我々リンネ教と貴教会が協力体制を築き、準備を進めるという事で」

「ええ、それで構わないわん。私も初代巫女《みこ》として、全精力を注がせてもらうから。同じ巫女として、末永く仲良くしていきましょうねぇ？」

「え、ええ。私達も良好な関係を望んでいます」

　コレットと対談するこの巫女と名乗る人物、話し方が特徴的なので、プリティアを思い浮かべる者が多いかもしれない。しかし、プリティアは現在天使が住まう空の大陸、白翼の地《イスラヘブン》へと赴き、天使の長達を魅了している最中である。では、こいつが誰なのかというと――

「――あらん？　ケルヴィンちゃん、何だか元気がないみたいねぇ？　ほら、スマイルスマイルぅ！　ガウンで私と交わった時は、もっと良い笑顔をしていたじゃな～い！」

「えっ……？　ケ、ケルヴィン様!?」

「違うから、誤解だから」

　勘違いも甚だしいから、即刻訂正しよう。全っ然違う。

ええと、何だったっけ。あいつが誰かって話の続きか。彼女はかつてガウンの獣王祭にて、俺と熱いバトルを繰り広げたプリティアの妹弟子、グロスティーナ・ブルジョワーナだ。あの時は猛毒に苦しめられたっけな。で、なぜこいつがデラミス宮殿という場違いな場所にいるのかというと、新たな転生神の巫女、つまりは初代『ゴルディアの巫女』に就任したからである。

……うん、俺も色々とツッコみたいところだが、それは我慢している。こうなったのも、プリティアの愛故、愛故の結果なのだ。と、唐突にこんな事を言われても、意味不明でしかないだろう。順に説明していこう。リンネ教に崇拝される神の引き継ぎ、プリティアがこの話を断ったのが事の始まりだった。

本来であれば転生神が代替わりするのを境に、リンネ教が崇拝する神も移り変わるのが通例である。エレアリスからメルフィーナに転生神が変わった時のように、メルフィーナからゴルディアーナへ、といった風にだ。しかし転生神になる事で、かつての巫女であるアイリスの不運を知ったプリティアは、コレットもそうなってしまうのではないかと危惧していた。あの時とは状況が違うのだからと、コレットを含めた他の者達はその可能性を否定したが、プリティアは僅かにでも可能性があるのならば、それは行うべきではないと断言。代案としてリンネ教の神はそのままに、プリティアは真に自分を慕ってくれる者達だけで、細々と信仰される事を選択したのだ。そうして新設されたのが、この『ゴルディア』という新組織である。

「ぶっちゃけさ、新装したゴルディアって活動方針も構成メンバーも、道場やってた時と変わってないんだろ？　何が違うんだ？」

「うふん♪　ケルヴィンちゃんの言う通り、何も変わっていないわよ。ゴルディアの教えに倣って鍛錬して、お洒落《しゃれ》して、花嫁修業して――要は、いつもと変わらず己を磨くだけよん。そしてお姉様を想う気持ちも、何も変わっていない……お姉様はね、女の子を泣かせるような事が大っ嫌いなの。自分の為に女の子が泣くなんて、以ての外よ。だからね、今は私しかいないけど、このゴルディアが代わりの受け皿になるって決めたのよ。私もね、今は表面上だけの巫女な訳だけど、全力を尽くすから」

「グロスティーナさん……！」

グロスは逞《たくま》しい胸筋を叩《たた》き、コレットを元気づけようとしている。この見掛けは兎《と》も角《かく》とした素晴らしき人間性、間違いなくプリティア譲りだ。リンネ教とゴルディアの関係は、これからゆっくりと構築されていく事となるだろう。だけど、この巫女達なら互いを尊重して、良き関係を築いてくれるような気がする。

「もう、コレットちゃんったら。気軽にグロスちゃんって呼んで頂戴な。ま、公式の場ではそうもいかないでしょうから、その時は私も控えるわん。これでも貴族の出でね、やろうと思えば相応《ふさわ》しいレディにもなれるのよん♪」

「ハハッ、ゴルディアの巫女は実に紳士で愉快だね。何を聞いても面白いよ〜」

フィリップ教皇が楽し気に笑う。ちなみにゴルディアとの関係構築の為、普段は姿を現さないこの教皇も、この会合では子供の姿をちゃんと晒《さら》しての出席となっている。

「こら、フィリップちゃん！　紳士じゃなくて淑女よ、淑女！」

「あ、待って、ツボ、ツボに入ったフフフ……！」

……うん、良き関係を築いてくれるんじゃないですかね。

「ああ、そうだ。コレット、例の件はどうなってる？　ほら、お墓の」

「あ、はい。滞りなく進んでいますよ。よろしければ、この後に見に行かれますか？」

「お願いするよ。俺達にとって、とても大切な事だからさ」

誰にも見えぬよう、俺とメルはテーブルの下で手を繋《つな》いでいた。

◇　◇　◇

会合を終えた俺とメル、そしてコレットの3人はデラミス宮殿より少し歩いて、とある場所へと向かった。そこは数多くの石碑が立ち並ぶ、所謂《いわゆる》墓地と呼ばれるところだ。墓地というと薄暗く、無条件で怖そうなイメージを思い浮かべるものだが、ここデラミスに置かれる白で統一された石碑は清掃が行き届いており、周りも整備された芝生や花々で彩られている。空気は非常に清らか、視線を遠くまで伸ばせば海も見えるという、墓地にしては大変過ごしやすい場所だ。

「良い場所だな。墓地って予《あらかじ》め聞いてなきゃ、ハイキングを始めるところだったよ」

「からのバーベキューですね？　分かりますよ、ええ！」

メルよ、ジョークに対して真面目に乗っからないでくれ。コレットもその手があったか！　みたいな顔をしないで。雰囲気がぶち壊れちゃう。

「さてはメル、お前ファーニスの一件からバーベキューの味を占めたな？」

「な、何の事でしょうか？　一般天使な私にはさっぱりです。それにしても本当に良い墓地ですね、実に良い墓地です」

わざとらしく視線を逸《そ》らす元転生神。元々バカンスで下界していたメルであるが、ここ最近は神の束縛からも解放されたせいか、以前よりも己の欲に忠実になっているような気がする。まあ今日のような会合など、先代の神として責務を果たすところではしっかりとしているから、文句はないんだが……問題はやはり食欲だな、食欲。いつかエフィル１人じゃ手が足りなくなるのではないかと、屋敷の主としてとてもヒヤヒヤしている。

「ありがとうございます。死した魂が安寧を得られるようにと、かつての巫女が設けた場所なんですよ。その時の意志を継いで今でも身分に関係なく、申請があれば誰であろうと受け入れるようにしています。ただ予算の関係上、無料とまではいかないんですけどね。

集合墓などで費用を何とか抑えて、大抵の方が利用できるよう努力はしているのですが……」

「いやいや、流石《さすが》にタダじゃ維持は難しいだろ。これだけ立派な場所なんだし、ある程度は仕方がないさ」

「フフ、そう言って頂けると、創始者である巫女セシリアも救われます」

とはいえ一般の方々が参拝に来ているので、巫女であるコレットは顔が見えぬよう変装中。俺やメルも一応S級冒険者に名を連ねている為《ため》、リンネ教徒の衣服を借りてフードを深く被《かぶ》っている状態だ。仕方ないけれど、拝む時は顔を晒したいのも正直なところ。

「ご安心ください。これより先はリンネ教関係者、それも枢機卿《すうききょう》以上の者より許可がない限りは、立ち入れない管理区域です。そこからは顔を晒しても大丈夫ですよ」

「……あれ？　さっきの、言葉に出してたか？」

「そういう顔をしていたんですよ、あなた様」

「ええ、されていましたね」

「むう……」

まさか、メルどころかコレットにまで心を読まれる日が来ようとは。俺ってそんなに感情が顔に出やすいタイプなんだろうか？　ああ、いや、戦いは抜きにしてだぞ？　いくら何でも、それは自覚するようになったから。

そんな風に自問自答しているうちに、銀の装飾が施された白壁がそびえ立つエリアに辿《たど》り着く。白壁の奥へと通じる門の前には、神聖騎士団の騎士と思わしき門番が立っていた。更にその門番の前には、俺達《たち》と同じ格好をした者が1人。何やら門番と会話をしているようだ。

「お疲れ様です。作業は順調に進んでいますか？」

「ああ、コレット様。お待ちしておりました。ええ、順調ですとも。何といっても、巫女様が自ら提言された大仕事ですからね。秘密裏にではありますが、腕の良い職人と魔導士は十分に揃《そろ》えています。っと、そちらにいらっしゃるのは、もしやメル様とケルヴィン様では？」

「サイ枢機卿？」

コレットに声を掛けられて振り返ったのは、白い衣装から黒肌を覗《のぞ》かせる美青年、サイ枢機卿だった。以前に目にした位の高そうな祭服でないところを見るに、俺達と同じ理由で着替えているんだろう。門番をしていた騎士達はコレットの姿を見た途端に目を丸くして、ビシリと敬礼したまま固まってしまった。

ここでは何だからと、サイ枢機卿は自らの権限で彼らに門を開けさせる。そのまま自然な流れで俺達と合流し、目的地へと向かう事に。どうやらサイ枢機卿も、俺とメルがお願いした件に携わっているようだ。聞けばコレットは元々、会合が終わった後にこの場所を視察する事になっていたらしい。

門を潜《くぐ》った先も墓場になっているようで、先ほどよりも大きなサイズの石碑が立ち並んでいた。施される装飾も、より荘厳かつ精密な作りのものが多い。恐らくここから先は、デラミスの有力者らの墓になっているんだろう。俺達が以前に攻略した『英霊の地下墓地』も、その名の通り墓地としての役割を担っていた。しかし、最近までモンスターの巣窟となっていて、浅い層までしか活用されていなかった筈《はず》だ。ここはその代わりの場所なんだろうか？　いや、あのダンジョンも元はフィリップ教皇が設計した場所らしいし、どっちが新しいのかまでは、ちょっと分からないな。

ただ1つ言えるのは、この区画の警備がかなり厳重である事だ。竜や天使を模した、どう見ても石碑とは思えぬ石像が、そこかしこに設置されている。これ、デラミス宮殿で見たアレだよね？　フィリップ教皇のいる階層に置いてあったアレだよね？　うん、断言しても良い。この場所に侵入者が入り込んだら、これらは絶対に動き出す。動き出して侵入者を撃退する。未《いま》だにその場面を見た事はないんだが、俺はなぜか確信を持てた。

「なるほど。それで貴方《あなた》が門の前で待機されていたんですね？」

「ええ。多忙なコレット様に代わって、こちらの担当をさせて頂いています。とはいえ、設計などはコレット様の意向が強く反映されていまして、その……」

「「？」」

フィリップ教皇にも物怖《ものお》じしないサイ枢機卿にしては珍しく、言葉を続けるのに窮している様子だ。一体どうしたんだろうか？

「ご安心ください！　大部分をサイ枢機卿にお願いしてしまいましたが、このコレット、重要な箇所は全てこの手で押さえていますので！」

「「あっ……」」

意図せず重なってしまう、俺とメルの呟《つぶや》き声。察した、今の言葉で全てを察した。

というのも、先の戦いが終わった直後、俺達はコレットにとあるお願いをしたんだ。クロメルと舞桜《まお》、そしてリオルドを供養する為の墓を、デラミスに作ってもらえないか？　というお願いを。これからコレットが忙しくなるのは分かっていたんだが、これだけはどうしてもする必要があった。

あれだけの騒動を起こした黒幕達だ。墓に名を記す事はできないし、決して許される存在ではない。だがそれでも、せめて俺達だけでも、あいつらを弔ってやりたかった。舞桜については、リオンから、リオルドに関してはアンジェから事情を聞いている。クロメルは言わずもがな、俺が一番理解している。あいつらは自分達が世界にとっての悪である事を自覚した上で、己の正義を貫き通したんだ。その事実を知る者はとても少ない。少ないからこそ、その想《おも》いだけでも俺は汲《く》んでやりたかった。

どんな小さな墓でも良いと、その筋で最も信頼できるコレットに相談したのは、コレットなら絶対に断らないという打算的な考えもなかった訳じゃない。しかしそれを抜きにしても、俺はコレットを頼っただろうな。何だかんだで一番信じているし、メルも俺に賛同してくれたんだ。迷いはないさ。

「あの、コレットさん……これは？」

「頑張りました！　私のポケットマネーも運用しました！」

墓地の中心地、たぶんこの区画で最も偉い方々の墓が集う場所。そんな超重要そうな石碑群を押し退《の》けるような形で、ズドンとそびえ立つ巨大な石碑があった。石碑というか、石像というか、女神像というか——それはメルフィーナの、いや、クロメルの巨大女神像である。

「ちょ、ちょっとだけ、大きくない、か？」

「うふふ、決してそんな事はありません。ああ、とても素晴らしい出来です。あ、鼻血が……」

今更ながら、少しは迷えば良かったと思い始める。

◇　◇　◇

後悔先に立たず。今から俺とメルがいくら騒ごうとも、この女神像をなかった事にする事はできない。しかし、ここまでモデルを強調されては隠せたものも隠せない。どうすんだよ？　うん、マジでどうすんだよ!?

「コレット、流石にこうなると人の目が――」

「その点もご安心ください！　如何《いか》にクロメル様の造形美が細部まで再現されようとも、事情を知らぬ者にはメルフィーナ様としか映りませんので！　よって、表向きは彷徨《さまよ》える魂を導くメルフィーナ様の女神像として定めています！　着色されない石像の利点を、大いに活用させて頂きました！」

「いえ、そういう訳ではなくてですね――」

「メルフィーナ様のご心配はご尤《もっと》もです！　貴女様《あなたさま》の巫女《みこ》たる私が、色彩云々《うんぬん》のみで判別できないだなんて、デラミスの巫女としてあってはならない事！　ですがですが、その点もご安心あれ！　私ともなれば同色の石像であったとしても、そこに籠《こ》められた魂を感じ取る事で、メルフィーナ様かクロメル様かを判別できますので！　匂いが違いますよ、匂いが！」

「「……うん、それなら安心だね（ですね）」」

俺達は色々と諦めた。俺達の力じゃ、この聖女様を止める事は敵《かな》わない。そう悟ったのである。

「ええと、サイ枢機卿もこの事をご存知だったので？」

「はい、知った上で協力させて頂きました。仰《おつしや》りたい事は十分に理解しているつもりですが、コレット様の言い分は尤もでしたので。リンネ教のシンボルでもあるメルフィーナ様の女神像として設置するのであれば、たとえこの区画であろうと自然に置く事ができます」

「ま、まあ一応の理屈は通っていますからね……」

「実のところ、私もコレット様から最初に伺った時は、どうなのかと少々悩みました。ですが、今は自信を持ってこの選択が正しかったと断言できます。相談したセルジュも、大いに賛成してくれたので……！」

「「……」」

サイ枢機卿、そういやセルジュにほの字だったんだっけ。デラミス上層部で唯一と言って良いほど、まともで真面目な人なんだが、実に惜しいなぁ。相談する相手がそもそも間違っている。絶対面白がってるだけだよ、あの最強の勇者様は。

「こちらの女神像は今後、デラミスの国宝として扱っていきたいと思います。4大国が再び結束した確かなる証《あかし》、いえ、奇跡の存在として！　私も毎日ここで祈りを捧《ささ》げますので、そのうちに奇跡も宿るでしょう！　と言いますか、宿します！　何でしたら今からでもいけますよ！　巫女コレット一世一代の祈り、ご覧になっていてくださいね！」

「待て待て待て、話が大きくなってしかも逸れてる！　ハウス、ハウスだコレット！」

2人掛かりでコレットを落ち着かせ、女神像を軌道修正。爽快《リリーフ》！　爽快《リリーフ》！

「……失礼致しました。少々取り乱してしまったようです」

「ああ、少々で良かったよ。もう少し先まで行っていたら、流石の俺達も危なかったよ」

「まあまあ。さて、皆さんが冷静になったところで、話を元に戻しましょうか。出来上がってしまったのが石碑ではなく石像だったのは置いておくとして、墓としてはもう殆《ほとん》ど完成しているようですね？」

「メルフィーナ様の仰る通り、後は『魂葬の儀』を行うだけの状態です。この儀は司教以上の位にあるリンネ教の神官が行うものなのですが、此度《こたび》は巫女であるコレット様が直々に行えるよう手配しております」

　サイ枢機卿の言う魂葬の儀とは、亡くなった者の魂が無事に輪廻《りんね》転生できるようにと、現世に残った親族や親しかった者達が墓の前で魂を送り出すという儀式だ。この儀式を終える事で死者は真の安らぎを得て、心残りを一切排除した上で、新たな生へと出発する事ができるらしい（メル情報）。まあ、デラミス流の葬儀みたいなものだ。

「……コレット。その儀式をさ、今からやってもらうなんて事はできるかな？」

「魂葬の儀を、ですか？　私は問題ありませんが、他の皆様がまだ揃っていませんよ？」

「いや、それが暫《しばら》くは皆忙しいみたいでさ。世界崩壊の爪痕を調査しにセラは北大陸に、シュトラはトライセンに付きっ切りだし、他の仲間達も故郷の様子を見に行っているんだ。全員が集まるとすれば、それはかなり先の話になってしまう」

「私達もずっとデラミスにいる訳ではありませんからね。この会合が終われば、一度パーズに戻る予定です。ですから、せめて私達だけでも、先にクロメルらの魂を見送りたいのです。今や私は転生神ではありませんし、最早《もはや》コレットにお願いできる立場でもありません。それでもコレットが了承してくれるのならば、貴女の手によって私の半身と、その使徒達を送ってやってもらえないでしょうか？」

「クロメルはもう長い間《あいつ》頑張った。いや、頑張り過ぎたんだ。だからさ、できるだけ早いうちに楽にさせてやりたい。コレット、俺からもお願いする。頼む、やってくれ」

「メルフィーナ様、ケルヴィン様、そこまで私を信頼して頂けるなんて……！　承知致しました。このコレット、一世一代の魂葬を行ってみせます！」

俺達に頼られた事が余程嬉《うれ》しかったのか、コレットは今まで見た事もない、決意に満ちた表情になっていた。しかし、ほんの少しデジャブを感じるのはなぜだろうか？

「御二人《おふたり》は私の後ろで、故人の安息をお祈りください。サイ枢機卿《すうききょう》は、お手数ですが私の援護を」

「ハッ、コレット様を支援致します」

「え、援護に支援……？」

――それから数分後。僅かに不安要素があったものの、魂葬の儀は奮闘するコレットの下、滞りなく終える事ができた。気のせいかもしれないが、儀式の最中にクロメルの女神像から光が天に昇って行ったような、そんな眩《まばゆ》い瞬間があった。サンサンと輝く太陽の光と見間違えたのかどうかは、正直なところ俺には分からない。だけど、それが本当にあいつらの魂だったとするのなら……どちらにせよ、俺には安息を祈る事しかできないか。あと、こっちは俺の勝手な願望なんだが、来世も強敵であれば是非ともまた相見《あいまみ》えたい。というか絶対見つけて喧嘩《けんか》売ってやるからな、あの野郎共。

「これにて儀式は終了です。皆様、お疲れ様でした」

　玉のような大粒の汗を流しながら、コレットがそう宣言した。時間を要する儀式ではなかったが、コレットの疲労は相当のようだ。この短時間でそれだけの消耗、集中をして行ってくれた証だろう。しかもその上で、直後に俺達《たち》を安心させてくれるような微笑《ほほえ》みまで見せてくれた。今一度、コレットに深く感謝しよう。本当に、本当にありがとう。

「……これで、クロメル達も安心して逝けたかな？」

「はい、魂は安息を得た事でしょう。デラミスの巫女、コレット・デラミリウスが保証致します」

「コレット様の儀式は完璧でした。おこがましいようですが、私もそうであると信じています」

「サイ枢機卿もありがとうございました。貴方の体力回復の支援がなければ、私は道半ばで倒れていたでしょう」

「もったいないお言葉です」

ああ、途中でサイ枢機卿が魔法を使っていたのは、そういう事だったのか。俺とメルが改めて2人に礼を言うや否や、緊張の糸が切れたのかコレットの足取りが怪しい感じに。そんなコレットの様子に皆は笑い合い、雰囲気はすっかりと明るくなる。大団円を迎えるっていうのかな。魂葬の儀は綺麗《きれい》に締められたのであった。

……ただ、その、これだけ綺麗に儀式が終わってしまうと、ちょっと言い出し辛《づら》い。メルさんや、君から言ってくれませんかね？　え、駄目？　やっぱり俺から？　そこを何とか――

「あの……パパ、ママ、もう出ても良いでしょうか？」

「へ？」

不意にクロメルの女神像の後ろから響いた、大変可愛《かわい》らしい幼子の声。次いで、女神像の横からひょっこりと何者かが顔を出す。コレットはその声の主を見た瞬間、目を丸くしながら出血した。

◇　◇　◇

クロメル女神像より姿を現したのは、小さな小さな女の子であった。年齢にして幼シュ

トラと同じくらいだろうか？　くりっとした目をしていて、幼いながらも美しさを感じさせる容姿をしている。可愛いと綺麗を掛け合わせて更に2乗したような、大変素晴らしい造形美である。見るからに上等な衣服で身を包んでいる辺り、どこかのお城のお姫様か、名家のお嬢様といったところか。そうだろう、そうだろう。そうに違いない。彼女は腰下まで伸ばした艶やかな黒髪を揺らしながら、瀕死状態《ひんし》なコレットの眼前にまで歩み寄る。

コレットはもうノックアウト寸前で、それ以上視界に入れないよう頑張って己の欲求と闘っているようだ。一瞬サイ枢機卿が歩み寄るのを制止しようと動きかけたが、姿を晒《さら》した彼女を確認した途端に、それを取り止《や》めて俺達の方へと振り向いた。

「……メルフィーナ様、ケルヴィン様。説明を求めてもよろしいでしょうか？　よろしいで、しょうか？」

サイ枢機卿、不思議と二言目の語尾が上がっているような、そんな気がしますぞ。ああ、はい。説明します。ちゃんと説明しますから。

「パパー、ママー、こちらの方が凄《すご》く苦しそうです。えっと、助けてあげないと。この場合、回復魔法……？」

「大丈夫だから、早くこっちに来なさい。彼女は可愛いものが視界に入っちゃうと、鼻と口から血が出ちゃう病気なんだ。だから早く離れなさい、ク、ク、クロメル」

「わ、私は可愛くなんてないですよ！　もう、パパったら！」

「そんな事はないぞ！　クロメルは世界一可愛いぞ！」

俺達の下へやって来たクロメルを抱き抱え、その場で何回転か回ってしまう。回る最中にサイ枢機卿と視線がぶつかった。わ、分かってますよ。説明しますよ。

「ええと……うちの愛娘《まなむすめ》です」

「クロメルです。よろしくお願い致します」

ペコリと礼儀正しく頭を下げるクロメル。可愛い。

「これはこれはご丁寧に。神皇国デラミスにて枢機卿の職に就いております、サイ・ディルと申します。まさかご息女がいらっしゃるとは、大変驚きました。お名前を聞いて、更に驚きましたとも」

「いやー、あはははは……」

そう、この子の名はクロメル。一見ただの超絶可愛い天使なんだが、実は先の戦いの黒幕であったクロメルと同一人物なのだ。クロメルが瀕死の状態だったあの時、俺は召喚術で契約を申し出た。回復魔法で瞬時に治療できる傷でもなかったし、俺の魔力体とする事で一時的な延命を図る事しか、クロメルが助かる道はなかったからだ。握った手を伝い、クロメルはそれを了承してくれた。

その後、クロメルは数日間眠りっ放しだった。無理もない。あれだけの重傷に加えて、神機やら先代竜王やらジルドラやらと融合して、そもそもが不安定な状態にあったんだ。

おまけにメルフィーナが転生神を辞した事で、以前に吸収した力が更に大変な事に。それだけの事があったのに、数日で目を覚ましたのは奇跡だったと言って良いだろう。ゆっくりとではあったが確実に、クロメルは俺の魔力内で復活を果たしたのだ。

「パパ、もしかして私のせいで怒られているのですか？　そ、その、ご、ごめんなさい……」

「い、いえ、私は決して怒っている訳ではないのですよ!?　ただほんの少しだけ、御二人の間にご息女がいらっしゃった事に驚いただけです！　深い意図はありませんとも！」

「そ、そうでしたか。良かった、皆さんは仲良しさんなのですね♪」

可愛い。だがしかし、復活の際に予期せぬ事態が発生した。復活後に召喚したクロメルの姿は幼く、精神までもが相応のものとなっていたのだ。それも以前の記憶はないらしく、レベルも1に戻ってしまっていた。唯一クロメルとの契約の秘密を共有していた俺とメルはその場で固まってしまい、頭の中は真っ白な状態だ。幸か不幸か、その場には俺達しかいなかったんだが、召喚されたクロメルは俺達を見るや否や、こう言い放ったのだ。

『パパとママ、ですか？』

射られるハート、溢《あふ》れる父性本能。こうなってしまった経緯などもうどうでもよく、俺はもう駄目になってしまっていたんだ。そして俺は決意した。この子を俺達の娘にして立派に育て上げる、と。だってほら、こんなにも可愛いんだもの。そりゃもう無償奉仕ですよ。今度は俺が頑張る番ですよ。

　冷静になって考えてみろ。クロメルはメルフィーナの幼い姿なだけあって、メルの子供だと言っても何の不思議もないのだ。悪魔と同じく、天使も一定の年齢を過ぎると容姿が変化しなくなるしな（メルフィーナ談）。何よりもクロメルの髪の色は、俺と同じ黒色だ。ここまできたら、もう完璧に愛娘だって言っても通るようなもの！　セラ達に説明した時は大いに誤解を招いて酷《ひど》い事になりかけたが、俺はとっても元気です！

「きゃっきゃっ！」

「――と、色々あったのですが……記憶に関してはセラにも確認してもらいましたが、本当に失っているようでした。嘘《うそ》をついている訳ではないようです。ただご覧の通り、酷い親馬鹿になってしまいまして」

「心中お察しします、メルフィーナ様」

「いえ、それもこれも行き場を失っていた愛情が、子煩悩な愛に裏返ってしまったのが原因なのです。だからその、大本の原因を作ってしまった私も責めるに責められず、大目に見て頂ければ……」

「ママも遊ぼ～」

「はぁ～い♪」

「メルフィーナ様もどっぷりですね」

周りの目なんて気にならない。今ならジェラールや義父《とう》さんとも、深い意思疎通ができそうだ。そりゃ愛する子供を取られたら、俺を本気で殺しにくるよなー。俺だってそうするだろうしなー。仕方ないよなー。

「……ハッ！　あ、あの、こ、こちらの大量殺戮《さつりく》兵器は一体!?」

正気を取り戻したコレットが、クロメルを見ないよう注意を払いながらそう質問してきた。コレット的には最上級の褒め言葉なんだろうが、一周回って失礼である。

「そんな物騒な兵器じゃないからな？　俺とメルの――」

「――だ、駄目です！　このような素敵な暴力、私は耐えられません！　お話を伺っていましたが、幼いクロメル様なんて血が足りなくて直視できませんもん！　見たいのに見られない！　酷い、こんなの拷問です！」

両目を手で押さえて、自ら視界を塞ぐコレット。うちの子も学習して、コレットの視界に入らないよう俺の後ろに隠れているから大丈夫なんだけど。

「しかし、これからどうなさるおつもりですか？　世間一般に広まっていないとはいえ、4大国の上層部はご息女の、いえ、先の戦いを巻き起こしたクロメル様の存在を知っています。受け入れられるかどうかは、正直なところ分かりませんよ？」

「サイ枢機卿、お忘れかな？」

「え？」

「さっきの魂葬の儀で、その上層部達《たち》が知るクロメルは安息を得たんだ。それはコレットやサイ枢機卿《すうききょう》が証言してくれている。よって、ここにいるのは純粋無垢《むく》な俺達の娘である、可愛いだけのただのクロメルだ！」

「うっ！　し、しかしそれは妄言で――」

「――なるほど、百理ありますね。異世界では脇から生まれた偉人がいると聞きます。では、先代の神であったメルフィーナ様がぽろっとお子様を生んだとしても、何も不思議なところはありません！　文句を言う輩《やから》がいたとしても、デラミスの巫女《みこ》たる私が世論を味方にできるよう先導すれば！」

「コレット様、お願いですから冷静になってください！」

「私は冷静ですよ？　血を流し過ぎて、1周回って冷静です」

よし、コレットが仲間になった。

「サイ枢機卿、もう一度考えてみてください。もし仮にこの話をセルジュ・フロアに相談したら、彼女は何と答えるでしょうか？　すぐにこう答える筈《はず》です」

「……っ！　可愛いは正義、ですね！　なるほど、百理あります！」

続けてサイ枢機卿も仲間となり、可愛い可愛いクロメルの存在は認められる事になったのだ。他の国に向かった仲間達も、今頃説得を終えている頃じゃないかな？

◇　◇　◇

――ケルヴィン邸・リビングルーム

「皆、集まったか？」

「全員集合済みだよ、ケルにい！」

数日後、デラミスより帰還した俺達は屋敷にいた。リビングには各国より舞い戻った仲間達も集っている。え、暫《しばら》くは集まれないという話は何だったのか、だって？　いやまあ、あれは早くクロメルの存在を認めさせたかった口実というか、リオや舞桜《まお》を弔ってやりたい気持ちは本当だったし、転移門があるから移動する分には一瞬――兎《と》も角《かく》、集ったのである。

「それではこれから、報告会を始めたいと思う。まずはデラミスを担当していた俺とメルから」

この会はクロメルの存在を認めるか否か、各国各組織の主達と秘密裏に交渉を行った成果を報告するものだ。俺とメルの成果は数日前の通りである。

「神皇国デラミスはナンバー2であるコレット・デラミリウスをはじめとし、枢機卿のサイ・ディル、デラミス公認勇者の4名、更にはセルジュ・フロアを籠絡する事ができました。唯一教皇のフィリップ・デラミリウスだけは慎重な姿勢を保っていましたが、外堀は完璧に埋めましたので、彼が首を縦に振るのも時間の問題でしょう」

「特にコレットの気合いの入れようは凄かったぞ。デラミスに関しては、まず安心してくれていい」

「皆様、ご安心くださいませ！　このコレット、命に代えてでもやり遂げる所存です！」

「……王よ、コレットが隣にいるようじゃが、ワシの気のせいじゃろうか？」

　気のせいではない。単にデラミスを飛び出して、この報告会に参加するほど士気が高いだけなのだ。これが終わったら、転移門で直《す》ぐに帰って行くらしい。

「では、次は水国トラージ担当のワシが。トラージ王との謁見を賜ったんじゃが、拍子抜けするほど簡単に承諾してくれたわい。事情を話したら同行してくれた、シルヴィアとエマの存在が大きかったんじゃろうなぁ。あちらさん、終始ご機嫌な様子じゃった。あ、これお土産ね」

「まあ、立派なお野菜ですね！　本日のお夕食に使わせて頂きましょう」

　メルの事を意識してくれたのか、ツバキ様はジェラールに山盛りの野菜を渡していた。エフィルを筆頭にメイド達が頑張って運び出している。そういえば、シルヴィア達が暫くはトラージの世話になるって話をしていたっけ。そりゃ人材マニアのツバキ様なら機嫌も良くなるよな。俺達が今まで積み重ねてきたやり取りも活《い》きているんだろうが、何よりもタイミングが良かったみたいだ。協力してくれたシルヴィアとエマに、後でちゃんとお礼をしなければ。

「ふう、運搬完了です」

「お疲れ様、エフィルねえ。このまま僕らの報告をしちゃおっか？」

「承知致しました。リオン様と私は獣国ガウン及びエルフの里担当です。結論から申しますと、獣王様とネルラス長老はクロメル様を認めてくださいました」

「最初こそ獣王様は反対だったんだけど、エフィルねえの話を聞いて応援に来てくれたネルラス長老、それにサバトさんやゴマちゃん、他の王子様達も一緒に説得してくれたんだ。キルトさんなんて殆《ほとん》ど面識がない筈なのに、サバトさん達と同じくらい熱心に支持してくれてさ」

「最後には父を恐れず、そこまで言えるようになったか。と、感銘を受けられていたようでした」

「へえ、あのレオンハルトが」

俺や義父さんと真逆の教育方針をいく、レオンハルトの心中を察する事は難しい。無理矢理に推測する事しかできないけど、サバト達の行動に何か心打たれるものがあったんだろうな。まあ、あの獣王の事だから、その何かを狙って認めるのを渋っていた、なんて可能性も無きにしも非《あら》ずなんだが。

あと、これまで行動を共にする機会の多かったサバトらはもちろんの事、我が心の盟友キルトにも深く感謝をしたい。最愛の妹ゴマに良いところを見せたいとか、リオンの可愛《かわい》さに恐ろしき父に反抗するほど心燃え上がるものを感じたとか、こちらは色々と推測できる。なぜか容易にできる。だがそれらの要因を差し置いても、キルトの心意気は素晴らしいものだ。今度是非とも、アズグラッドと共に酒を酌み交わしたい。

「シュトラと竜ズのトライセン組はどうだった？」

「言わずもがな、だったよ。えへん！」

「アズグラッドの野郎が全幅の信頼を寄せるシュトラがそう言えば、まあそれで良いんじゃねぇの？って感じの答えしか返ってこねぇッスよ」

「おでら、出番なかった……」

「私は最初からない事を確信していた。とても楽な仕事」

「あ、でもでも、アズグラッドお兄様からケルヴィンお兄ちゃんに、後でトライセンに来るようにって伝言があったよ？　個人的にお話がしたいみたい」

「アズグラッドが？」

ほう、それはあれか？　早速同志キルトも連れて行くべき案件か？　アズグラッドめ、珍しく空気が読めているじゃないか。

「じゃ、次は私ね！　グレルバレルカ帝国は――」

「――二つ返事でオッケーだったんだろ？」

「ええっ!? な、何で分かったのよ、ケルヴィン!? もしかして、新たに予知能力でも習得したの!?」

「どっちかと言えば、それはセラ寄りの力だろ」

俺の言葉に酷く驚いている様子のセラであるが、ここに関しては予想もクソもない。ベルを同行させるまでもなく、セラの言いなりになってしまう義父さんの姿が目に浮かぶのだ。そう、今の俺のように。

「む～、アッと驚かせたかったのにぃ～」

「セラさんは凄《すご》いですよ。私、パパとママと同じくらい尊敬しています」

「あら、なかなか見所のある発言ね！ ケルヴィンにメル、クロメルったら将来大物になりそうよ！」

クロメルに慰められたセラはすっかりと機嫌を直し、縁起の良い予言をしてくれた。うん、そういう発言はドンドン言ってくれ。頼もしいセラの口から言われると、大抵の事は実現されそうだもの。

「それと、私も父上から伝言を預かってるのよ」

「今度は義父さんからか？」

「その孫の顔を見たくもあるけど、一番見たいのは直系の血族だって」

「が、頑張ります……」

義父さん、とんでもない爆弾発言を……！　一瞬、和やかなこの空間がピリッとした！

「最後の報告はアンジェお姉さんからっ！　遠い遠い西大陸の冒険者ギルド本部にまで行って来たんだけど、流石《さすが》のアンジェさんもお疲れです」

「いやはや、本当にお疲れ様だよ。確かギルドの本部って、西大陸の最西端なんだろ？」

「そうそう。でも安心して、遠くまで行った甲斐《かい》はあったからさ」

ビシリと親指を立てるアンジェ。そんな事をしなくても、アンジェの笑顔を見れば交渉が首尾よくまとまったんだと分かるってもんだ。

「いやー、ギルドの総長と面会する事はできたんだけどね、結論から言うと――駄目でした。てへっ」

「その笑顔と仕草で駄目だったの!?」

「ケルヴィン君、ナイスツッコミ！　でも、お姉さんの話は最後まで聞いてほしいかな。総長はこう言ったんだ。ギルドの長として、クロメルちゃんが黒幕だったクロメルと同一である事は看過できない。本来であれば、悪《あ》しき可能性として潰さなければならない案件だ。けれど、だからと言ってデラミスやギルド公認のS級冒険者と敵対したい訳でもない。人の上に立つ者は、世の中の道理や流れを見抜くものだ。それが先覚者の務めなのさ。よって私はこの話を聞いてないし、知る機会もなかった！　『死神』ケルヴィンと『微笑』のメルに子供ができた？　わお、めでたいじゃない。お祝い金は出さないけど、心からお祝い申し上げるね！　へー、クロメルって名前にしたんだ。敵と同じ名前をつけるなんて、なかなかパンクじゃないの！……ってさ」

「な、なるほどな。声真似《まね》までしてくれて、ありがとう」

アンジェの見事な演技に少し呆《ほう》けてしまったが、つまるところ遠回しに認めてくれるって事か。まあ、見て見ぬフリとも呼べるけど。ギルド総長、会った事はないけど良い意味でも悪い意味でも大人である。

「って事でだ、クロメルの事を知っているであろうところから、口約束ではあるが大よその承認を得る事ができた。ややこしい外交とかは、これからもシュトラやコレットに頼る事になると思うが……」

「お任せください。私とシュトラちゃんは無敵ですから。ねー！」

「ねー！」

ああ、たぶん真っ当な交渉事で勝てる奴《やつ》はいないだろうなぁ。よし、何はともあれ――

「――クロメル、これからもよろしくな！」

「はい、パパ！」

皆が皆、諸手《もろて》を挙げてクロメルを祝福した。

◇　◇　◇

――トライセン城・アズグラッドの私室

シュトラより伝言を受けた俺は、早速アズグラッドのいるトライセンへと向かった。足で向かうには一苦労なこの移動も、転移門があるので散歩気分で行く事ができる。一緒に行く面子《メンツ》もシュトラとクロメル、そしてリオンなので、弁当を引っ提げてピクニックへ向かう心境だ。雲1つない快晴の下、鳥達《たち》のさえずりが聞こえてくる。少し前まで魔王のいたトライセン城だというのに、今ではすっかりと平和な印象を受けるようになった。うん、今日も清々《すがすが》しい良い日だ。こんな日はどこかに凶悪なモンスターでも出ないもんかと、手を組んで祈りたくなってしまう。

「すまん。同志キルトも呼びたかったんだが、唐突にガウンの城にお邪魔するのもどうかと思ってさ。3人で語るのは、また今度の機会にしよう。ま、唐突なのはアズグラッドも同じなんだし、勘弁してくれな」

「お前の方こそ唐突だよ。キルトって、ガウンの第3王子か？　一体何の話をしてんだ？」

「何って、お前こそ何を今更恥ずかしがってんだ？　妹について話す為《ため》に、俺を呼んだんだろ？　全部言わなくともお見通しだぜ？　シュトラの前じゃ話し辛《づら》いだろうと思って、クロメル達と一緒に遊ばせているから安心しろって。今頃3人でお人形遊びでもしてる筈《はず》だ」

「……そうか。もう俺の思惑はお前に見破られていたって事か。確かにシュトラの前では、な。気ぃ利かしてくれて、感謝するぜ」

「別にいいって。それで、どの辺から始めるつもりだ？」

「あー、それなんだが――」

何気に初めての妹談議だ。俺としては、手始めに軽くジャブを打っておきたい。そうだな、まずは如何《いか》に自分の妹が素晴らしいか、その辺から熱く語ってもらうというのはどうだろうか？　同志キルトならば、恥ずかしがる事なく見事に先陣を切ってくれるだろう。

「――ケルヴィン、単刀直入に言おう。シュトラをもらってやってくれねぇか？」

「……はい？」

え、何？　今アズグラッドは何と言った？　シュトラをもらってやってくれ？　何を言っているんだ。シュトラはもう屋敷に居候しているから、これ以上もらうも何もないぞ？　あ、もしや滞在期間の延長話の事か？　天使型モンスターがいなくなって落ち着いたとはいえ、まだまだトライセンも復興の最中、不安定な状況だもんな。それならそうと、遠回しに言わなくても良いじゃないか。いやー、何事かと驚いちゃったよ。あはははは
……

「お前に子供ができたって事は聞いてる。それなら、近いうちに結婚もするんだろう。それならよ、その中にシュトラも入れてやっちゃあくれねぇか？　この通り、頼む」

「……」

思考停止、いや、動けよ俺の並列思考！　だけどさ、いきなり何言ってくれちゃってるの、アズグラッド!?　妹談議ならぬ妹の嫁入り話は、流石に予想外にもほどがあるぞっ！

「よし、アズグラッド。まずは頭を上げてくれないか？　正直、俺は今酷《ひど》く混乱状態にあるんだ。俺はただ、ここに妹を熱く語る妹談議をしに来たつもりだったんだ。シュトラは確かに俺にとっても妹のようで妹だけどさ、実際はお前の妹であってお前も妹で、あ、あれっ？」

「お、おう、確かにかなり混乱しちまってるようだな。俺も話を飛躍させ過ぎた。少し、お互いに冷静になるか」

一呼吸置きまして。よし、少しマシになった。

「そもそもの話さ、今はアズグラッドが国王を代理でやってるけど、ゆくゆくはシュトラを王にするつもりだったんだろ？　それが何で、俺との結婚話が持ち上がってんだよ？」

「俺も最初はそのつもりだったんだけどよ、いつの間にか城に居着いちまったうるせぇのが、ちょっとな……」

「うるせぇの？」

「アーズーちゃーん？　それは誰の事かしらね～？」

「げっ」

アズグラッドが心底嫌そうな表情を作ったのと同時に、部屋の窓がバンと開かれる。室内に入り込むヒンヤリとした冷気に触れ、次いで生命として強大過ぎるその存在を感じ取る。俺達の前に現れたのは、先日の最終決戦にアズグラッドと共に参加した、氷竜王その人（その竜？）であった。

「あ、どうもお母さん。お邪魔してます」

「あら、ご丁寧にどうも。ケルヴィンさんもお久しぶりですね。毎度の事ながら、うちのアズちゃんがいつもお世話になっております。自分の家だと思って寛《くつろ》いでくださいね。そうだ、アイスでも食べます？　たんと冷やしていますよ？」

「何でそんな会話してんだよ！　ここはトライセンの城で、俺の部屋だからな!?」

いや、何となくこんな挨拶をしなきゃいけない感がして……

「サラフィアも許可なく部屋に入ってくんなって、いつも言ってるだろうが！　せめて扉から来い、扉から！」

「だってー、アズちゃんが友達を連れて来るなんて珍しくて、ついつい。てへ♪」

「てへじゃねぇよ！　歳《とし》考えろよ！」

「はーい、口が悪いぞ～♪」

「あがっ!?」

どこから取り出したのか、サラフィアはかなりでかいサイズのアイスを、アズグラッドの口に押し込んだ。痛みはないだろうが、これはなかなかに辛い。俺まで頭がキーンとしそうだ。

「あぐあぐあぐっ！　この程度で罰になると思うなよ!?」

「まあ、良い食べっぷり。流石私の息子ね」

と思ったら、アズグラッドは一瞬であのでかぶつを食べてしまった。すげぇな、アズちゃん。

「はぁ、まあいい。ある意味ちょうどいいし、話を戻すぞ。こんな感じでサラフィアが四六時中俺に付き纏《まと》ってな、王になれ王になれってうるせぇんだよ。場所も時間も人の目も弁《わきま》えねぇから、流石の俺も疲れたやら恥ずかしいやらで折れちまってな……嫌々ながら、王位を正式に継ぐ事になった」

「私が頑張りました。自慢の息子です」

「そ、それは、何というか……おめでとう？」

「城に連れて来たのは失敗だったと、今更ながらに本気で後悔してるぜ……」

ビシッと満足そうに決めポーズを取る氷竜王に、俺はただただ苦笑いを浮かべる事しかできない。アズグラッドが絡むとテンション高いのかな、この竜……

「面倒事を全部実の妹に投げるなんて、男の子としてあるまじき行為ですからね。母の気持ちが伝わってくれたようで、とても嬉《うれ》しいのです」

「こ・い・つ……！」

「ま、まあまあ、落ち着けって。兎《と》も角《かく》、アズちゃ――アズグラッドが王位を継ぐ事になった経緯は分かったよ」

「お前、今言い直しただろ」

しょうがないだろ、サラフィアがちゃん呼びの時に語尾を強めるんだもの。俺もつい釣られてしまう。

「しかしだ、それはシュトラが嫁入りする件とは全く別だ。何で俺と結婚する事になるんだよ？」

「王位を継がない事になるんなら、それが関係あんだよ。今でこそあんな小せえ姿をしてるから誤解しやすいが、シュトラはもう18になる。男ならまだしも、女でその歳になりゃあ王族は婚姻を結ぶもんだ。現に親父《おやじ》がまだまともだった時は、この歳になったシュトラを有力な王族と結婚させるつもりだったみてぇだからな。ま、所謂《いわゆる》政略結婚ってやつだ」

「あー、まあ王族貴族でよくある話ではあるけど……それで？」

「親父が魔王になってからは、色々と準備してきたもんは破棄された。んな面倒臭い事をするより、実力行使で領土奪う戦略にシフトしたからだ。ぶっちゃけた話、婚約話が破棄された時は俺も喜んだもんさ。だけどよ、俺が王位を継ぐ今の体制になっちまうとシュトラは遠くない未来、どこの馬の骨とも知らねぇ奴のところへ嫁に出す事になっちまう。

シュトラの記憶が戻ってる事はもう知ってる。だから、もう遮るもんも何もねぇ」

随所で察せるアズグラッドの妹愛に思わず感動してしまうが、全体的に重い話だ。今やシュトラは、俺にとってのもう1人の妹のような存在だ。アズグラッドの気持ちが痛いほどに分かってしまう。

「で、俺は妥協案を考えた。ケルヴィン、それがお前だ」

などと思っているうちに、何か知らんが妥協された。

◇　◇　◇

「妥協って……いや、そこを指摘する前に、一度話を全部聞いておこう。続けてくれ」

言いたい事は山ほどあるが、まずは状況整理からだ。サラフィアが何も言わないって事は、彼女も納得の上での決断なんだろう。しかしだ、俺はまだ納得していない。

「さっきも言った通り、このままだとシュトラはどこかへ嫁ぐ形になるだろう。魔王騒動で落ち目にあるトライセンだが、東大陸の4大国である事に変わりはねぇ。俺が俺がと歓迎する奴は多い。それを機に国を大きく立て直すチャンスと捉える文官も、実際のところ少なくない」

「だけど、アズちゃんはそれが気に入らないのよね？　可愛《かわい》い可愛い妹を見た事もない他人に、下手をすれば愚かな弟達みたいなクズに渡す事になるのが許せないのよね？　分かる、分かるわ～」

「一々茶々を入れるなっての！……まあ、間違ってはないけどよ」

この発言には俺もニッコリ。だ、だがまだ、俺は納得していないからな！

「妥協案ってのは、国の威信を回復しつつ、かつ有益な協力関係を築くに相応《ふさわ》しい人物を、先手を打って俺の方から選ぶって事だ。豚共に無用な宝をやるよりも、俺が認めるまともな奴《やつ》にやった方が100倍マシってこった」

「アズちゃん、豚は意外と綺麗《きれい》好きで賢くて、その上美味《おい》しいのよ。存在自体が無駄な愚か者達と比べたら、豚に失礼ってものでしょ？」

「い、いや、そこまでは言ってねぇんだが……」

あ、分かった。サラフィアって好きな者にはどっぷりだけど、嫌いな奴はとことん嫌うタイプだ。アズグラッドの弟に当たる王子達とか、今の言動から察するに後者でしかない。今までトライセンの城に来ていなかった理由って、もしかしてそれなのか？　確か魔王騒動に巻き込まれたとかで、全員行方不明になってたっけ？　まあ人望がないとか時間がないとかそれどころではないとかで、捜索は早々に打ち切られたらしいけど。

っと、脱線脱線。そんな王子達の事など、俺にとってはどうでもいい。アズちゃん、話の続きを早くしてくれと目で催促。

「あー……要はよ、俺と趣味が合って俺に共感できて、尚且《なおか》つ俺が認めた野郎がお前だったって事だ、ケルヴィン。そこいらの小国よりよっぽど影響力のあるS級冒険者に嫁ぎ、深い関係を結んだとなりゃあ、うちの国のもんが文句を言う事もねぇ。百歩譲ってお前にならな、俺としてもシュトラを任せられる。かなーり譲歩してだけどな」

「お、おう」

正面からそう言われると、なかなかに恥ずかしいものがある。確かにアズグラッドにはバトルで勝った事があるし、実力は認められていると思う。バトルジャンキーな趣味嗜好《しこう》、シュトラに可愛い妹として接している点で、精神的に共感する部分も多い。

「アズグラッドの言い分は理解した。理解したが……素直にその話を肯定する事はできない」

「あん？　おいこら、シュトラじゃ不足だってのか？　延《ひ》いてはトライセンに喧嘩《けんか》売ってるのか？」

「喧嘩腰なのは結構、だけど俺が言いたいのはそんな事じゃない。一番大切なのは、何よりもシュトラの気持ちだろ？　お前が凄《すご》い妹思いなのは分かったけどさ、それを抜きにこれ以上の話は進められない」

そう、話の筋がいくら通っていたとしても、この縁談がシュトラを大切に思うが為《ため》のものだったとしても、尊重すべきはシュトラの心なのだ。嫌がるシュトラと結婚させられても、その後の生活が大変な事に――

「――ああ、それならもう許可はもらってるぜ？」

「……えぇ？」

予想外なアズグラッドの言葉に、ちょっとだけ変な声が出てしまった。許可って何？

もしかしてシュトラに聞いて、オーケーが出ちゃったって事？

「マ、マジで……？」

「今日はやけに疑《うたぐ》り深いな。兄として、妹の気持ちを汲《く》むのは当然だろうが。小さい姿のシュトラ、元の姿のシュトラの両方に確認取ったわ」

「更に更にここだけの話、本心ではどう思っているのか？　と私からも何気なく尋ねて、再確認も済んでいます。いずれの場合も、ケルヴィンさんとの婚約には前向きでしたね」

「……」

「あら、嬉しくて声も出ないなんて、お膳立てした甲斐《かい》がありましたね。アズちゃんも嬉しいでしょう？」

「複雑過ぎてよく分かんねぇよ。ま、ケルヴィンのその反応は妥当なところだろうな。舞い上がるのも当然だ。但し、正式に式を挙げるまでは手を繋《つな》ぐのも接吻《せっぷん》も絶対厳禁だ。破った時点で俺がたたっ斬りに行く。外交も面子《メンツ》も関係ねぇ、そんくらいの覚悟だ。分かったか？」

アズグラッドとサラフィアが勝手に話を進めているけど、あまりの出来事に俺の頭はたった今再起動したばかりだ。準備が良いというか、用意周到過ぎて怖いレベルというか、兎に角驚いてしまった。待て待て、唐突にそんな事を言われたって、俺にだって心の準備というものがある。

シュトラが前向き、あのシュトラが前向きに婚約を考えている？　しかも子供と大人、その両方が？　アズグラッド達《たち》にああ言われた今でも、正直なところ疑心暗鬼に駆られてしまう自分がいる。確かに俺はシュトラに好意を持っている。だがそれは、あくまでも妹としての感情だ。恋慕の情ではない、と思う。てっきりシュトラもそう思ってくれていると考えていたから、こんなにも動揺してしまうんだろうな。念話で直接聞いてみれば最も手っ取り早く確認できるけど……俺のメンタルはそこまで鋼ではないのだっ！

「おい、ケルヴィンが頭を抱え出したぞ？」

「妹を恋愛対象として見て良いのか、本当にシュトラがそんな事を言ったのか、その辺りで混乱しているみたいね。うんうん、青春って感じで素敵だわ～」

「後半は兎も角、前半はそうでもねぇだろ……ったく、おいケルヴィン！　今更んな小せぇ事で悩むんじゃねぇ！　お前、実の妹ともキスするような間柄だろ！　血が繋がってねぇ分、シュトラの方が健全だろうが！　悩む必要がどこにある!?　あ、言ってみろ!?」

「――ハッ!?」

た、確かに……！　そう考えると、途端にシュトラへの後ろめたさがなくなった。少し補足するとリオンも一応義理の妹なんだが、そこは置いておこう。まさかこんな簡単な事をアズグラッドから教えられるとは、思ってもいなかった。どうやら妹談議を行うに値するか、評価するのは俺の方ではなかったらしい。アズグラッド、お前の方がよっぽど妹を理解している！

「へっ、目が覚めたようだな」

「ああ、アズグラッド義兄《にい》さんのお蔭《かげ》でね。霧が晴れた思いだよ……！」

「頼む。その呼び方は気持ち悪いから、いつも通りに戻してくれ。じゃあ、次は後半の悩みだ。念話ってので、ここからでもシュトラと話せるんだろ？　さっさと確認しちまえ。それとも何か？　直接確認するのが怖いってのか、『死神』さんよ？」

「ふっ、そこまで煽《あお》らなくても大丈夫だ。アズグラッド、俺はお前を信じているからな」

最早《もはや》迷いは微塵《みじん》もない。念話先をシュトラへ設定し、コールする。

『――はい、シュトラです。ケルヴィンさん、いかがされましたか？』

『っと、元の姿に戻っていたのか。シュトラ、唐突に申し訳ないんだけどさ、1つ確認したい事があるんだ』

『奇遇ですね。実は私も注意して頂きたい事が1つありまして』

『え、注意？』

『はい。アズグラッドお兄様の私室の中とはいえ、鍵くらいはしっかりと閉めた方が良いかと』

『……』

ゆっくりと部屋の扉の方へ振り向くと、扉が半開き状態なのを確認。その隙間から大人シュトラをはじめ、リオンやクロメルの姿が見えていた。

「ええと……シュトラさん、私のママになるのですか？」

◇　◇　◇

——ケルヴィン邸・ダハク農園

「ほう、それからどうなったんじゃ？」

「アズグラッドとサラフィア共々、大人なシュトラにこっぴどく叱られたよ。国の将来に関わる密談をするなら、もっと慎重に考えて行動しろってな」

「あ、そっちッスか？」

トライセンからの帰還後、屋敷の農園にてジェラールとダハクを相手に話をする。シュトラとの婚約騒動が既に屋敷中へと広まってしまった為、ここで一時的な避難をしているのだ。なぜ避難しているのかと聞くのはナンセンスだぞ。何、直《す》ぐに戻るさ。でもちょっとだけ安寧を得させて。

「俺はてっきり、ケルヴィンの兄貴との婚約について話すのかと思ってやしたよ」

「ガハハ、シュトラは聡明《そうめい》な娘であるからな。色々と自分の中で天秤《てんびん》にかけて、何を最も優先すべきかを分かっとるんじゃろう。うむ、そうじゃないとこんな決断なんてしない筈《はず》じゃ。ところで王よ、久々に剣を交えぬか？　軽ーい鍛錬じゃ、鍛錬」

ジェラールは世間話でもするような軽いノリでそう申し出るが、兜《かぶと》の奥の鋭い眼光が絶対に鍛錬では済まさないと語っている。仮孫に何してくれてんじゃと言っている。

「そんな凄いプレッシャー背負いながら凄むなよ。ぶっちゃけ、今はジェラールが敵に回るときっつい」

ちゃんと確認もしたんだよ？　大人シュトラには主に国としての利得を説かれ、あまりシュトラ自身の心情には触れる事ができなかったんだが、子供シュトラにそれを伺ったところ、一言目に「お兄ちゃん好きだから大丈夫！」と、お兄ちゃん冥利に尽きる言葉を頂いたのだ。大人シュトラより名目上の理由を、子供シュトラより彼女の素直な気持ちを確認、といったところだろうか。何はともあれ、俺の反対する理由は綺麗さっぱりと消えてしまい、俺とシュトラは婚約に至った。

「シュトラとの話を出した瞬間、セラ姐《ねえ》さんに思いっ切り殴られてましたからね。お勤めご苦労ッス」

「んなシャバに出た時に言われるような言葉を投げられてもな……」

セラ渾身《こんしん》の一撃は凄《すさ》まじかった。お蔭で俺の頬は痛々しく腫れてしまっている。しかし、本当に警戒すべきはこれからだろう。場合が場合だから仕方ないとはいえ、俺はシュトラとの結婚を約束したのだ。これによってメル、エフィル、セラ、リオン、アンジェの目の色は完全に変わってしまった。以前にした取り決め通り、結婚するなら全員同時に。これを怠れば、恐らく俺は死ぬだろう。

「仕方ないのう。苦境を脱したら、ちゃんとワシに斬られるのじゃぞ？」

「剣を交える話から一方的な虐殺になってるぞ、おい」

「翁《おきな》ジョークはこの辺にしておいて、マジでどうするんじゃ？　本当に全員との結婚を同時に行うのか？」

「人間の番《つがい》がどう成立すんのか、俺も前に勉強した事があるッスけど……相当大変みたいッスね。竜みてぇにストレートに決まるんじゃなくて、親やらから許可を得て、複雑な儀式をして、その他にも準備を色々するんスよね？　それがシュトラみてぇな王族ともなりゃあ……兄貴はすげぇなぁ」

もっと言えば、コレットとの関係の責任問題もある訳で。昔は面倒な王族貴族達の争いに巻き込まれるものかと言っていたが、色恋の魔の手によって今やこのざまよ。いや、もちろん気の多い俺が悪いんですけどね。

「それにしてもダハクよ、お主にしてはやけに詳しいのう？」

「へへっ！　そりゃまあ、俺だっていつかはプリティアちゃんと番になる気なんで、そっちの文化も知っとかねぇと！」

「……うむ、頑張れ。超頑張れ。ワシはお主を心から応援しているぞい」

「おっと、その手には乗りませんよ、ジェラールの旦那！　俺は一切油断も隙も作らねぇッス！」

　いや、ジェラールは本当にダハクを応援しているだけなんだけどな。しかし、今や次期転生神となったプリティアとの結婚か。怖いもの見たさで興味があるような、止《や》めておけという察知スキルに従った方が良いような、微妙なところだ。そもそも普通の結婚式形式で良いのか、その場合？

「あ、そういやセラ姐さんも王族か？　兄貴、マジでやばいッスね」

「親族の許可を得るって点では、トライセンよりむしろそっちの方が難易度高いんだよ。しれっと『真・試練の塔』とか計画してそうだ」

「王がグレルバレルカ帝国で登った塔じゃったか？　ありそうじゃなー。ワシも準備しとこうかのう、見極めるに相応《ふさわ》しき塔を」

　え、ジェラールも建てるの!?

「ま、まあ、リオンが成人するまで数ヶ月の時間がある。それまでに予定立てて、それぞれの準備を進めるさ。その間にも残りの神柱を探したり、見所のありそうな人材を見つけたりもしたいし、これから忙しくなるぞ。そうだ、西大陸や北大陸の未探索の場所へも行ってみたいな。クロメルに色々と経験を積ませたい！」

「うわ、手広くやるッスね～。流石《さすが》に忙し過ぎじゃないッスか？」

「やる事が多いのは良い事じゃが、クロメルに何かあったら――」

「おい、抜くな。一々剣を抜くな。大丈夫だから！」

ダハクはやや心配そうだが、忙しいだなんて言ってられない。記憶を失う前、クロメルは俺を永久に楽しませようと苦心し神となり、世界ごと輪廻《りんね》させる方法を実行しようとした。それを否定した今において、こんなところで絶望している暇はないんだ。世界を輪廻させる必要なんてなく、世界がこのままだったとしても、俺はどこまでも戦いを、人生を、全てを堪能する。そしてその様を、我が子であるクロメルに見せてやる。そう決めたんだ。

「パパー！」

俺がジェラールの剣を押さえ付けていると、屋敷の方からクロメルに呼ばれた。脳が命令を出すよりも速く、俺の体はそちらへと向いていた。ついでにジェラールも同様だ。2人は仲良し、クロメルの前で喧嘩《けんか》なんてできません。笑顔で駆け寄って来たクロメルを抱き上げる。

「どうしたー？　またママにおやつを取られたのかー？」

「ぷふっ、違いますよー。あれは私の分を、ママにお裾分けしているだけですもん。確かにとっても欲しそうな顔をされましたが、あくまで私の意思です」

「たまにッスけどクロメルのお嬢、メル姐さんよりしっかりしているような、そんな気がするッス」

「いや、まあ、うん……」

　事実、そういうところもあるから何とも言えない。特に食欲については、どういう訳かクロメルは歳相応《とし》の子供並みにしか食べないのだ。むしろ少食かも。メルは相変わらず大食いなのに、謎である。

「ママ達《たち》が今後の予定について話したいそうです。私ならパパも逃げないだろうという理由で、メッセンジャーに選ばれちゃいました。これでお仕事達成です！」

「そ、そうか、ありがとう。助かったよ……」

「おー、完璧に弱点突かれてるッスね」

「不味《まず》いのう、その方法はワシにも通じるパターンじゃて……」

　全くその通り、俺とジェラールはこの攻撃を避ける術《すべ》がない。必中でハートをキャッチされてしまう。

「王よ、さっきまで覚悟を決めた良い顔をしていたんじゃ。そのままの気概で行くと良いぞい」

「胃の痛みも噛《か》み締める覚悟だけどな……！」

「パパ、行きましょう?」

「よ、よし、行こうか」

クロメルと手を繋《つな》ぎ、おっしと気合いを入れて屋敷へ足を向ける。

——ピカッ！

しかし、健気《けなげ》にも腹を決めた俺の心を揺さ振る出来事が、天より降り注いだ。具体的にはピンク色の怪し気な光の集合体が、上空から舞い降りて来たのだ。ここにいる男達全員は体を硬直させ、クロメルは何事だろうかと可愛《かわい》らしく首を傾《かし》げている。

「やばい……」

「やっば……」

「やべぇ！　やべぇ！」

「?」

俺達はあの桃色を知っている。脳裏に焼き付けてしまっている。動け体、今ならまだ間に合う！

「うふぅん。皆ぁ、お・ま・た・せ♡」

新たなる転生神、顕現。俺は急いでクロメルの目を手で覆い、視覚的な刺激を少しでも軽減させるよう努めた。

◇　◇　◇

天使の翼と天使の輪、かつてメルが見せてくれた蒼《あお》き翼と輪とそれらは同一のものなんだろうが、纏《まと》う者が変われば受ける印象も180度変わるというもの。その姿は醜悪にして凶悪だ。そしてなぜに全身タイツなのかと、ピュアなクロメルに悪影響があったらどうするのかと説教してやりたくなる。しかしながら悪気はたぶんなく、むしろ本人的にはサービスでやっているんだと思う。だからこそ危うく、だからこそ手に負えない。

空からやって来た恐怖の大王、もとい次期転生神のプリティアは、さも当然であるかの如《ごと》くこの場所に舞い降りやがった。いや、別に深い意味はない。ただ、あまりに唐突だったもので言葉選びを間違えただけだ。畑に神気が宿ったとダハクが異常なくらいはしゃいでいるけど、俺とジェラールに対してそういうドッキリは止めてほしい。最悪、心臓が止まっちゃうから。

「や、やあプリティア。随分と刺激的な登場じゃないか。ここには子供《クロメル》もいるんだから、少しは自重してくれよ」

「う、うむ、そうじゃな。お主の魅力はちと危険じゃからな。徐々に目を慣らさんと、心臓に悪いわい」

「兄貴と旦那に同意ッス！　プリティアちゃん、今日もやべー色気で溢《あふ》れてやがる！」

「パパー、前が見えませんよー」

ダハクの天然なフォローを隠れ蓑《みの》に、俺とジェラールの本心をそれっぽく伝える。たぶん、肯定して捉えてしまうと思うけど。

「あらぁ、それはごめんなさいねん。ケルヴィンちゃんにかわゆい子供ができたって話ぃ、すっかり頭から抜けていたわぁ。その子と御挨拶したいのだけれどぉ？」

「……そうか、そうだな。いつかは越えなければならない壁、それが今って事か」

「クロメルよ、ゆっくりと目を開けるのじゃ。決して急ぐでないぞ！　絶対じゃぞ！」

「ええっと……よく分かりませんが、急がずゆっくりと目を開ければ良いのですね？」

「まぁ、ジェラールのおじさまったらぁ。私の美しさをそこまで評価してくれていたのねぇ。仕方ないわん。いつものプリティドレスへドレスチェンジしてぇ、溢れ出る愛も消しておきましょうかぁ」

「正しい判断だと思うッス！　プリティアちゃんの美しさ、今や神の領域に突入してるッスから！」

本当に会話が嚙み合っているようで嚙み合っていないが、これはお互いが不幸にならない勘違いだ。俺から訂正する必要はないだろう。ただ、露出の少ないピンクのドレスに着替えてくれた事、翼諸々《もろもろ》の天使要素を排除してくれたのはありがたい。クロメルの目の保養要素が幾分かマシになる。

「わあ、格好良い方ですね！　パパやお爺《じい》ちゃんのお友達ですか？」

「ほう、プリティアちゃんを格好良いと見るのか。なかなか渋い観察眼だぜ、クロメルのお嬢……！」

「ま！　何て愛らしい子なのかしらん！　思わず頬ずりしたくなっちゃうわん♡」

「悪いがそれは止《よ》してくれ。クロメルの柔肌には（物理的にも）刺激が強過ぎる」

「ク、クロメルにそうさせるくらいなら、ワシが身代わりに――」

「――あらん、良いのん!?　ひょっとしてご褒美？　頑張った私へのご褒美かしらん!?」

「早まるな、ジェラール！　もっと自分を労《いたわ》ってくれ！」

「そうだそうだ、自分だけ狡《ずる》いッスよ旦那ぁ！」

いい加減、会話と感情が錯綜《さくそう》して収拾がつかない段階になってきたので、俺達は一度仕切り直して屋敷へと戻る事にした。屋敷に行けばセラやエフィルといった女性陣がいるから、クロメル以外が野郎で占める今よりも状況はマシになるだろう。たぶん、うん、たぶんなる。

「ふふっ。み～んな仲良しさん、なんですね♪」

◇　◇　◇

――ケルヴィン邸・客間

元々俺の帰りを待っていた事もあって、我が家の美々しき面々は既に部屋で勢揃《せいぞろ》いしていた。もちろん俺としては気が気でない雰囲気で満たされていた訳だが、プリティアという爆弾の登場がそんな空気を吹き飛ばしてくれる。俺達の時のような悪い意味ではなく、思いがけぬゲストの登場というサプライズ的な意味で。

俺の予想通り、プリティアが女性陣と雑談を交えた事で、大分ムードも和やかなものとなった。膝の上にリオンと幼シュトラを乗せ（クロメルはメルの膝の上）、俺のメンタルもかなり復活している。結果的にプリティアの予期せぬ登場は、俺の運命を良い方向に導いてくれたと言えよう。

「ふふぅん、ケルヴィンちゃんったら本当に罪作りな男なのねぇ。私まで恋焦がれちゃいそうよぉ」

時折、心臓が止まるやも知れぬ衝撃的な発言がぶっ飛んで来るが、まあ複数人から圧力を掛けられるよりはマシ――あ、ちょっと待って。やっぱきついかも。

「それにしても今日はどうしたのよ？　確か天使の島に、転生神になる為《ため》の承認をもらいに行ってたのよね？」

「うふぅん、セラちゃんったら私の情報をバッチリ覚えてくれてたのねん。嬉《うれ》しいわぁん。

今日はね、それを含めて色々と報告をしに来たのよぉ。実はねぇ……本日付で私ぃ、転生神として認められる事になったのぉ！」

「えっ、もう!? 凄《すご》いじゃない！」

「おめでとうございます、ゴルディアーナ様」

「めでてー！　今日は記念すべき日になるぜぇ！」

何となく察してはいたが、プリティアの報告とは正式に転生神になる事が決まった事だった。

「俺からもおめでとう。しっかし、やけに早いじゃないか。推薦の件があっても1ヶ月は掛かるって、前にメルが言ってなかったか？　まだ全然だぞ？」

「ええ、長達の慎重さを考慮した上での期間だったのですが……」

「ママの予想を上回るなんて、プリティアさんは凄い方なのですね」

「クロメルちゃん、ありがとん。なーにぃ、簡単な事よん。天使の皆の心が、突如として現れた愛の化身たる私に魅了されたぁ。たーだそれだけの事なんだからん！」

「「……」」

なるほど、天使の長達はギブアップしたんだな？　うん、それなら納得だ。確かにそれは、以前のクロメルには使えなかった手だ。

「ま、まあ何をともあれ、正式に決まった事に変わりはないさ。ん？　でも決まったって事は、直《す》ぐに下界から離れちゃうのか？」

「な、何ぃ!?」

ダハクが一々うるさい。

「最終的にはそうなるけどぉ、今からって訳でもないわん。正式な就任式みたいなのもぉ、また後であるみたいだしぃ。それに向こうに行ったとしてもぉ、メルちゃんの時同様、義体を使ってちょくちょく会いに来るから安心してぇ……ね！」

「うっ……」

「ぐはっ！」

この時、ダハクとジェラールはちょうど隣り合わせで並んでいた。プリティアはそちらに向かってウインクした訳だが、もう大惨事である。

あとそれ以前に、メルの時みたいにってそんな頻繁に来られるもんでもないと思うんだが。それが嫌で、リオンが神となるのを心配していたのもあるし……いや、長達から容易《たやす》く承認を得る事ができたプリティアなら、それもまた可能なのかもしれない。何というかプリティアは、問答無用で納得させてくれる何かを持っているんだよなぁ。厚い信頼感というか、圧倒的な空気感というか。

「ああ、そうそう。一応今のままでも、勇者ちゃん達を元の世界へ送り届けるくらいの事はできるみたいでねぇ。刹那《せつな》ちゃん達異世界の勇者4名、もう帰れるわよん」

「え？」

それはいつかは通らねばならない、しかしあまりに急な話だった。

◇　◇　◇

――デラミス大聖堂
数日後、俺達《たち》は揃《そろ》ってデラミスへと移動した。その理由は言わずもがな、勇者である刹那達が元の世界へ帰るのを見送る為だ。４人がコレットに召喚された始まりの場所、デラミス大聖堂に皆が集う。俺達とプリティアはもちろんの事、コレットやクリフ団長、そして古《いにしえ》の勇者達。姿を隠してはいるが、フィリップ教皇も奥に控えているそうだ。

集まった者達が順番に別れの言葉を交わしていく。クリフ団長にエールを送られたり、コレットと話して奈々《なな》が涙ぐんだり――そんな光景を目にすると、本当にあいつらが帰るんだな。なんて、柄にもなくしみじみとした気持ちになってしまう。

「お前ら、本当に帰っちまうのか？　帰るにしても、ここにいない奴《やつ》らに挨拶の１つくらいして来いよ」

気が付いたら俺の番になっていて、そんな気持ちを代弁する言葉が自然と出てしまっていた。

「ふふっ、引き止めるなんてケルヴィンさんらしくないですね。ご心配には及びません。あの決戦が終わってから俺達、今までお世話になった方々を訪ねて回っていたんです。中には泣いたり、全力で説得してくれたりする人もいて……でも、最初からそう決めていた事ですから。俺達には、俺達が帰るべき世界があります」

「そっか、それがお前らの選択した道か……うん、なら俺からは、これ以上とやかく言わないよ。結局、熟したお前らを食べられなかったのは残念だけどな。ああ、そこだけはマジで心残りだ」

「ハハハッ、やっぱりケルヴィンさんはケルヴィンさんでしたね。本当にすみません、師匠！」

「それよりも、その言い方がとても不快。セクハラ？　セクハラで訴えても良い？」

雅《みやび》は本当に最後の最後まで、俺に対する当たりの強さをよく維持してくれたもんだ。まあそんな憎まれ口でさえ、今となっては良い思い出。一応は師匠という立場らしいので、笑って受け止めてやろう。

「うわ、笑ってる。絶対何か悪巧みをしようとしている。とても気持ち悪い。お願い、近づかないで」

ハッハハッハ……いや、やっぱりこいつとは合わないわ。

「刹那と奈々も元気でな。つか、奈々はまだ泣いてるのか？」

「うう、だって寂しくって悲しくってぇ……」

「死体の山の中に隠れられるようになったのに、こういうところは相変わらずなんですよ。それも奈々の良いところなんですが……ケルヴィンさん、以前に頂いた涅槃寂《ねはんじゃくじょう》静ですが――」

刹那が腰に付けていた刀を鞘《さや》ごと外し、俺の前へと出した。

「ああ、そのまま持っていって構わないよ。性能上、おいそれと使ったりはできないだろうけど、まあ刹那なら間違って使うような事もないだろ。ペンダントと一緒に、旅の思い出としてやる」

「良いんですか？」

「元々、その得物は俺には扱えないんだよ。そいつだって、力を十全に引き出してくれる主の下にいた方が良いだろう。涅槃寂《ねはんじゃくじょう》静は、もう刹那の相棒なんだよ」

「……最後の最後まで、ありがとうございます。生涯、大切にする事を約束します」

優しい目をした彼女は、鞘に収めた刀を優しくひと撫《な》でする。うん、やっぱりそれが正解だ。

「あ、そうでした。刀と言えば、ニト師匠には黙って来たので、後ですみませんと伝えて頂いてもいいでしょうか？　あの人に知られたら、何が何でも私を留《とど》まらせようと無茶苦茶するでしょうから」

刹那の優しい目が、一瞬にして無機質なものへと変貌。ニトのおじさん、一体何をやらかした？

「そろそろ転移について、詳しい事を説明しましょうか」

「女神様……いえ、今はメル様でしたね」

「今はもう、ただのメルで結構ですよ。少し強い程度の、一介の天使でしかありませんから」

「異議申し立て。少しの尺度を問いたい」

珍しく意見が合ったな、雅。それは俺も問いたい。

「コホン、それでは説明致します。貴方達《あなた》の元の世界は、この世界と同じ時間軸となっています。つまり、戻る頃には1年以上の時間が経過してしまっているのです。突然4人が同時にいなくなったとなれば大事になってしまいますので、帰還時に違和感が発生しないよう、貴方達を知る者達の記憶が修正されます。例えば急に海外へ留学してしまった、などですね。証拠として必要な書類や記録にも修正は施されますので、その辺りはご安心ください」

「というと、お母さんやお父さん、友達を悲しませる事はなくなるって事なのかな？」

「そうなりますね」

「そっか、良かった……」

刀哉《とうや》達はホッと胸を撫で下ろす。

「ここで1つ注意点なのですが……元の世界へ戻った際、貴方達はこの世界で養った力を失ってしまいます。向こうは魔力などのない世界、法則の根本が異なりますからね」

「え？……ええっ!?」

雅が表情と声に出るくらいの、凄《すさ》まじいショックを受けている。とても分かりやすい。

「これまでの活躍の報酬をその力とするならば、現在の状態のままで戻る事もできます。ですが、あまりお勧めはできませんね。あちらの世界でその力を行使するのは、あまりにも逸脱した行為ですから」

「でしょうね……雅、潔く諦めなさい。考えてみれば、現実的じゃないって分かるでしょ？」

「……悪人とか、バッタバッタと薙《な》ぎ倒す」

「リ、リアルヒーローになる気？」

刹那らが何とか雅を説得して、報酬はまた別のものという事になった。

「それでは、貴方達はどういった報酬を望みますか？　常識の範囲内であれば、大体の事は叶《かな》えられますよ？」

「ううーん……どうしようか？」

「お金とか良いんじゃない……？　金の力でバッタバッタと薙ぎ倒す系の……」

「雅ちゃん、あからさまにやる気をなくさないで～！」

　報酬よりも人助けが目的で参加したような刀哉達の事だ。報酬を何にするか決めるのに、結構時間が掛かるかな。

「えと、一応聞いておきますけど……もう世界の新たな危機が迫るような事はないんですよね？」

「神埼《かんざき》君、いくら何でもそれはないよ～。そんなにしょっちゅう、大それた事が起こる筈《はず》が……（チラッ）」

　言葉では否定しようとしているが、奈々の視線はチラチラとこちらに向けられている。

「いやー、それを聞かれちゃうとなぁ。要らぬ心配をさせたくなかったから、教えたくなかったんだけど……」

「「「あるんですか、危機っ!?」」」

　総ツッコミを食らってしまう俺。だから、言うつもりはなかったんだって。プリティアから聞いたばかりで、まだ何の調査もしていないんだし。

「でも、あくまでかもで、殆《ほとん》ど可能性はないようなもんなんだ。たとえ太古に封印された邪神が奇跡的な確率で復活したとしても、お前らの世界には何ら影響はない。だから、安心して帰れよな！」

「「「……」」」

あれ、おかしいな。なぜか俺に4人の視線が集中しているぞ？

「いや、今回のは前みたいに明確な情報じゃなくて、俺がいたら良いなぁ程度に思ってる願望というかだな――」

「ハァ……師匠の事だから、またそうやって起こさなくてもいいものを、自ら起こしちゃったりするんじゃないですか？　そんな時、少しでも戦力がいた方が良いでしょう。うん、良い筈です」

「また乗りかかった船、かしらね」

「神埼君がそう言うのなら、私は大賛成だよ！」

「もう一度遊べる」

異世界勇者組、残留決定。これってさ、俺が信頼されているから、或《ある》いは別の意味での確信があったからの、どっちの理由なんだろうか？

「盛大な見送りをしてくれたのに、またお世話になってしまうのは申し訳ないですけど……」

「何を言っているんですか。巫女《みこ》として、デラミスを代表して歓迎しますよ」

「そうそう、今更かしこまる必要もないでしょん。あ、そうだわん！　報酬で迷っているのならぁ、自由に世界を行き来できるようにしたらん？　貴方達の世界とぉ、こっちの世界をねん」

「ええっ、そんな事も報酬にできるんですかっ!?」

「いつでもどこでも、という訳にはいかないと思うけどぉ、定期的に帰る分には問題ないわん。ね、メルちゃん？」

「そうですね。刀哉達《たち》が望むのであれば、それを報酬にする事は可能です。先ほど申しました通り、帰る際には能力が排除され、こちらに来る際にまた元に戻るという形ではありますが」

「「「是非それで！」」」

報酬内容も決定。プリティア、早速神としてガンガン働いている。

「ふへぇ、一時はどうなるものかと思ったけど、良い形に収まってくれて良かっ――」

――カァーン、カァーン！

突然、鐘の音が大聖堂に届いた。時間を知らせるような音色ではなく、気が急《せ》くような騒がしい音だ。何事かとコレットに聞くよりも早く、俺達はその原因を大聖堂の外からの叫びより知る事となる。

「侵入者、侵入者だー！　大聖堂に向かったぞー！」

「おのれ、神聖なる場所に入れるなっ！」

「刹那《せつな》ちゃんいるぅ!?　おじさんが迎えに来ましたよー！」

「この、訳の分からない事をっ！　おい、そっちに変なおっさんが行ったぞー！」

「「「……」」」

皆の視線が、一斉に刹那へと集まる。

「やっぱり、私だけでも帰ろうかな……」

第三章　▼バトルラリー

——ケルヴィン邸・ケルヴィンの私室

このところ、皆の様子がおかしい。以前のような無言の圧迫感がある訳じゃない。心なしかそわそわしているというか、何か俺に隠し事をしている様子なのだ。問題なのはそれが女性陣だけでなく、ジェラールやダハクといった男共、更にはクロトやアレックス、もっと言えば精霊歌亭のクレアさんやウルドさん、知り合いに至る全員が全員、同じような雰囲気であるという事だ。

うーん……俺が何か悪い事をしたって訳ではないと思う。ここ最近は結婚の件といい、精力的に準備を進めてきたつもりだからだ。その話をする時のみ、エフィルやセラ達は普通の状態に戻るんだが、全く関係のないところだとやはり違和感がある。

「エフィル、俺に何か隠してないか？」

「……い、いえ、ご主人様に隠し事をするなんて、とんでもありません」

机を囲って式場などを決める最中に聞いても、エフィルからはこんな感じの答えしか返ってこない。が、いつもであれば即座に返事をする筈。言葉を口にするまでに数秒を要しているし、悲痛な面持ちでやむなし！　という雰囲気が滲《にじ》み出ているので、誰かしらから口止めをされているのは確定的だ。クールな振舞いを見せるパーフェクトメイドも、意志に反する行動を取る際はとても心が読み取りやすい。

さて、一体何を隠しているのやら。こういう場合、予想すべきはドッキリ系かな。誕生日のサプライズとか、お祝いだとか。そう考えれば、エフィルが教えてくれないのも頷《うなず》ける。ただ、別に俺の誕生日が近い訳でもないんだよなぁ。他に祝い事がある訳でもないし……

「ふーん、そっか。いや、何となく聞いてみただけだから、気にしないでくれ。うん、全然気にしてない」

「本当に申し訳ありません……」

ちょっとだけ意地悪をすると、エフィルもバレバレである事は自覚しているようで、何度も何度も頭を下げられてしまった。しかもシュンとされてしまった。これはいかんとエフィルに体を寄せて、精一杯の気にしていないアピールを――

「パパ、失礼しますね」

――する寸前だったが、クロメルの入室により直前で取り止《や》め。危ない危ない、まだ真っ昼間だった。

「お、おうクロメル、どうした？」

「パパにお届け物です。はい、どうぞ♪」

「お届け物？　手紙っぽいけど……」

小さな手から一通の封筒を受け取る。差出人の名前は記されておらず、セルシウス家の家紋封蠟《ふうろう》が押されているだけだ。まあ、これだけでも身内の誰かから、というのは分かる。

「あっ、まだ開けちゃ駄目です！　絶対に駄目ですっ！」

「え、駄目なの？」

「えっと、ええっと、これは招待状なので、然《しか》るべき場所で開けないといけないのです。ですからパパ、間違っても今は開けないでくださいね」

招待状とな。クロメルが考えた、新しいごっこ遊びかな？　なんて考えている最中に、ある事に気付く。これがごっこ遊びだったとしたら、エフィルは穏やかな笑みを浮かべている事だろう。しかし、今のエフィルはどちらかと言えば、緊張しているようにも思える。つまり、この手紙はエフィルも関与している？

「という事で、パパをこれからある場所へご招待します！　私に付いて来てくださいね」

「おっと、今から招待か。どこに行くんだろうな～？　あ、エフィル。そういう訳だから、ちょっと出掛けて来る。続きはまた後で」

「承知しました。いってらっしゃいませ」

クロメルに手を引かれ、そのとある場所へと誘われる。恐らくは計画通りの流れ、それでもエフィルがちょっとだけ残念そうな顔をしていたのは、精一杯のアピールが延期になったせいだろう。などと己惚《うぬぼ》れちゃう。

◇　◇　◇

――精霊歌亭・酒場

クロメルに導かれるまま歩く、歩く、歩く。部屋を出て屋敷を飛び出し、街の中へトコトコと。クロメルの歩幅に合わせている為《ため》、俺としてはゆっくりな歩調でちょっとした散歩気分だ。そういえば、最近は準備やらでのんびりしている暇がなかったんだ。クロメルにそんな意図はないんだろうが、これはこれで招待された甲斐《かい》があったってもんだ。

「パパ、到着しました。ここですよ」

「ここって……精霊歌亭か？」

「そうです。ささ、中に入りましょう」

状況が理解できないまま、俺はクロメルと一緒にスイングドアを開けて、店の中へとお邪魔した。

「お、漸《ようや》く来たか。待っていたぜ～」

「いらっしゃい、ケルちゃん！」

「「「待ってたぜー！」」」

いつもの如《ごと》くクレアさんと、こちらは珍しい事にウルドさんが俺を迎えてくれた。更にはウルドさんのいぶし銀パーティの皆さんや、顔見知りの冒険者達も揃《そろ》っている。何だ何だ、酒盛りをするにはまだまだ時間が早いぞ？　そしてそんな筋骨隆々な者達の中には、大変華奢《きゃしゃ》な姿をした少女達もいる訳で。

「ケルにい、僕も待ってたよー」

「私もリオンちゃんと一緒に待っていたわ」

リオンに幼シュトラだ。うん、ここまではまだ分かる。ここまでならクロメルの繋《つな》がりで、まだ盛大なごっこ遊びという線も残っていただろう。

「ケルヴィン様、お邪魔しております」

しかし、そんな2人の横にはなぜかコレットがいたのだ。彼女の存在だけでごっこなんてもんじゃない、もっと本気の何かが始まるんだと俺に悟らせてくれる。コレットがここにいる事自体が、まず大事件だもの。

「あっとー……本格的にどういう集まりなんだ、これ？」

「パパ、ここです！　ここであのお手紙を開いてください！」

このタイミングでか。懐からついさっき渡された手紙を取り出し、言われた通りに中身を確認。封筒の中には2枚の紙が入っていた。1枚目に目を通す。

「ケルヴィン様、貴方《あなた》をバトルラリーへ招待致します。……バトルラリー？」

「うん、そのご招待！　ここ最近のケルにい、ずっと働き詰めだったでしょ？　だから僕達みんなで、この前のお祝いを兼ねたプレゼントを考えたんだ。それがバトルラリー！」

「詳しくは2枚目を見てね、お兄ちゃん」

「あ、はい」

2枚目をパラリ。そこには東大陸全土を記す地図と、チェックポイントとされる丸い空白表記が8つある。ラリーってくらいだから、これを埋めていく事になるんだろう。

「これからケルヴィン様には、そちらのチェックポイントを全て走破して頂きます。丸と丸を線で結んでいますので、スタートからその順番に進んでくださいね」

「順番に走破って、これ全部をか!?　パーズにトラージ、次にトライセン、ガウン、デラミス――これ、軽く東大陸1周分はありそうなんだけど……」

「そのルートを辿《たど》る分には国境を通るのに問題ないように、各国に話を通してあるから安心してね。もちろん転移門を使うのはなしよ」

「……自力で走れというシュトラ、笑顔がとっても素敵。

何となく理解した。俺にとってのご褒美、そしてバトルラリーというネーミング。このチェックポイントで、俺は何かしらと戦う事になるんだな？」

「正解！　やっぱりケルにいは察しが良いね！　今日この日の為に、すっごく準備したたんだよ～」

「「「俺達《たち》も準備完了だぜ！」」」

威勢のいい掛け声が聞こえると、いつの間にやら酒場に置かれていた丸テーブルが横にされ、壁際に立ち並ぶように設置されていた。これはアレだな、かつてセラとナグアが決闘をした時のやつだ。となると、スタートがここだから——ほほう、ここでも一戦交えるって事か！

「まあ、お兄ちゃんは何となく察していたと思うけどね」

「いやいや、ここまで壮大なものを準備してるとは思わなかったよ。素直に驚かされた。……ちなみになんだけどさ、この酒場にこんな大人数が集まってる理由も、このバトルラリーと何か関係があるのか？」

苦笑いを浮かべながら、俺は辺りを見回す。ウルドさんをはじめとした皆が、ニヤニヤと怪し気に笑っているのが不気味だ。

「関係あるぜ！　何せこの酒場はスタート地点にして、第1のチェックポイントなんだからな！　相手はこの場にいる全員だ！」

「「「ケルヴィーン、殴らせろー！」」」

「ぜ、全員……!?」

酒を飲むにしては不自然だなとは思ったけど、まさかの全員参加である。

「あ、1つ訂正するけど、僕とシュトラちゃんは別のチェックポイントの担当だから、バトルラリーが始まったら一旦ここから抜けるね」

「私も今回は結界を施す支援担当でしたので、ケルヴィン様を殴る係ではありません。同じくその際は離脱致します」

「結界って……コレット、まさかこの人数分施したのか？」

「フフッ、クロト様の支援を受けた私の支援は、今や留《とど》まるところを知らないのですよ。その証拠に巫女《みこ》の秘術を施す際、一度も虹を描くことなく任務を完遂したのです！」

バッと両腕を振り上げ、誇らしげに立ち上がるコレット。決戦以来溜《た》め込んでいたクロトの魔力が随分と減っていると思ったら、ここで使っていたのか。

「調子に乗って連続付与して、吐きそうになった瞬間もあったけどな！」

「だけどよ、巫女さんは吐いてないぜ！　それはここにいる俺らが証人だ！」

「ああ、吐く寸前だったが、何とか持ちこたえたぜ！」

「み、皆さん、あまり詳細を語らないで頂けると……！」

あー、パーズの皆は俺の昇格式の時、コレットの大惨事を目にして耳にもしている人が多かったっけ。あれは悲しい事件だった。

「と、兎《と》も角《かく》です！　これで殺生の心配はなくなりました！　ケルヴィン様も安心して殴り返せるというものです！　さあ、存分に殴り合いをっ！」

「コレットちゃん、言葉遣い言葉遣い。あ、それとね、移動の時はクロメルちゃんを背負ってもらうわ。お兄ちゃんがちゃんと正規のルートを走っているか確認する為に、クロメルちゃんが目を光らせているからね。チェックポイントに辿り着いたら、戦う前にちゃんと下ろすように！」

「チェックポイントをクリアした時に、さっきのマップにスタンプを押す係も兼任です。パパ、不正は駄目ですよ？」

「しないしない。クリアより、素直に存分に楽しむのが優先だ」

クロメルと一緒に、か。ハハッ、こいつはクロメルの固有スキルを考慮しての難易度になりそうだ。要はやばい難易度。

「さ、あたしも久しぶりに本気を出そうかねぇ」

「え、クレアさんも参加するんですか？」

「当然だよ。ケルちゃん、手加減はしないからね？」

「おい、ケルヴィン。俺が言うのも何だけどよ、クレアには気を付けろよ？　今でこそこんな体形だが、昔は戦う料理人としてぶいぶいやってたんだぜ？」

「あんた、余計な情報は流さないのっ！」

「はい！　すんませんっ！」

かなり失礼な事を言ってしまうが、現役のウルドさん達よりもクレアさんから強いプレッシャーを感じてしまう。

「あら、もう準備が整っちゃったのかしら？」

「っは、ちょうど良いタイミングだったみてぇだな」

　バトルラリーの説明が終わり、さあ始めるぞ、という空気が酒場を支配しようとしていた頃、更なる乱入者が酒場の入り口より登場する。さっき思い出したばかりのナグアに、彼の仲間であるエルフのアリエルに、ドワーフのコクドリ。更にはパーズ支部のギルド長であるミストさん、その背後にギルドの職員さんがぞろぞろ。何だ、何なんだ、この人数は……!?

　一応確認する為、コレットに視線を送る。するとコレットから、「私がやりました！」という、力強いガッツポーズが返ってきた。いや、そういう事じゃなく。

「合法的にこのスカシ野郎を殴って良いチャンスと聞いてよ、わざわざ来てやったぜこのスカシ野郎！」

「ナグア、言葉遣い言葉遣い！　相変わらずな挨拶で申し訳ありません、ケルヴィンさん。ですが、やるからには私も本気でいくつもりですので！」

「おう、ありがとう！　ところで、シルヴィアとエマはいないのか？　３人だけってのも、何だか珍しいな？」

「ああん!?」

「ナグア、ハウスだ。こいつのイライラ加減を見れば察せると思うが、あの2人は別行動中だ。まあ、そこも察してくれればありがたい」

「あー……うん、了解した」

　察する。まだまだ先は長いもんな。

「私とお母さんもいるよ、ご主人様！」

「天井から失礼致します」

　これで集合完了でもないらしく、今度は真上からメイド姿のエリィとリュカが下りて来た。おいおい、結構な広さのあった酒場も寿司詰《すしづ》め状態に近くなってきたぞ。

「これで全員ですね。改めまして、第1チェックポイントは私達『有象無象連合』が務めさせて頂きます」

「いやいや、有象無象って……」

　ミストギルド長、その命名センスはどうかと。

「ケルヴィンさんのお力に比べれば、第1チェックポイントを担当する全員、力が及ばない事は周知の事実ですから。ですが、今回のルールは不殺の上、特殊。それがどんな攻撃であろうと、一撃を食らった瞬間にリタイアとなり、コレット様の秘術が発動する事になっているのです。リタイアした者はテーブルで作った柵の外に飛ばされますので、誰が脱落したかを確認するのは一目瞭然ですね」

「ええと……つまり、俺は一撃でも攻撃を食らったらアウト？」

「アウトですよ、パパ♪」

クロメルがテーブルの柵の外で、スタンプを押す姿勢で待っている。俺の勝利を確信してくださっている。これ、絶対行動を間違えられないパターンじゃないですか。ミスったらクロメルが泣いちゃうじゃないですか。

「バトルラリー始まりの合図は、僕達が店から出る時に鳴るスイングドアの音にしよっか」

「それが良さそうね。それじゃお兄ちゃん、私とリオンちゃん、コレットちゃんは先に失礼するね」

「ケルヴィン様、東大陸全土を巻き込んだこのお祭り、楽しんでくださいね！」

リオン達が歩き出し、スイングドアの向こうへと消えて行く。その瞬間、酒場にて喧騒《けんそう》が渦巻いた。

◇　◇　◇

「ふう……」

スイングドアを押して精霊歌亭を出る。事前の知らせが出ていたのか、或《あ》るいはバトルの喧騒が外にまで届いていたのか、宿の周りは見物人で溢《あふ》れていた。拍手や歓声が巻き起こっている辺り、前者になるのかな。ミストさんが率いるギルド職員の方々も参加していたし、俺の知らないところで結構な規模となる祭りを準備していたようだ。

「パパ、お疲れ様です。記念すべき1つ目のスタンプ、無事にゲットですね」

「クロメルの応援のお蔭《かげ》だよ。次もパパの勇姿、しっかり見ていてくれよ？」

「はい！」

一発もミスをする事が許されない、白熱したバトルであった。肩にちょこんとクロメルを乗せて、移動モードに移行する。

「ったく、ケルヴィンよう。あれだけの人数を集めたってのに、簡単にクリアし過ぎだろ」

「アンタ、負けた上にそんな台詞《せりふ》を吐いちまうのは格好悪いよ！」

「ウルドさんにクレアさん。コレットの秘術で店の外に飛ばされていたんですね」

「ああ、驚いちまったぜ。何せケルヴィンから一撃食らったと思ったら、一瞬で周りの景色が変わっちまったんだからな！」

「手に馴染《なじ》んだフライパンなら、もっと善戦できると思ったんだけどねぇ。夫婦揃《そろ》って店の外に出された時は、もう笑うしかなかったよ。ハハハッ！」

爽快とばかりに笑うクレアさんであるが、実のところエリィやリュカ、ナグア達の次くらいに油断ならない相手だった。フライパン1つであそこまで隙がなくなるとは、予想外

にもほどがある。ウルドさんが尻に敷かれるのも、ある意味で自然な流れだったんだ。俺も気を付けよう……

「ご主人様、第1チェックポイントの通過、おめでとうございます」

「おめでとー！　有象無象連合の完敗だよー」

うちの屋敷からの参加者であるエリィとリュカが、宿の屋根から飛び降りての登場。場所が悪いとそんなところに飛ばされるのね、秘術。

「2人とも、ご苦労様。最後の最後まで残って頑張ってたな」

「それでも全然駄目だったよー。人影から攻撃したりお母さんと連携したり、使えるものは全部使ったのになぁ」

「ハハッ、主としてそう簡単には負けてやれないよ」

「主か……改めてケルちゃんも出世したんだって、感慨深くなるねぇ。今ではこんな可愛《かわい》らしい娘さんも作っちゃって！　おっと、あの時にはもう作ってた、ってのが正確なのかねぇ？　エリィさんもリュカちゃんも知ってるかい？　ケルちゃんが最初にここを訪れた時なんてねぇ」

「ちょ、昔話は恥ずかしいですって！　俺、もう行きますよ！　まだまだチェックポイントは多いんですからね！」

「ああ、これから大陸中を走り回るんだったか。冷静に考えると、とんでもねぇ話だよな

「……」

「ご主人様、先ほどの戦いはあくまでも前哨戦《ぜんしょうせん》。これから先に進むごとに、ちょっとあり得ないレベルの戦いが待ってますので、その……頑張ってください」

「ご主人様、生きて帰ってきてねー！」

エリィが引き気味に、リュカは笑顔で不吉な声援を送ってくれた。そんなにかよ、期待しちゃうぞ!? よっし、急ごっ！

「っは、そうだぜ！ こっから先にはシルヴィアだって——」

「ナグア様、意味あり気に物陰から登場されたところ申し訳ないのですが、もうご主人様は行かれてしまいました」

「……」

「ケルちゃーん、頑張りなよー！」

◇　◇　◇

——パーズ郊外

街を抜け、トラージに向かう為《ため》に南を目指す。あんまりスピードを出し過ぎちゃうとクロメルと周りに負担が掛かるので、飛翔《フライ》と障壁を使ってその辺を調整。移動の度に衝撃波を撒《ま》き散らしたら、俺自身が暴走野郎になってしまう。

「指定されているルートには、一定間隔で目印の旗が置かれています。それを辿《たど》って行けば次のチェックポイントに辿り着きますよ、パパ」

「それは分かりやすくて良いな。けど、全部の道に旗を立てているのか？　それ、地味に結構な手間だと思うんだけど……」

「アンジェさんの御助力で、何とかなったそうですよ。むしろ、旗を準備する方が大変だったとか」

「あー、それなら納得だ」

ザッスザスと高速で旗を突き刺すアンジェの姿が目に浮かぶ。

「で、あそこが次の場所か。思いの外、近かったかも」

「パパが速いんですよ」

パーズの南に位置する開けた平原地帯。そこで俺達《たち》を待ち受けていたのは、つい先日にも俺と顔を合わせた4人だった。

「師匠、お待ちしていました！」

「想定していた時間より、大分早いですね。走るんじゃなく飛んで来たのも、ある意味想定外ですけど」

「刀哉《とうや》に刹那《せつな》、雅《みやび》に奈々《なな》──っと、お供のムンも一緒だったか」

「ギュア！」

「お前らが2番目の対戦相手、って事で良いのか？」

肩からクロメルを降ろし、安全なところに移動させた上で結界を施す。

「ええ、ありがたい事に声を掛けて頂きまして。ここでは俺達、『異世界勇者組』がお相手させて頂きます」

「全8カ所の2組目でデラミスの勇者を出してくるとは、大盤振る舞いだなホントに」

「む、上から目線が気に食わない。私達は本気で勝つ気、貴方《あなた》はここでリタイアする定めと知れ」

「雅ちゃん、またそういう事を言っちゃうんだから……！」

「ハハハ……とはいえ、俺達と師匠とでは実力差がありますからね。今回の戦い、最も師匠に近い実力を持つ刹那に任せる事にしました」

「へえ、刹那に？」

「はい」

一体どういう意味なのかという俺の疑問に、刀哉はある魔法を詠唱する事で返答。俺と刹那を直線上の空間に閉じ込めるように、左右に光の鉄格子で壁が形成された。刀哉らとクロメルは鉄格子の外側に、長い通路のような魔法障壁内に、俺と刹那という位置取りだ。

「これは？」

「白牢光牢《インカーホワイト》、主に敵を拘束する為に用いられるA級白魔法です。とはいえ、師匠にとっては難なく突破できる程度のものですが」

「えっと、私達が提示するルールは至極単純です。刀を構える刹那ちゃんの攻撃を受けずに、刹那ちゃんの間合いを突破する事ができれば、この勝負はケルヴィンさんの勝ち。もし刹那ちゃんの刀をその身に受けてしまったら、ケルヴィンさんはここでリタイアという、一瞬で勝負が決まるものので、でも、ええと――」

「――奈々に補足する。両端を壁で遮り、刹那の間合いがすっぽり収まるよう刀哉が魔法を使ったのと同じように、私と奈々も貴方の邪魔を1つだけ行う。私はS級黒魔法【重罪人の罪重《イノーメティクラッシュ》】で貴方の敏捷《びんしょうりょく》力を徹底的に落とすし、奈々は十八番の氷天神殿《フローズンテンプル》を展開する。どこまでも無理ゲー、逃げ帰るなら今のうち」

「ちなみに私が放つのはニト師匠より受け継いだ最終奥義、使徒の1人に止《とど》めを刺した抜刀術です。遠慮も加減もなしで抜きます」

「うへー、面白嬉《うれ》しい事を考えてくれるじゃないか」

「でもまあ、攻略法は単純だと思いますよ？　俺の障壁を壊して、刹那の間合いを迂回《うかい》しながら突破すれば良いんですから。それでケルヴィンさんが満足できるかどうかは、また別の話でしょうけどね」

……いや、本当に成長したな、こいつら。俺の性格を知った上であの挑発なんて、どこまでも真《ま》っ直《す》ぐだった頃の刀哉達からは想像もできなかった。必要に応じて汚く生きられる、それは何も恥じる事ではない。死んでは元も子もないんだ。そして何よりも、そこまでして俺を倒そうとしてくれる優しさが嬉しい。

「その挑発、当然受ける！　悪いが、こっちも本気だ。魔力超過最大出力で強化した俺のスピードと、特定条件下での刹那の剣速！　尋常にくらべっこ、しようじゃないか！」

俺が風神脚《ソニックアクセラレート》を纏《まと》うのと同時に、10本もの氷柱《つらら》が地面から突き出され、俺の踏み締める地面が漆黒に染まった。眼前には居合の構えを取り、俺を見据える刹那の姿。良いなぁ、良い顔してるなぁ！

◇　◇　◇

俺が纏うは風神脚《ソニックアクセラレート》・Ⅵ《ヘキサ》、今の俺における最高速度を実現する事ができる補助魔法だ。魔力超過の段階を1つ2つと上げるにつれ、2倍から3倍へ、3倍から4倍へと凄《すさ》まじい上昇力を見せてくれたこの魔法であるが、Ⅵ《ヘキサ》ともなればかなり不安定だ。素直に倍々となるのではなく、俺の気の持ちよう、興奮状態にその上がり幅が左右される。平時であればⅤ《ペンタ》の方が速いんじゃないか、なんて時もあるくらいだ。だが、刹那達のあんな面構えを見せられた今ならば、その力は計り知れないものとなる

「合図はいりません。ケルヴィンさんのタイミングで、好きな時に来てください。焦《じ》らすのもアリですよ？　女の子を相手に、そんな事をするケルヴィンさんではないと思いますけど」

「個人的にザックリくる挑発、ありがとよ。でもまあ、そこは安心してくれ。今直ぐにでも飛び込みたいのが本心なんだ。もう行って良いっつうなら、カウントしながら行かせてもらう。良いか？　さぁーん、にぃー、いぃーち――」

氷柱が辺りを凍結させるパキパキという音色と、俺の声のみが場を支配する。尤《もっと》も1の次になった瞬間、俺達はその音さえも置き去りにしていたのだが。果たして外側で見守る刀哉らは、俺の姿が見えているだろうか？　正面も正面、今にも刀を抜こうとしている刹那の間合いを、俺は察知スキルの警報を無視しながら通り抜けようとしている。

「ギューアッ！」

刹那の姿を隠すように、突如として炎の壁が俺の目の前に現れた。刀哉の障壁が施されていない上の方で、飛翔《ひしょう》する火竜、ムンが息吹《ブレス》を放出しているのが見えた。自分と奈々が何をするのか、雅がわざわざ説明してくれた理由がこれか。意図してムンを除外する事で、視覚を遮る炎の邪魔立てを隠していたのだ。

まあ、ムンが何かするだろうという事は、何となく予想の1つとして考えていた。だからこそ、ムンでも反応できるようカウントダウンをしていたんだ。そうしてくれないと勇者達を完璧に倒した事にならないし、俺の昂《たかぶ》りに水を差されてしまう。炎の密度は十分、向こうが一切見えない。この後ろに刹那が控えていると思うと、本当に肝が冷えてゾクゾクする。

身を焦がしながら炎を抜け、刹那と瞬間的な対峙《たいじ》をする。刹那も俺が見えていなかった筈《はず》だが、彼女の瞳は確かに俺を捉えていた。無数に広がる死の線をスキルで察知。ニトのおじさんよ、何て物騒な奥義を教えてくれちゃってんだ。ありがとう、今度お礼参りします待っていろ。

「「いざっ！」」

気分が最高潮に至ったその時、刹那の涅槃寂《ねはんじやくじよう》静が刀身を晒《さら》す。斬られようが躱《かわ》そうが、その速度ならば結果が及ぶ前に刹那の背後へと到達するだろう。俺は縦横無尽に駆け巡る斬撃を完璧に躱したと信じながら、一先《ひとま》ずは目指す場所の大地へと足を付ける事ができた。

「……ふう、完敗です。ローブの裾は斬れましたけど、肉には至りませんでした」

「ぷはぁっ！　その裾が斬られた瞬間、俺の緊張感が半端ない事になってたよ。刹那の居合、堪能させてもらった」

多少焦げ臭くなりはしたが、俺の五体は無事だった。俺と刹那が会話をする事で、結界の外にいる刀哉達も戦いの結果が理解できたようだ。

「刀哉、リーダーとして勝負の結果、声に出してハッキリさせるべき」

「え、良いのか？　いつもの雅なら、そういう事は嫌がっていただろ？」

「嫌だけど、するべき。次に戦って私達が勝った時、清々《すがすが》しく勝ちたいから」

「雅ちゃん……」

「ああ、そうだな。了解だ。――この勝負、ケルヴィンさんの勝利です！　ありがとうございましたっ！」

◇　◇　◇

勇者達と別れた俺とクロメルは、トラージに向かって再出発した。次のチェックポイントに指定されたのは海の方ではなく、人気《ひとけ》のない山中だった。盛大にやらかしても良いように、とか、そういう配慮だろうか？

「パパ、さっきの読み合いは凄《すご》かったですね。こう、バッと行くかと思いきや、途中でギュン！　利那さんの無数の斬撃もお見事でした！」

「そうかそうか、あの中で明確に見えていたのは利那とクロメルくらいだったから、ちゃんと見てくれて嬉しいなぁ」

「それはもう、私はパパの戦いを見届ける義務がありますからね！」

「でもそんなにクロメルに褒められたら、パパ嬉しくって気が緩んじゃうぞ？」

「そ、それはいけません！　褒めるのは控える事にします！」

慌てふためく姿も可愛《かわい》い。そう思いを馳《は》せながら道中をぶっ飛ばしていく俺。何かに夢中になると時間は早く通り過ぎていくもので、気が付いたら目的地に到着していた。

第3のチェックポイントには巨大な湖が広がっており、トラージの海の景色にも負けぬ自然の美しさがそこにはあった。果たしてこんなに綺麗《きれい》な場所を、バトルフィールドに指定して良いものかと思ったり。そして湖に接する陸地には、これまた結構な数の人影が俺達を待ち受けていた。

「待っておったぞ、ケルヴィン！　いや、実際は予定よりも早くて驚いておるが！」

空より地面に着地するや否や、トラージの姫王であるツバキ様より早速の挨拶を頂いてしまう。他の面子《メンツ》もツバキ様に負けぬそうそうたる顔ぶれだが、この地の提供者として代表になったのかな？

「そう言わないでくださいよ。楽しくて楽しくて、夢中でここまで来てしまったんです。それよりも、よくこれだけの大物を一国に集められましたね。これから大きな会合でも開くつもりですか？」

「くく、それも良いが、あってもついででじゃな。妾《わらわ》達の第一の目的は、お主と戦う事じゃよ」

扇子で口元を隠しながら笑うツバキ様、実に上機嫌。そうは言っても、今回の相手は普段であれば手を出す事も許されない相手ばかりだ。水国トラージからはツバキ様と、その横に控える忍者っぽい黒覆面。獣国ガウンからはジェレオル、ユージール、同志キルト、サバト、ゴマの王族兄妹。神皇国デラミスなんてサイ枢機卿《すうききょう》が率いる古《いにしえ》の勇者パーティ（教皇とセルジュ抜き）を提供してくれた。軍国トライセンには正直いつか来ると思っていた同志アズグラッド、そして白銀竜の姿に戻ったロザリア。誰もが４大国の重要人物だ。

「第３の試練、妾ら『４大国同盟』がお相手しようぞ！」

「４大国総力戦、ですか。かなり気合入ってますね、ツバキ様。というか、ツバキ様も戦われるんですか？」

「当然じゃろう。妾はかつて、あのシルヴィアとエマを相手取って接戦を演じたのじゃぞ？」

「……」

「あっ、疑っておるなっ!?　真《まこと》じゃからなっ！」

「おう、トラージの。その辺にして俺にも話させろ。今度はアズグラッドが前に出て来た。

話し足りなそうなツバキ様に代わって、今度はアズグラッドが前に出て来た。

「シュトラが色々と手回ししてくれてよ、俺以外にもこんだけの物好きが集まりやがった。へっ、トライセンとガウンの共同戦線なんて、親父《おやじ》の時代には夢にも思わなかったぜ」

「トライセンの王よ、それは我らとて同じ事だ。だがまあ、過去を払拭する切っ掛けにはなり得るのではないか？　ダン殿にも来て頂きたかったくらいだ」

「おう、ジェレオルは雪辱戦狙いだったのか？　戦争してた時、ダンの爺《じい》さんにこっ酷《ぴど》くやられたって聞いてるぜ？」

「まったく、王となっても喧嘩腰《けんかごし》なのだな。久し振りに買ってもよいぞ？」

「おいおい、ジェレオルの兄貴もトライセンの王様も、ここはそういう場じゃねぇだろ？　ケルヴィン、俺がいるぞ！　ゴマもいるぞっ！」

「サバト、この場だと流石《さすが》に恥ずかしいからはしゃぐのを止《や》めて。あと3秒で殴るわよ？」

「この場で殴るのもどうかと思うよ!?」

何つうのかな。これだけの人数が集まると、俺が俺がと皆が話し始めて収拾がつきそうにない。ん、だけどデラミスの奴《やつ》らは妙に静かだ。というか、3人とも顔色が悪い。

「「……」」

「サイ枢機卿、お仲間が怖いくらい沈黙しているようですが、何かありました？」

「いえ、それが……セルジュが私達《たち》に何も言わず、デラミスから旅立ってしまいまして……物静かなラガットはいつも以上に気が沈み、いつも陽気なソロンディールまでもがあの様なのです。かく言う私も、枕を濡《ぬ》らし続ける日々が続いていて……フフッ、教皇にも祭りに参加して、少しでも元気になって来いと言われてしまいました。教皇に説教されてしまうとは、もう私はお終《しま》いです……」

「そ、そうだったんですか……その、頑張ってくださいね？」

「フフッ、その優しさすらも辛《つら》い……」

フィリップ教皇、俺にこの人達をぶっ飛ばせと言うのか？

◇　◇　◇

「皆様、仮にここでの戦いにご主人様が勝利された場合、この後に再び各国を巡る事になります。時間を考慮して、そろそろ始めた方がよろしいかと」

纏まりそうにない4大国同盟の愉快な仲間達に対して、ロザリアがそんな忠告をしてくれた。ツバキ様をはじめとして、そうだったそうだったと暴走気味だった会話がストップ。流石は我が屋敷のお姉さん的メイド竜、締める時はきっちりと締めてくれる。

「コホン！　改めてここでの勝負形式を説明しようぞ。見ての通り、今この場には各国の主要人物達が集っておる。これからケルヴィンにはそんな妾達と戦ってもらうのじゃが、制限を2つ加えさせてもらう。そのまま戦ったのでは、妾らに勝ち目はないからのう」

「俺は純粋な殴り合いで良いと思ったんだけどよ、それじゃ勝負にならねぇって他の奴らが言うんだよ。ま、俺がケルヴィンに負けちまった事があるのも事実だ。わりぃが、この姫王の言う制限とやらに従ってくれ」

「こればっかりは、実力的に仕方ねぇんだよなぁ。俺だって毎日崖から突き落とされているんだし、いつかは……！」

アズグラッドやサバトは少しばかり不満らしい。とはいえ、戦いに制限を課すのは第2の試練でも経験済み。今更俺がどうこう言うつもりは毛頭ない。逆にハンデを課せられる事で、対等な戦いになるのなら喜んで手錠でも足枷《あしかせ》でも付けて――あ、いや、俺はマゾではないからな？

「制限その1、妾らを傷付けてはならん！」

その1からすげぇ制限ですね、おい。

「くく、予想外といった表情じゃな。痛快痛快。じゃが、尤もらしい理由もあるのだ。妾らは王族、或《ある》いは重要な役職に就く者が殆《ほとん》どじゃ。コレット殿の秘術で死ぬ事はないとはいえ、そう簡単に傷付く事は許されん。すまないが、それは理解してほしい」

「別に俺らは構わねぇけどな？」

「なあ？」

「お主ら、普通王族は自ら先頭に立つものではないのだぞ……」

ガウンは王族が戦ってなんぼ、アズグラッドは戦闘大好きっ子だもんなぁ。仕方ないよなぁ。

「妾らにはコレット殿の秘術の力で、一定以上ダメージを食らうと緊急転送される効果が施されておる。ケルヴィンはこの効果が発動せぬよう注意を払いながら、妾らを全員行動不能にしなければならぬという事じゃ。気絶させる、拘束するといった風にな。方法は問わぬ」

「一定以上というと、どの程度で？」

「掠《かす》り傷《きず》程度であれば問題ないぞ！」

　基準がアバウトぉ……！

「制限その2、環境破壊絶対禁止！　この湖はトラージが誇る保護指定の貴重な自然環境でな、希少な生物が多岐にわたって生息しておるのじゃ。水を汚したり木々を害したりする行いはご法度、魔法で地面に負荷をかけるのも駄目とする！」

「……つまりこの試練、人にも自然にも優しくした上で突破しろと、そういう事ですね？」

「うむ！　しか～し、妾らは環境に配慮する事なく攻撃を行うからのう。それらからもしっかりと、この自然を守るのじゃぞ？　この『水天ノ一振』は、少しばかり威力があるのでな！」

　そう言って、湖の水から薙刀《なぎなた》を形成させるツバキ様。フーバーの得物に似ているけど、こっちの方が格は高そうだ。

「なあ、姫王。流石にそれはやり過ぎじゃねぇか？　全部無茶な要求ばっかりになってるぞ」

「トライセンの王よ、何を言っておる。これくらいがちょうど良いんじゃよ。ああ、言い忘れておったが、もし湖に何かあった場合はケルヴィンの体で補ってもらうぞ。くくっ」

ツバキ様が今日一番の悪いお顔をされる。俺は一体何をさせられるんだ、その場合!?

「別に構わないよ。アズグラッド御義兄《おにい》――アズグラッド。何かあった場合、責任を取らされるのは俺だ。それにだ、それくらいのハンデありでクリアできないようなら、この先の試練は到底突破できない。それを言いたいんですよね、ツバキ様？」

「……うむ！」

今の若干の間は何だろうか。俺を囲うのにもう意地になってるとか、そういう事じゃないッスよね？

「それでは、早速始めて頂いても良いでしょうか？　これでも結構ウズウズしているので」

「貴殿の口端を見れば一目瞭然よな。よかろう、ではこのカゲヌイの合図を以《もっ》て開始としようではないか。此奴《こやつ》が天に向こうて硬貨を弾《はじ》く。それが地面に落ちた時が、試練開始の瞬間じゃ。皆、それで良いな？」

一様に頷《うなず》いてみせる4大国同盟の面々、もちろん俺も同意する。

「ではケルヴィン、存分に楽しもうぞ」

ツバキ様がパチンと扇子を畳んだ瞬間、横にいた覆面の男が硬貨を真上に弾いた。

◇　◇　◇

――トライセン・とある砂漠

「鎧袖《がいしゅう》一触《いっしょく》でしたね、パパ！」

「ありがとう。それにしても、クロメルは難しい言葉を知っているんだなぁ。パパは鼻が高いよ」

俺が次の目的地へと向かっていると、肩に乗るクロメルが俺を褒めてくれた。お返しにと、俺もクロメルを褒めてやる。親子でニッコリ心地好《よ》い気分だ。同志キルトの懐に俺とアズグラッド連名の招待状を入れておいたし、全てにおいて完璧な戦いができたと自負している。

「ふふっ、シュトラさんと一緒に勉強していますもん。えっへんです！　あっ、それよりもパパの話ですよ、パパの話！　コインが地面に落ちた瞬間、パパが皆さんの首に当てたあの攻撃……あれって、セラさんが得意とする当て身ですか？　昔、パパがセラさんに憧れて研鑽《けんさん》を積んだという、あのっ！」

「あ、いや、そうなんだけど、詳細まで語られると恥ずかしいと言うか……」

「恥ずかしがる必要はないじゃないですか。憧れた技を努力で会得するなんて、パパはとっても素敵ですよ。ロザリアさんなんて竜の姿だったのに、よく的確に決められましたね？　凄《すご》いです！」

「う、うん。それくらい研鑽を重ねたからな……」

　確かにクロメルの言う通り、昔セラが首トンをしていたのに憧れて、セラ師匠の下で猛練習していた事がある。それを行った理由は簡単だ。格好良いから、単にそれだけの理由なんだ。だから娘にピュアな瞳でそう迫られると、俺としては何とも歯がゆい気持ちになってしまう。

　それでも開幕と同時に勝負を決する事ができたのは、間違いなくその鍛錬があったからだ。あと、前のチェックポイントで刹那《せつな》を相手した時と同じスピードでやってしまったから、かな？　刹那の剣速を掻《か》い潜《くぐ》る速度で飛ばしたら、そりゃ一瞬で勝負がつくってもんだろう。超高速首トン、我ながら上手《うま》くできたものである。

　ただ、ここから先は本格的に辛くなりそうだ。あれで漸《ようや》く第3チェックポイント、まだ半分も終わっていない。それはそれで喜ばしい事だけど、問題はクロメルの能力をどこで使うかだ。うーん、やっぱそれが考えどころ。

「パパ、そろそろ次のチェックポイントに着きますよ」

「次はトライセンの砂漠地帯が舞台だったっけ？　クロメルの魔法で涼しくなってるから、真っ昼間の猛暑も何のそのだ。本当に助か――」

いつものようにクロメルをべた褒めしようとした矢先、俺は次の対戦相手を目にしてしまう。というか、目が合ってしまう。紅《あか》い瞳を滾《たぎ》らせ、俺の頭部を視線で貫通させんとする者と。

「愚息ぅ、やけに待たせてくれたではないかぁ……！　貴様も偉くなったものだなぁ？　ええっ!?」

人気《ひとけ》のない（ついでにモンスターの気配もない）砂漠のど真ん中にて、一際目立つ大柄な大魔王が、そしてその周りには戦意に満ちた悪魔四天王が立ち並んでいたのだ。言うまでもないが、グスタフ義父《とう》さん、ビクトール、ベガルゼルド、ラインハルト、変態執事の5名である。

「お久しぶりです。義父さん達もこの催しに参加していたんですね」

「何がお久しぶりだ。1から3までのあの程度の戦い、速攻で終わらせ我に会いに来るのが筋であろう。夜明けから待っていたのだぞっ！」

よ、夜明けから!?　その時、まだバトルラリーを知らされてもいないんですけど!?

「ヒソヒソ（パパ、グスタフさんは実のところ、結構ノリノリで参加されています。スタンバイが早かったのも、楽しみにしていたのが原因でしょう。言葉が辛辣でも、本心ではパパを認めていらっしゃいますから、ご安心を）」

「ヒソヒソ（そうなのか？）」

クロメル、いつの間に義父さんの事をそこまで知り尽くして——いや、今は眼前の試練を乗り越える方が先決か。

「それはすみませんでした。それで、ここでの戦いはやはり義父さん達《たち》がお相手で？」

「当然だ！　『地獄の親馬鹿衆』、ここに見参である！」

◇　◇　◇

地獄の親馬鹿衆、そう自ら名乗ってしまうほどに親馬鹿な義父さん達から、明らかな殺気が漏れ出す。ちょっと待ってくださいよ。今クロメルを安全なところに避難させますので、っと。

「愚息、早くクロメルを降ろさんか！　我々の殺気に当てられたらどうするつもりだ⁉」

「殺気を飛ばす側の発言ではないですよね、それ⁉　でも、心配してくれてありがとうございます！」

地獄で数多《あまた》の悪魔達から恐れられる義父さんからしても、クロメルは愛《め》でる対象に入っているらしい。セラとの間の子供ではないんだが、孫は孫、という扱いなんだろうか？　ともあれ、言われるがままに急いでクロメルを置いて障壁を設置。義父さん達が待つ場所へダッシュで戻る。

「セラとの孫はまだかセラとの孫はまだかしかしそれは手を出したという証《あかし》であってやはり殺害対象にするべきであってよって殺すべしだが孫見たい[redacted]い！」

「義父さん、お願いですから落ち着いてください！　あと息継ぎもして！」

朝から待っていた俺が来たのと、孫に当たるクロメルを目にした想《おも》い。更にはその愛がセラへと繋《つな》がり、義父さんのテンションはおかしな事になっていた。怒りと喜びが合わさって、後半の言葉が呪詛《じゅそ》へと変わるほどに。

「クフフ、魔王様に代わって私がここで戦いについてご説明致しましょう」

「是非ともお願いするよ、ビクトール。それと思ったより冷静だね、君ら。さっきまで義父さんと一緒に戦意を高めていなかったか？」

「セラ様にベル様、そして新たに孫として加わったクロメル様が関わると、魔王様は基本冷静さを保つ事ができませんから。上司に合わせてこその悪魔四天王ですよ。要は慣れです、慣れ。貴方《あなた》もいずれは慣れる事でしょう」

「慣れで済ませて良いのか、それは？　後ろで義父さんに胴体ごと握り締められて、苦しんでるセバスデルがいるんだけど。鷲掴《わしづか》み状態なんだけど」

「彼は変態なので大丈夫です。あまりこういった事は言いたくありませんが、一種のご褒美なのでしょう」

「これがベルお嬢様相手なら確かにそうですがー！　これはちょっと――！」

「……何か悲痛な叫びが聞こえるけど？」

「まあまあ、そう言わずに。では、早速説明に移らせて頂きましょう」

流しやがった！　ラインハルトとベガルゼルドも、普段の行いがちょっとアレだからまあ良いか、みたいなノリだ！……ああ、そうか。そう考えれば別に良いのか。了解了解。

俺が勝手に納得したところで、ビクトールはその大きな口を上向きに開けて自らの手を突っ込み、何かをそこから取り出した。皆普通に受け入れているけどさ、口から出すのはどうかと思うよ？

「ご安心を、私の唾液で汚れるような事はありませんので。先日食した『保管』スキルを使っているのです」

「うん、そうだろうとは思ってた。それは模型か？」

「その通り、此度《こたび》の戦いのテーマはこれですよ」

テーマとな？　模型の頭の部分は尖《とが》っていて細長い。それでいて、どこかで見た事があるような気がする。この禍々《まがまが》しく悪魔的なデザイン、正に地獄だ。あ、これってあの塔なんじゃ……ええと、名前は確か――

「――『試練の塔』、だったか？　ビクトールと二度目の戦いをして、義父さんとも戦った、あの？」

「流石《さすが》はセラ様がお選びになった方だ。良い記憶力をなさっている。そう、これは試練の塔のミニチュア、現物に似せてラインハルトに作ってもらったものです。そして今、その役割を終えました」

そう言ってビクトールは、塔の模型はバクリと食べてしまった。バリボリ鳴っているあたり、保管に入れたのではなくマジで食ってる。え、俺に試練の内容を悟らせる為《ため》だけにそれ作らせたの!?　製作者のラインハルト的にそれは良いのか!?　同僚に作品を食われてしまったラインハルトの方へと、恐る恐る視線を向ける。

「ええでええで、芸術は破壊と表裏一体やからな。逆説的に、あの作品はあの瞬間に完成したんや。わいは満足しとる」

「へ、へえ」

俺が思っていた以上に、ラインハルトは芸術家肌であったようだ。そうこうしているうちにビクトールが完食。更に彼らの背後ではセバスデルがピンチ。医者であるらしいベガルゼルドが、まだ大丈夫だと義父さんに合図を送っている。

「クフフ、説明を再開致しましょう。もうお察しだと存じますが、ここでのテーマは試練の塔の再演です。以前グレルバレルカにて貴方が挑戦したのは、ラインハルトとベガルゼルドが不在の不完全なものでしたからね。本当であれば塔もここに建築したかったのですが、何分知らせが急であったが為に間にあいませんでした。その一点だけは無念です……！」

あー、たぶんセラとシュトラが気を利かしてギリギリに知らせたんだろう。セラのお願いを義父さんやビクトールが断る筈《はず》がないし、本当に建てられたらいい迷惑である。

「って事はだ、一斉にじゃなく順番に戦う感じか？」

「基本的にはそうしようかと。ここより前の試練の詳細を拝見させて頂きましたが、どれも貴方にハンデを負わせて戦うものばかりでした。だとすれば、そろそろ貴方も真っ当に戦いたい頃合いでしょう？　如何《いかが》ですか、バトルジャンキーさん？」

分かってますよと、ビクトールがその大口で笑みを表現する。しかしビクトール、いつの間に俺の理解者になってくれたのやら。これもセラの入れ知恵だろうか？　どちらにせよ、制限なしで戦わせてくれるのは嬉《うれ》しい事だ。

「パパ、まだ大丈夫ですか？」

「大丈夫だ。というより、このチェックポイントは俺独力で突破しないと、義父さんが認めてくれそうにない。流石に首トン一発で倒せる相手じゃないけどさ」

手で制し、問題ない事をクロメルに伝える。そんな事をしているうちに、向こうから蛇型の悪魔、ラインハルトが前に出て来た。

「まずはわいからや。猛毒の試練担当、悪魔の邪毒蛇《ヴェノムイーヴルデーモン》のラインハルトっちゅうもんです。生憎《あいにく》の砂漠で毒成分はあんまやけど、そこはあるもんやと思ってなぁ。ほな、いくでぇ！」

「ああ、こいやぁっ！」

　それから俺は、悪魔四天王の面々と真っ当に戦う事となる。リオンから聞いた話を活《い》かし、ラインハルトのスケッチブックを初手で強奪。体中から毒を放出されてぶっ掛けられるも、かつてグロスティーナから嫌ってほど猛毒を浴びせられた俺にとっては、もう慣れたもの。治療よりも倒す事を優先し、まずはラインハルトの意識を刈り取る。さて、ゆっくり治すと――

「――おうおう、ラインハルトをよくもやってくれたじゃねぇか！　お次は怪力の試練、悪魔の巨人王《デーモンギガントロード》のベガルゼルドが相手してやるぜぇ！」

「ちょ、治療する暇もなしかっ!?」

「いんや、俺が治療してやるっつってんだ！　逆に悪化させる事になるけどなぁ！」

　ベガルゼルドの光る手は本来、医療行為に使用されるものだ。但し、今の俺とあいつは敵同士。素直に治すような甘い事はしないだろう。過ぎた薬は毒となる、それと同じで毒性を強化されたら堪《たま》らないので、風を籠《こ》めた格闘術にてお相手し、奴《やつ》に攻撃する暇を与えない事にした。一方的に殴り蹴り、圧倒的な手数で蹂躙《じゅうりん》する。時間にしてみれば一瞬なもので、ベガルゼルドは戦場から吹き飛ばされる。

「クフフ、流石ですね！　どうやら、私達1人1人では相手にならない様子！　ならばこうしましょう。ここからは暴食の試練、悪魔の黒甲鬮《アーテルパンツァーデーモン》ビクトールとっ！」

「ふぅ、ふぅ……！　し、死の淵《ふち》から蘇《よみがえ》った私の径庭《けいてい》の試練、悪魔の王室執事《デーモンロードバトラー》のセバスデルが、ぐふっ……！」

1対2なのは歓迎するけど、既にビクトールの相方が死にそうだ。

◇　◇　◇

「『魔人闘諍《ジンスクリミツジ》！』」

「狂飆の竜鎧《ヴォーテクスアーマー》・Ⅱ《デュアル》」

黒き魔力を腕と脚に集中、いつか見た悪魔の武装の再現である。セバスデルの能力である空間転移に翻弄され、ビクトールの『魔喰《まくい》』に魔法を食われるも、今となってはそのどちらも過去に打ち破った力だ。俺は悪食の籠手《スキルイーター》に集中して施した嵐の鎧《よろい》にて応酬する。

「よっと」

「ぐっ」

「これは……！」

攻撃を躱《かわ》す瞬間にビクトールの黒腕、そしてセバスデルの黒脚を摑《つか》む。ただそれだけの行為で2人の黒き装甲には亀裂が走り、次の瞬間にはバラバラに粉砕。装備の一部に魔法を乗せ隙を突いて攻撃するのなら、セバスデルに逃げられる事も、ビクトールのスキルで魔法を食われる心配もない。

しっかし、やはりⅡ《デュアル》にするだけでも威力はやばいくらいに跳ね上がってる。腕に渦巻く嵐の刃は装甲を破壊するどころか貫通し、その内部にまで甚大な被害を及ぼしたのだ。それらの傷は死に至らなくとも、２人を戦闘不能状態へ追い込むには十分なダメージとなっている。こんな腕じゃ迂闊《うかつ》に頬もかけないぞ。

「お見事、ですっ。クフフ、フッ……！」

「強烈、ですね……！　ですが、快感はやはり、ベルお嬢様の風の方が、上……」

周辺の砂と共に強風に巻き上げられ、ビクトールとセバスデルは宙を舞ったままリタイア。最後の捨て台詞《ぜりふ》はさて置き、これで悪魔四天王との戦いは制した。気力、体力はいずれも十分。残るは凄《すさ》まじい怒気を放っていた義父《とう》さんだが――

「――■■■、■■■■■■■■■っ！　■■■■■■――！」

「最早《もはや》一文字分の理性もないっ!?」

偃月刀《えんげつとう》というよりも、大斧《おおおの》らしき形状にまで膨れ上がった鮮血の得物。刃の部分だけでも義父さんの頭身ほどはあるだろう。兎《と》も角《かく》でかい。でかけりゃ良いってものじゃないんだが、義父さんの場合は怒りが強さに直結しているので、この場合はそれだけ危険って事になる。

　そんな馬鹿みたいな武器を振りかざしながら、迷う事無く俺へと突貫してくる義父さん。血の紅とどす黒い感情を表した黒の魔力が溢《あふ》れ出し、体中に厚い層を成している。義父さんの表情が歪《ゆが》んでしまうほどの禍々しさだ。いや、これは単に鬼気迫る表情が度を越してしまっているだけだろうか？　これまでに俺が見てきた誰よりも、悪魔的な顔になっている。だがそれでも、俺は負けられない。

「義父さん！　何度も言いますけど、娘さんをくださいっ！」

「■■■■■■──────!!!」

呪詛塗《まみ》れの叫びに俺の意志をぶつける、俺も前へ前へと駆け出す。相手が怒りを滲《にじ》ませるのなら、こっちだって張り合ってやる。嫌味なほどに口端を吊《つ》り上げ、大風魔神鎌《ボレアスデスサイズ》を杖《つえ》に備わせ、足場の砂が大量に散ってしまうほどに踏み込めば、もう義父さんは手の届く距離だ。刃と刃を交差させ、挨拶代わりに腕を吹き飛ばし、こちらも吹き飛ばされる。

そこからは無我夢中で、兎に角お互いのセラに対する思いの丈を叫びながら斬り合い、殴り合った。2人揃《そろ》って不器用なもんだから、こんなやり方でしか俺達《たち》は本音を語れない。義父さんはまだまだ俺を許してくれないだろうけど、それでも少しずつ心を通わせる事はできている筈だ。安心してください、義父さん。義父さんが音を上げるまで、俺が根気強く何度でもお相手しますから！

◇　◇　◇

——ガウン

俺は進む。正直まだ体の節々に痛みがあるけど、時間が押しているので進むしかない。戦う前よりスピードこそ落ちはしたが、それでも旗を辿《たど》ってガウン国内に到着する事はできた。次の目的地は首都にある闘技場、獣王祭以来の訪問となる。この場所を指定しているあたり、次の相手はあの人が入っているんだろうな。

「パパ、少し休憩された方が……」

「いや、まだ見ぬ敵がこの先に待っているんだ。高々1時間ぶっ続けで義父さんと戦っただけで、立ち止まる訳にはいかない。メルの加護を使う寸前までいっちゃったけど、ほら、白魔法で斬られた腕も繋《つな》げたし、まだまだ元気元気！」

娘の前だからと強がってみるが、実際のところ消耗はかなりしている。俺も前より格段に強くなっていた気でいたんだけどさ、嬉しい誤算というか、義父さんもまた強くなっていたんだよ。俺の義父さんながら、未《いま》だ成長期にあるらしい。末恐ろしく、大変素晴らしい義父だと再認識してしまった。しかし、一体いつの間にあれだけ強くなったんだろうか？　王としての仕事を全部悪魔四天王に押し付けて、自分は修行に集中していたんじゃ……ハハッ、流石にないか。

「もう、無理をしちゃ駄目ですよ？　ママから借りたスキルで回復薬のがぶ飲みはできますが、気力の面まではカバーできないんですから……」

む、クロメルに心配されてしまった。パパ、一生の不覚……！　でも嬉しいので気力が僅かに回復。義父さん、貴方《あなた》の気持ち、俺も段々と分かってくるようになりました。

「面目ないです……だけど、折角皆が俺の為に準備してくれた祭りなんだ。パパの我《わ》が儘《まま》、今日のところは大目に見てくれ」

「むむっ、それならしょうがないですね。私が限界を見誤らないよう、しっかりとパパを見張っています！　でも、絶対にママを泣かせたら駄目ですよ？」

「は、はい、全力で努力します……」

しっかりさんで良い子過ぎる娘に叱られつつも、俺は遂《つい》にガウンの首都へと辿り着いた。ここからは飛翔《フライ》を解除して、徒歩で闘技場に向かう事になる。さ、行きますかねーなんて考えながら街中に入ると、獣人達が四方八方から俺達を取り囲むように溢れ出て来た。一体何事かと身構えるも、敵意は一切感じない。

「おおっ、死神が来たぞ！　獣王祭で活躍された、あの死神だっ！」

「って事は、開催はこれからかっ！　俺、闘技場のチケットを買えたんだ！　急いで客席に行かねぇと！」

「線から身を乗り出すなっ！　道を開けて、道を開けるんだっ！」

「サインくれぇ！」

「そこの色男ぉ！　闘技場に行く前にうちで腹ごしらえして行かないかいぃ!?」

「押すな、押すなっ！　ケルヴィン殿を御守《おまも》りしろぉ！」

「あっ、今あたいの胸を触ったね！　このスケべ！」

「あいたぁ!?」

突然の事に面食らい、立ち止まってしまう俺達。

「……何事？」

「すっかりお祭り騒ぎですね」

目の前に現れたのは、ガウンの住民やら兵士やらの老若男女だった。共通なのは、誰もがとっても血気盛んだという事だ。かつての獣王祭の時のように、ハイテンション&ハイテンション。たぶん朝から晩までハイテンション。

闘技場に行く為《ため》の道なのか、凱旋《がいせん》パレードのような形ですっぽりと道が開けられ、押し寄せる民衆を食い止めるように兵士達が道の端に並んでいた。兵士達は屈強な民衆を止めながら、「早く行って！」と血走った目で物を言い、俺に歩けと催促。このまま突っ立っていると兵士の壁が崩壊しそうなので、彼らの思いに従って俺は闘技場へと駆けるのであった。

「さっき民衆の中でさ、チケットがどうこうとか言ってなかったか？」

「闘技場のチケットの事だと思います。シュトラさんがレオンハルト様と交渉された時、闘技場施設を使っての興行とする事が条件になっていましたから。獣王祭の時以上の面子《メンツ》が揃ったという事で、チケットは即日完売したそうですよ」

なるほど、トラージ産の算盤《そろばん》を弾《はじ》くレオンハルトの姿が容易《たやす》く想像できる。となると、次のチェックポイントはガウンの試合形式か？

◇　◇　◇

――ガウン・総合闘技場試合舞台
「さあさあ、遂にやって参りました！　レオンハルト様が主催された新たなる戦い、その名も『獣王特別祭』！　今日この場所に集いしは、いずれも一騎当千万夫不当天下無双の猛者ばかり！　これは片時も目を離す事が許されないっ！　あっ、実況は私、ガウン総合闘技場アナウンサーのロノウェがお送り致します！」
マイクを力強く握ったロノウェは実況席より熱情を飛ばし、観客達を大いに盛り上げていた。相変わらず凄《すご》そうな言葉を続けて、俺を持ち上げに持ち上げてくれる。一方の闘技場は、俺が足を踏み入れるや否や舞台上で行われていたエキシビションマッチが終了して、手際よく場所を空けてくれた。そして闘技場のスタッフよりどうぞどうぞと舞台に上がるのを促され、ああ、この人達もプロなんだなと再認識。俺の登場に合わせて、逆側の選手入場口からも対戦相手らしき人影が見えてきたのだ。本当に手際が良い。その数、全部で

6。体格も性別も年齢も千差万別。ただ1つの共通点は皆恐ろしく強い、という事だろうか。

「なーんという事でしょうか!? 『死神』の登場に続いて、『氷姫《ひょうき》』、『焔姫《えんき》』、『桃鬼《とうき》』、『紫蝶《むらさきちょう》』、『鏡面《きょうめん》』、『女豹《めひょう》』が入場！　S級冒険者の豪華集結だぁ――――！」

関係者のロノウェは予《あらかじ》め知っていただろうに。それを感じさせないアナウンスに、観客達は一段とヒートアップ。無理もない、俺だってそうだ。シルヴィアにエマ、更にはゴルディアーナとグロスティーナ、止《とど》めに主催者であるらしいレオンハルト（見知らぬ女性の姿）、実力未知数のバッケときたもんだ。S級に相応《ふさわ》しい冒険者を掻《か》き集めて来た！って感じの、昇格式の時以上に豪勢な面子にワクワクのドキドキが止まらない。

「フッ、相当喜んでいるようね、ケルヴィン！　私の算盤も喜んでいるわよ！」

如何《いか》にも活発で勝気そうな獣人の女性が、とても嬉《うれ》しそうに第一声を発してくれた。手荷物は武器ではなく普通の算盤、なぜに算盤？

「……レオンハルト、だよな？　その変身した姿に見覚えがないんだが、一体誰の姿なんだ？」

「私の妻の姿よ！　悪巧みなしの真っ向勝負なら、この姿が一番動きやすいのよね。って事で、今日の私は極力真面目に正々堂々戦わせてもらうわね！」

「うん、王妃様は算盤で戦いはしないと思うな」

言われてみれば、どことなくゴマに容姿が似ている。そうか、ガウンの王妃様か。その姿で爽やかに言われてしまうとつい信じてしまいそうになるが、俺は話半分程度に獣王の言葉を流す事にした。油断させて背後を突くのが常套《じょうとう》手段の、悪名高きレオンハルトの事だ。たぶんまた悪さをするから信用ならない。ならないったらならない。

「ん、ケルヴィン。今日はよろしく」

「おう、シルヴィアとは昇格式以来の手合わせか。聞いた話じゃ、エマもシルヴィアと同じくらいの実力があるんだって？……なぜ隠していたぁ!? 焔姫なんて立派な二つ名もいつの間にかもらっちゃってぇ……！」

「そ、そこで怒るんですか!? 本当は二つ名なんてもらって、目立ちたくないんですよ、私は。でも、トラージのツバキ様が見えない力を使ってしまったようでして……」

あー、2人は今、トラージの客将扱いなんだっけ？ 良かれと思ってやったんだろうなぁ、ツバキ様。

「「ケルヴィンちゃん、私達もいるわよぉ♡」」

突如として広がる蛍光色、野太い声と共にプリティアと妹弟子のグロスティーナが、俺の眼前に飛び出して来た。イメージカラーを意識してか、今日の戦闘服であるタイツはピンクとパープルで統一されている。ここで悲鳴を上げなかった自分を褒めてやりたいです。

「も、もちろん忘れていないよ。というか、記憶に焼き付くレベルで忘れられない」

「あらやだぁ、そんなに私達の事を想《おも》ってくれていたのん？」

「もん！　口がお上手なんだからぁ！　思わず本気になっちゃいそ～ん」

止《や》めて、冗談でも止めて。

「え、ええとだな、俺の為に参加してもらって何だけど、神と巫女《みこ》としての仕事は大丈夫なのか？」

「問題ナッスィン！　恋する乙女はね、時に思いもよらぬ力を発揮するものなのぉ。ケルヴィンちゃんは何も心配しないでぇ、このバトルラリーを楽しんでねん」

「そうそう、お姉様の言う通りよぉ。私なんてS級冒険者の昇格を控えてるくらい、心の余裕があるのぉ。できる女は心と器を広く深くするよう努めるものだしねぇ。むしろこれ、栄養補給ぅ？　イケメン成分の補給的なぁん？」

「ハハハ、なるほどなぁ……」

どうしよう、頼もし過ぎて泣けてくる。

「くはは、やっぱS級冒険者は癖が強いねぇ。見てる分には愉快だよ」

酒樽《さかだる》を抱えながら笑っているのは、つい先日に知り合った西大陸のS級冒険者、火の国ファーニスの王妃でもあるバッケ・ファーニスだ。他人事《ひとごと》のように笑っているけどさ、バッケの噂《うわさ》も結構なもんですよ？

「特にケルヴィン、アンタ何だかんだでもう子供を作っていたなんてね。流石《さすが》のアタシも予想外だったわ。うん、アンタは男子の鑑《かがみ》だよ！」

「この面子が並んで、俺に白羽の矢が立てられるとは思ってなかったよ」

「何言ってんだい、アタシは褒めているんだよ？　で、ぶっちゃけて言うと、後何人に身ごもらせているんだい？　それとも、まだどこかに隠しているとか？」

「どっちもノーだよ！って、そういうプライベートな事をズケズケと聞かないでくれよ……」

「それじゃ、アンジェとはどうなんだい？　ん？　ん？」

「俺の話聞いてた!?」

　ノリが完全に酔っ払いのそれである。

「さあ、舞台にも熱が入ってきたところで、本日のスペシャルゲストをご紹介します。エルフの里のネルラスです。ネルラス長老と、ケルヴィン選手の愛娘《まなむすめ》であるクロメルちゃんです」

「ネルラスです。バッケ選手、開始前から飛ばしていますね。流石は西大陸大酒飲み選手権で私を破った覇者と言えるでしょう。話しながら飲むのは当たり前、まるで呼吸をするが如《ごと》し、です」

「ネルラス長老、今日はお酒の話は置いておきましょうね！　クロメルちゃんは、お父さんに何か一言ありますか？」

「はい。この実況席、とっても見やすくて快適です。パパの勇姿をたっぷりと脳裏に焼き付けたいと思います。あ、でも他の皆さんも応援していますので、全部しっかり見たいと思います！」

「ん～……！　素晴らしい声援、ありがとうございました！　このロノウェ、不覚にもくらっと魅了されてしまうところでした！　危ない危ないっ！」

……クロメルが普通に実況席にいるのは何で？　アレか、早速獣王の差し金か？

「でもまあ、しっかりとパパの勇姿を見てくれるのなら良し！」

「ケルヴィンちゃん、来年の冒険者名鑑に新たな称号が付いちゃいそうねぇ」

「ん、不可避」

大変正確に的を射た意見、現実になりそうで怖いです。

「それでは獣王特別祭のルールについて説明したいと思います！　今大会は従来のトーナメントではなく、少々ガウンではイレギュラーなルールを採用致しました。気になる？気になりますよね！　ここに集った7人が、どのようにして覇を競うのか!?　聞いて驚けこの野郎共っ！　まさかのバトルロイヤル形式だぁ――――！」

「「「「うおおおぉぉぉ――――！」」」」

ロノウェの宣言に闘技場が歓声で包まれる。それにしてもバトルロイヤルか、思い切ったルールにしたたな。

「ほう、酒で酒を洗うという訳ですね？」

「ネルラスさん、とっても違うと思います。血で血を洗う、ですよ♪」

ネルラス長老、うちの娘に物騒な訂正させないで。

◇　◇　◇

「今回の獣王祭は全てが特別形式！　いつもであれば魔法を禁止し、持ち込みの装備やアイテムも制限される大会なのですが、本日に限りその全てを解禁致しますっ！　要は魔法を使って良し、ご自慢の武具を見せびらかして良し、卑怯《ひきょう》にも回復薬を大量に準備して良しの良し良し尽くしなのですっ！　より実戦に近い、あの手この手ありの過酷な戦いになる事が予想されますっ！」

バトルロイヤル形式にも驚かされたが、まさかそこまで許可が出てしまうとは。元から肉弾戦が主体の獣王、プリティア、グロスティーナと違って、俺とシルヴィアとエマは魔法があってこその戦闘法だ。本気の本気を出せるルールにしてくれたのは、大変ありがたい。唯一バッケだけは、どんな戦い方をするのかまだ不明だ。冒険者名鑑で調べるって手ももちろんあったが、まだ戦った事のない奴《やつ》の情報を自ら仕入れるなんてもったいない事、とてもじゃないが俺にはできなかった。そういう意味で、この戦いに俺はかなり興味津々なのだ。バトルロイヤルだから、誰に向かっても良いんだよな？　まずバッケに戦いを仕掛けよう、是非そうしよう決定《けって》ぇ！

と、ハイテンションになる一方で、俺の並列思考の1つが極めて当然であろう疑問を提示していた。それはこの闘技場に設置されたこの舞台が、俺達《たち》S級冒険者が入り乱れる大乱戦にはたして耐えられるのか？　と、いうものである。前回の獣王祭でさえ、数え切れないほど破壊粉砕爆散されたこの舞台だ。一般的な岩盤と比べれば頑丈なのは認めるが、正直心《こころもと》許ないと言うか――

「――ちなみに今回使用する試合舞台は、ガウン一の舞台職人シーザー氏渾身《こんしん》の一品です！　先の獣王祭での反省を活《い》かし、S級冒険者同士の戦いにも耐えられる舞台を完成させたと、同氏は熱く語っておられました！　シーザー氏は本日も観客席にて、お弟子さんを連れて観戦されるとの事！　あれだけ泣かされた後のこの自信です！　これは相当期待できるのではないでしょうか!?」

うん、もう未来が見えた気がする。

「ルールの説明を続けます！　この戦いに参加される7名は、それぞれ円形舞台の端に等間隔になるよう立って頂きます。そこが開始位置になる訳ですね。目印になるようその場所だけ人数分、床が色付けされていますので、お好きな場所に移動してください！」

ロノウェにそうアナウンスされ、俺を含め皆が移動を開始する。7つの立ち位置があるうち、俺は最寄りのポイントへ。並び終わると俺から見て右回りにバッケ、レオンハルト、プリティア、グロスティーナ、エマ、シルヴィアという順番になった。特に深い意味はないけど、両サイドをプリティアとグロスに挟まれなくてホッとしている。狙いを定めていたバッケが隣になったのも、俺にとってはラッキーな展開だ。

「よう、ケルヴィン。お隣さん同士、仲良くやろうじゃないか」

「お、バッケもやる気だな。って、まだ酒飲んでるのか？」

「当ったり前だよ。さっきのアナウンス、聞いていただろう？　持ち込み自由、つまりは酒の類も問題ないって事さ。とやかく言われる筋合いはないよ！　あ、それともアンタも飲みたかったのかい？」

「いや、流石に戦う前からアルコール摂取は不味《まず》いだろ……」

「ハハハッ！　酔った状態でも本来の力を発揮できるのが、真の実力者ってものなんだよ！　何なら、この勝負で何か賭けるかい？　その方がお互いにやる気が出るってものだろ？」

やけに自信満々なバッケが、樽《たる》ジョッキの酒を飲み干しながらそんな提案をしてきた。賭け事かよと俺が呆《あき》れる一方で、バッケの右隣に陣取るレオンハルトがその言葉に反応する。

「へえ、なかなか面白い提案じゃない。私にも一枚噛《か》ませてよ」

「おっと、王様はノリが良いねぇ！　うちの旦那もそれくらいの気概があれば良いんだけど、ま、あれはあれで可愛《かわい》いってもんだ！」

「惚気話《のろけばなし》はプリティアとやりなさいな。でも、そうねぇ……折角だし、この戦いで勝ち残った者が、この中の誰かに1つだけ何でも命令できる権利をもらえる、ってのはどうかしら？　結構スリリングじゃない？」

「ほう！　良いねぇ良いねぇ最高だねぇ！　ハイリスクハイリターンな賭けは大好物さ！」

「ん、それって食べ放題とかあり？」

「ちょ、シルヴィア!?　そんなよく分からない賭けに参加するつもり!?」

「あらん、何か面白そうな話をしているじゃな～い？　グロスティーナ、どうするん？」

「これは私達も交ざるしかないと思うわ。あまり度が過ぎる願いになっちゃったらぁ、風紀にも関わる訳だしねぇ。それを食い止めるのもぉ、淑女の宿命よん」

……風紀、格好も含めて守ってほしいなぁ。しかしながら、いつの間にやら皆が参加する流れになっている。勝てばいいだけの話だけど、ここに集ったのは誰もが勝ち残る可能性のある者達ばかりだ。そう簡単な事じゃないぞ。

「ん、宣言する。私が勝ったら、ケルヴィンの家で肉パ」

「肉パ……？」

「ええと、お肉パーティーの略です。エフィルさんの手料理を、思う存分食べたいって事ですね。あ、私が勝った場合も同じ願いで良いですよ」

その場合、確実にメルも一緒になって張り合うと思うのですが。我が家の食費が凄《すさ》まじい勢いで加速すると思うのですが。

「それじゃあ、もしも獣王たる私が勝ったら……そうね、ケルヴィンとゴマで婚姻を結んでもらおうかしら？　あれだけお嫁さんがいるんだし、今更1人増えるくらい訳ないでしょ？　ガウンとの繋《つな》がりも強化されるし、ケルヴィンにとっても悪い話ではないと思うの。お義母様《かあさま》となった私が、色々と稼業をフォローしてあげる。フフフッ」

レオンハルトだけは絶対に優勝させてはならない。俺は今、そう決意した。

「も～、そんな重い約束をしたらいけないわん。ケルヴィンちゃん、安心してぇ。私達はそんなお願いしないからぁ。もし私が勝ったらぁ、ちょっとだけケルヴィンちゃんを抱擁させてくれるだけで良いのぉ」

「当然、私もお姉様と同じ願いよぉ。この豊満な胸で、日々の疲れを癒してあげるわん。

セラちゃんの手前、そこまで踏み込まないから健全ねぇ」

アウトだよっ！　紛《まが》うことなくアウトだよっ!?

「女豹《めひょう》であるアタシの願いは、いつだって単純だ。ケルヴィン、アタシに抱かれなぁ！」

「……なるほど、プリティア達と同じ願いだな」

「おいおい、何初心《うぶ》な事言ってんだい。好き者の癖してさぁ」

駄目だ、どいつもこいつもろくな願いがねぇ……この戦い、ついさっきの義父《とう》さんとの戦い以上に負けられないぞ。

「おおっと、何やら選手間でかなり盛り上がっているようですね！」

「大方、この試合後に行う飲み会について話しているのでしょう。当然、私も参加させて頂きます」

「さっきから酒の事しか話題にしませんね、ネルラス老！　どんだけさっさと飲みに行きたいのでしょうか⁉　まあそんな彼はさて置き、勝敗の付け方について説明します！　敗北と判定されるポイントは2つ！　戦闘不能もしくは降参の意思を示す事、そして舞台からの落下です！　後者は体や衣服の一部が地面や観客を護《まも》る結界に触れた時点で場外扱いとなりますので、勢い余って落下する事がないよう注意してください！」

おっと、場外はこれまでの獣王祭にはなかったルールだ。乱戦になる事を踏まえて敗北条件を追加したのか。戦いの展開によっては一気に決着がつくかもしれないぞ、これは。

「客席の皆様も、もう待ち切れない様子ですね！　お待たせ致しました！　いよいよ、世紀の一戦が開始されます！　開始を知らせる一声を、ゲストのクロメルちゃんにお願いしたいと思います。準備はよろしいですか⁉」

「はーい！　それでは僭越《せんえつ》ながら、始まりの声掛けをさせて頂きます！　スゥ――試合、開始してくださーい！」

クロメルの可愛らしい合図は、俺にとって声援と同義！　やる気と勢いに乗って、ここは先制を――

「慈愛溢れる天の雌牛《ローズイシュタル》・最終形態《ファイナルエディション》！」

◇　◇　◇

開始合図と同時に大胆な手を打ってきたのは、何とプリティアだった。全身ピンクな大魔神、いや、大女神となって巨大化したのだ。毎日お手入れを欠かさないらしいご自慢の金髪縦ロールが、舞台に施された障壁の上部に当たりそうだ。インパクトは最大級。しかし、サイズとしてはギリギリもいいところ。

「おいおい、それは諸刃《もろは》の剣《つるぎ》じゃないかっ!?　結界に触れても場外負けだぞっ！」

「うふぅん、ご忠告ありがとん。やっぱりケルヴィンちゃんは紳士よねぇ。でもぉ、私ってば時に大胆な女なのよぉ」

瀬戸際を楽しむように、プリティアスマイルが会場の皆さんに届けられる。次いで聞こえて来たのは、観客達の悲鳴にも似た歓声だった。そりゃそうだよ。突然こんなものが降臨したら、そりゃビックリしちゃうだろう。

「ん、乱戦なら一番強そうなところから潰すのが定石。ゴルディアーナ、覚悟して」

「バトルロイヤルだからって、共闘を禁止している訳じゃないです！　もとより、私達の願いは同じっ！」

「あらぁん？」

会場の注目を一身に浴びるプリティアに向かって行ったのは、シルヴィアとエマだった。俺の屋敷の食費を荒らすべく、２人は一致団結してこの試合を乗り越えるつもりらしい。1対1では正直辛《つら》いであろうプリティアとの戦いも、連携に優れた彼女達が組めば、勝負の行方は分からないものになる。圧倒的サイズを誇るプリティアのあのボディだ。最悪転ばせる事ができれば、場外扱いでリタイアさせられる。

「氷面世界《アイスランド》」

シルヴィアもその狙いなんだろう。彼女が魔法の詠唱を終えると、舞台の表面がツルッツルの氷に覆われてしまった。摩擦を極限まで小さくした、スケート場よりも滑る舞台の完成だ。これ、プリティア対策には有効だろうけど、他の俺達にまで被害がくるパターンだな。まあ、俺は飛翔《フライ》を使うけど。

「ケルヴィン、よそ見とは随分と余裕じゃないかい！　それとも、覗《のぞ》き見《み》かいっ!?」

「ホントにお願いするけど、誤解を招く発言は止《や》めてくんないっ!?」

バッケに叱られつつも、俺の名誉の為《ため》に反論するべき点はしっかりとしておく。あちらが戦闘を開始したように、俺達も戦いの真っ最中だ。バトルロイヤル形式なんだから、周りの様子を確認したっていいじゃないか。ほら、獣王とかいるんだよ？　周囲に気を配らないと、どんな汚い手を使われるか分からないよ？

「嫌なら態度で示すんだねっ！」

「うおっと！」

赤い軌跡を描く剣を躱《かわ》す。バッケの振るう剣には竜の鱗《うろこ》らしき紅の小片が刀身に生えており、見るからに竜素材で作られている。アズグラッドの持つ槍《やり》とちょっと似ているかな。振るう度に鱗と鱗の隙間から火の粉が舞ってるし、剣が舞台に突き付けられた途端に氷が溶けてる。

溶けるといえば、バッケの足元にも同じ現象が起こっていた。氷の舞台を不用心に踏み込めば、普通はツルッと転ぶだろう。だが、バッケの場合は足裏が舞台と接した瞬間に氷が溶け、その上で地の舞台まで溶かしている。つまりは剣だけでなく、バッケ自身も溶岩であるが如《ごと》く、途轍《とてつ》もない高熱を発しているという事だ。下手に触りでもしたら、火傷《やけど》では済まされそうにない。

「おっとー!?　早くも舞台は氷塗《まみ》れ！　場所によっては踏まれただけで溶解しています！大方の予想通り、シーザー氏の面子《メンツ》に亀裂が走っていくぅー！」

ロノウェ、流石《さすが》にその解説は止めて差し上げろ。そう客席にいるであろうシーザー氏に心の中で合掌しながら、バッケとの取っ組み合いを本格的に開始する。体感として、剣の腕はリオンよりも下。だが肉体としての能力は決して侮れず、赤魔法とは別の特殊な熱を攻撃と防御に組み込んでいる。単体で見た強さなら、シルヴィアやエマよりも強いかもしれない。

「あらぁん？　レオンハルトちゃん、こんなところで呑気《のんき》に観戦？　相手がいないのなら、私がお相手しましょうかぁ？」

「げ、もう見つかっちゃったかぁ……上手《うま》く隠れられたと思っていたんだけどなぁ～。ひょっとして貴方《あなた》もお暇？　グロスティーナさん？」

「うふふん、女の勘と察しの良さを舐《な》めてもらっちゃ困るわねぇ。この戦いはバトルロイヤル形式。大方敵が最後の1人になるまで、身を潜めて漁夫の利を狙っていたってところかしらん？」

「うわー、そこまでお見通し？」

「貴方、外側は実直そうになっても、中身はそのままだものぉ。経験豊富なお姉様に助言をもらうまでもないわん」

「……なるほどね。流石は私に土をつけた事のある、あのゴルディアーナの弟弟子。感服したわ」

「妹弟子だからねぇ？　さあ、お喋《しゃべ》りはこの辺にしてぇ、私達《たち》も楽しみましょうかぁ。舞台に舞う貴人妖精《バイオレットフェアリー》！」

あちらでは隠れていた獣王をグロスティーナが見つけ、そのまま戦いに発展したようだ。紫のオーラを纏《まと》ったグロスティーナに対し、獣王はどこからか無骨なバスタードソードを2本取り出し迎撃する。

「氷の上ならぁ、私は更に優雅よぉ！」

「いや～、確かに優雅な動きだけど……」

まるでフィギュアスケートをするが如く、氷上をジャンプとスピンを交えながら滑るグロスティーナ。足に固有スキルの毒で作った刃でも仕込んでいるんだろうか？　その間にも筋骨隆々のボディより毒を振り撒《ま》き、着実に自分のフィールドを形成しようとしている。その動きには無駄がなく、戦術的にも間違っていない。

……が、今ばかりは何とも言えない表情を浮かべているレオンハルトに同情したい。あんなのに自分の周りを颯爽《さっそう》と滑られたら、凄まじく恐怖だもの。

「何だい何だい、またよそ見かいっ!?」

っと、またお叱りと斬撃が飛んで来た。別によそ見している訳じゃない。並列思考の幾つかを使って、別の戦場にも意識を行き渡らせているだけだ。今のメインはあくまでもバッケである。

「そう言うなよ。戦いは広い視野をもって臨むべきだろ？」

「広い視野？……あー、ケルヴィン。もしかして、アレもいける口なのかい？　いや、アタシも同性はいけなくもないんだが、流石にアレともなるとねぇ……うん、冒険者名鑑に載ってた二つ名は伊達《だて》じゃないね！　そういう意味ではアタシの負けだよっ！」

「おい、戦いの意味を勘違いしてないか!?」

バッケは向こうで凄まじい回転ジャンプを決めているグロスティーナを指差しながら、すげぇなアンタと俺を褒め称《たた》えた。ここまでくるとホームラン級の誤解である。

「フッ、それなら好色漢なケルヴィンが興味を持つ、私の秘密について少し教えてやろうか」

「違うからな？　マジで違うからな？　ねえ、俺の話聞こえてる？」

「ぶっちゃけると、アタシの血には火竜のそれが流れていてね。『竜人』って種さ。知ってるかい？」

どうも俺の話を聞く気はないっぽい。しかしながら、面白そうな話題を提供してくれるのは大変ありがたい。仕方ないなぁ、乗ってやるのは今日だけだぞ？　今日だけだからな？

「さあね。どっかで聞いた事があるかもだが、詳しくは知らない。ファーニスの火竜が関係してるのか？」

「進化の時の条件なんか、アタシだって知らないよ。ただ1つ言えるのは、この体は自在に熱を操る事ができるって事だ。ついでに、こんな事とかもなっ！」

「っ！」

バッケの叫びと共に、彼女の体から強い光が発せられる。おいおい、まさか本物の竜の姿にでもなるつもりじゃ――って、待て待て、今この状況で竜みたいなでかいものになったら！

「見てなケルヴィン！　アタシから目ぇ離せなくしてやるからよっ！」

俺が忠告する暇もなく、バッケを取り巻く光は更に強いものへとなっていくのであった。

◇　◇　◇

その後の出来事は見るも無残なものだった。制止しようとする俺の願いも虚《むな》しく、バッケは火竜の形態へと変身。ダハクやボガの人化とは逆の現象が起こり、以前ファーニス領の火山で目にした火竜王の如き巨竜が、舞台の上に出現してしまった。そう、してしまったのだ。

というのも、結界に囲まれた舞台上には既に、巨軀《きょく》で女神なプリティアがいる。これが大変な問題で、この時点で結界と舞台の許容量はもう一杯一杯。そこに竜王サイズの巨竜を投入したとしよう。さて、どうなる？　答えは簡単、許容オーバーだ。

「どうだ、ケルヴィン！　これがアタシの真の力っとあ!?」

「あらーん?」

必然、巨大化したバッケは先客のプリティアと衝突。舞台の表面が滑りやすいこの状況でそんな事が起きれば、今まで超人的なバランス感覚で姿勢を保っていたプリティアもすっ転ぶというもの。ガブガブと酒をたらふく飲んでいたバッケなんて、そもそもバランス感覚が残っているのか怪しいところだ。まあ、結論から言うとだな、大きな図体《ずうたい》を持つ大魔神と巨竜はバランスを崩し、盛大にぶっ倒れてしまった。

「おおっと、何という事だぁー!?　なぜか巨大になったゴルディアーナ選手と、同じくなぜか竜になったバッケ選手が転倒したぁ!　舞い上がった土煙でまだよく見えませんが、これは場外判定もあるかもしれませんっ!」

ああ、もう見事に場外判定だ。転んだ際にプリティアは足先を、バッケは竜の尻尾を舞台の外に放り出してしまった。近くにいる俺だから逸早《いちはや》く気付けたけど、この結果には不満が募る。戦闘時の飲酒、駄目絶対。

「ちょっ!?」

2人が倒れる少し前の話になるが、こちらでも別の不幸が生まれていた。2人が倒れ込んだ先には、王妃の姿をしたレオンハルトがいたのだ。レオンハルトほどの狡猾《こうかつ》な実力者であれば、たとえ不測の事態かつ舞台がこんな状態でも、回避は辛うじて間に合っただろう。しかし、それよりも早くに行動したのはシルヴィアだった。

「極寒大地(グラウンドシヴァ)」

レオンハルトのいる周囲一帯の床、その性質を一転させたのだ。転倒させる為のものではなく、脚部を凍らせ足止めさせる為のものへ。

「シルヴィアちゃん、それはちょっと狡《ずる》いんじゃないかなって」

「ん、何でもありならこれもあり」

「うん、確かにそうだけど――」

――ズドォガァ――ン！

シルヴィアとレオンハルトが問答をする暇なんてある筈《はず》がなく、無慈悲にも奴《やつ》に超重量級の2体が重なり合って倒れ込む。実況席のロノウェ達には見えていないか。惜しいなぁ、こんな珍しい光景を見られないなんて。獣王が搦《から》め手《て》を決められた、歴史的な瞬間だ。

「あらやだぁ、私とした事が調子に乗り過ぎちゃったわん。まあ、過ぎた事を悔やんでも仕方ないわよねぇ。よっしぃ、切り替え切り替えよん。バッケちゃんも残念だったわねぇ。ってぇ、あらん？」

「くかー……」

舞台に倒れたプリティアが、こっそりと共に失格となったバッケに話し掛ける。しかしどういう訳か、竜となった彼女の口からは寝息らしき呼吸が漏れていた。そう、バッケはまさかの爆睡中だったのだ。リタイアするや否や、もうこれ以上頑張っても仕方がないとでも思ったんだろうか？　それにしたって、皆が注目する試合中に寝てしまうというこの暴挙、なかなかできるもんじゃない。どんだけ鋼のメンタルなんだ。

「昨日からずっと飲んでいたものねぇ。それにしたってぇ、驚くほどの切り替えの早さだけどもぉ」

なるほど、試合開始の時点で結構眠かったんだろうなぁ。しかしながらこの体勢、プリティアに覆い被《かぶ》さるようにして竜形態のバッケが倒れ、更には眠ってしまっている。このままではプリティアが立ち上がれないし、下手に動けば俺達の邪魔になってしまうだろう。

「う～ん、うん、一大決心したわん。もう少しの間は間近で可愛《かわい》い妹ぉ、可愛い友人達の勇姿を見守らせてもらうからぁ、私の事はただの美しいオブジェだと思ってぇ」

「了解よん、お姉様」

「ん、流石はゴルディアーナ」

プリティアもその辺りを考慮したらしい。自分の事は気にせず、攻撃を当てても良いからそのまま試合を続けろと言う。桃色女神は寝仏の如く寝そべり、辺りに慈愛の眼差《まなざ》しを向けるのであった。……これ、シーザー氏とプリティアの合同芸術作品になるんだろうか？　色んな意味で破壊的だ。

「あらぁ？　あらあらぁ？」

が、次の瞬間、寝仏の体が僅かに持ち上がる。そしてその真下からは、何やら女性らしき叫び声が。

「まぁーだぁー……！」

「げっ、まだ生き残ってる!?」

エマの驚きを説明しよう。巨体の下敷きになったレオンハルトは、まだリタイアしていなかったのだ。プリティア&竜バッケを両腕で支え、足下の舞台に亀裂を走らせながらも堪えていた。何というパワーと根性だろうか。ただ尻尾がピクピクと震えているので、結構ギリギリっぽい。

「なら、また氷面世界《アイスランド》に戻す？　たぶん滑って下敷きになるよね？」

「止《や》めてぇー、この鬼ぃー！」

残念、鬼は現在オブジェと化して、レオンハルトに圧《の》し掛かっている方だ。

「いいえ、その必要はないわん」

「グロスティーナさん？　戦闘中に聞くのも何ですけど、どうしてですか？」

「さっきレオンハルトちゃんと戦っていた時、あの辺りに気化させた無色無臭の麻痺《まひ》毒を撒いておいたのよぉ。あの状態からは移動できそうにないしぃ、そのうち体に力が入らなくなるわぁ」

「卑《ひ》怯《きょう》！　この卑怯者〜！」

ああ、氷の上でグロスが舞っていた時のか。目にも毒だが、実際にも毒だったと。まあレオンハルトにとってこの毒は、良い薬になるかもしれない。獣王祭でリオンを誑《たぶら》かしてくれた恨み、あの時に一応のけじめは付けさせてもらったが、妹を愛する兄として未《いま》だに根に持っていたりする。

「ん、えげつない」

「うふふぅ。下敷きを狙って足止めしたのはぁ、シルヴィアちゃんとエマちゃんが先でしょん？　それにぃ、お姉様が不本意にも場外になってしまった今ぁ、私が代わりに頑張るしかないじゃな～い？」

「……なるほど。2人が場外となり、獣王様が潰れるのは時間の問題。残るは私とシルヴィア、そしてグロスティーナさんとケルヴィンさんという事ですか。4人ともなれば、ちょうど人数を分ける事ができると」

「そうよ～。貴女達《あなたたち》は最初から1つのパーティとしてこの戦いに臨んでいるようだしぃ、このままじゃ私が少し不利かなと思ってねん。ケルヴィンちゃん、ちょっとだけ一時休戦してぇ、私達も急造パーティを組まないかしらん？　私達ってばぁ、一度は拳と拳で語った仲だものぉ。即興で合わせる事くらいはできそうなものでしょ～ん？」

「へえ、タッグ戦か」

　何でもありのバトルロイヤル形式ならば、途中でシルヴィア達のように結託するのもありだ。容姿と振舞いこそ苦手な部類に入るグロスティーナだが、その実力は獣王祭で確認済み。俺があの時よりも強くなったように、グロスもプリティア同様更なる高みに登っている事だろう。獣王とは違い、この取引に真っ当に応じてくれるという信頼も厚い。

「……まあ、それも面白いかもな」

「おおっとぉ、何という事でしょう！　S級冒険者同士のタッグ戦が開始される模様ですっ！　最初こそは何だか残念な結果になりましたが、この展開は熱い！　ただ、倒れっ放しのゴルディアーナ選手がぶっちゃけ気になるぞっ！」

「色合いといい奇抜さといい、存在感抜群ですからねぇ。負けて尚《なお》、ゴルディアーナはここにいるわよ！　といったところでしょうか」

「あの、獣王様の心配はしなくていいのですか？」

「「いいんです！　ガウンは強さこそが全て、ですからっ！」」

声を揃《そろ》えるロノウェとネルラス長老。まあ、ここはガウンだものね。

「さあ、始めましょうかぁ。私の毒を侮らない事ねぇ」

「毒が何ですか！　私達の作る料理だって毒素的な意味では負けていませんよ！」

「エマ、エマ。そこは張り合うところじゃない。私達はあくまで食べる側、作るのは駄目だってナグアに厳重注意されたばかり」

「ねーねー、助けてよー。そろそろ腕に力が入らなくなってきて本当に危ないのよー。バッケ、お願いだから起きてー！」

「くぅー……」

個性と個性がぶつかり合い、ここまで来ても収拾がつきそうにない。本当に飽きないよ、お前らには。

「よっし、グロスティーナ！　いくぞっ！」

「了解よん！」

「ん、来い」

「タッグ戦で私達に挑んだ事、後悔させてあげます！」

得物をクロスさせて待ち構えるシルヴィアとエマに、俺達は突貫する。次いで剣戟《けんげき》と魔法、ついでに獣王が力尽きて鳴った落下音、舞台が真っ二つに割れる轟音《ごうおん》、観客席から謎の悲鳴が闘技場に鳴り響く。ああ、好敵手がいる俺は何て幸せなんだろうか。

◇　◇　◇

――デラミス・北西海岸沿い
ガウンを後にした俺とクロメルは、４大国ラストの舞台となるデラミスを目指す。いや、これは語弊があるな。目指し、もう到着した。バトルラリー第６のチェックポイントは、デラミス領の北西に位置する海岸だ。とはいえ、トラージの観光地としての砂浜や穏やか

な海ではなく、こちらは荒波が立ちゴツゴツとした岩肌の広がる殺風景な場所である。ドラマのラストシーンに相応《ふさわ》しいであろう、所謂《いわゆる》崖っぷちだ。近くにそこそこなダンジョンがあるのもあって、普通はまず立ち寄る場所ではないかな。で、もちろんここにも対戦相手がいる訳なんだが。

「流石《さすが》はケルヴィンの兄貴だぜ！　プリティアちゃんのいる『急造S級冒険者パーティ』を破っちまうなんてよ！」

「いや、パーティっつってもバトルロイヤル形式だったから、その名称はおかしいと思うぞ？　どっちかって言うと、『S級冒険者の大乱闘』だった」

俺を出迎えてくれたのは、竜形態のダハクだった。俺とプリティアの戦い（戦ってない）が気になっているのか、戦いの舞台になるらしい背の高い大岩の上に俺を立たせて以降、さっきから頻《しき》りにその話題を振ってきている。どうせ危ない展開になるのは分かり切っているので、クロメルは既に退避済みだ。

「そこまで気になるんなら、チェックポイント調整の時にお前もガウンに振ってもらえば良かったんじゃないか？」

「あー、できればそれが良かったんスけどねー。できない理由があるんスよー」

「できない理由？　それって、ここでのバトルが関係しているとか？」

「そうッス！　じゃ、皆を呼ぶッスね。おーい、ケルヴィンの兄貴が到着したぜー！」

ダハクがヒラリと飛び立ち、崖の下に向かってそう叫んだ。ダハク1人だとは元々思っていなかったが、何でそんな場所にいるんだよと問いたい。この大岩の上からでも、荒波の豪快な音が聞こえてきているんですよ？　誰がそこにいるのかは知らないけど、超ダイナミックな水浴びでもしてるのか？

「……」

岸壁を最初に這《は》い上がって来たのはトラージ在住の水竜王、藤原虎次郎《ふじわらとらじろう》だった。上がって来た瞬間に俺と目が合い、暫《しばら》く2人で見つめ合ってしまう。……頼む、黙ってないで何か言ってくれ。

「はいはい、今行くから大人しく待ってなって馬鹿息子！　サラフィアも気持ち良いからって、いつまでも入ってるんじゃないよ！　祭りの時間だ！」

「あら、もうそんな時間？　この天然ジャグジーが心地好《よ》くて、ついつい長居しちゃったわ」

え、天然ジャグジー？　泡風呂の事、だよな……？　この声は確かダハクのかーちゃん、それにサラフィアの恐るべきママさんコンビだ。うーん、発想が壮大過ぎる。

「おい、ダハク。竜の姿だからって、ジャグジーはちょっとないと思うんだけど……」

「いやー、適度な衝撃がツボを刺激するらしいッスよ。あ、でも俺は入ってないッス！　土に海水が染み込んだら大惨事ッスから！」

「ああ、うん……」

ダハクの判断基準も普通とかなり違うような気が。って、今んとこ出てくるのが竜王ばっかだぞ!? 土のダハク、水の虎次郎、闇のかーちゃん、氷のサラフィア——これはまさか！

「主、お疲れ。糖分足りてる？」

「おう、漸《ようや》く来たかっ!? 遅いぜ、ケルヴィンの兄貴！ 暇過ぎて温泉掘ろうかと思ってたところだぜ！ 水風呂も良いが、やっぱ熱湯が一番だよな！」

「ケルヴィーン、元気ぃー!? 僕だよ、君の親友のフロムさんだよ！ 今日はボッコボコにしてやろう！ だって死ぬには良い日だもの！」

「ケルヴィンってリーちゃんのにーちゃんの、あの？ おー、結構イケメンじゃん。決戦の時は雷ちゃんと直接話す機会なかったしー、ここでの活躍次第ではキープかなー」

……何だ、この色物のオンパレードは。竜王が次々と押し寄せて来やがる。

「どうしたんスか、兄貴？」

「ああ、やっぱり現実から目を背けるのはいけない事だよな。俺、頑張るよ」

「？」

ダハクがガウンに赴けなかった理由ってのは、これか。竜王全員でお出迎えとは、何とも夢のある演出だよ。

今出て来たのは光のムドファラク、火のボガ、風のフロム、雷の——あー、ええっと、雷ちゃんで良いのか？　そういや雷竜王の名前はまだ聞いてなかったっけ。見た目竜なのに話し方と仕草がギャルっぽい辺り、やっぱり普通の竜ではないんだろう。フロムは以前と変わらずハイテンションである。

「いやはや、最大級のインパクトだったよ。竜王が全員登場するとは、まさに壮観の一言だな。それで、ここではどんな形式の戦いになるんだ？　ここにいる全員と戦えるご褒美だったら嬉《うれ》しいけど、たぶんそうじゃないんだろ？」

これまでの戦いは、何だかんだで俺に勝ち筋を残していた試練ばかりだった。全竜王と対峙《たいじ》する戦いってのは確かにご褒美めいているけど、流石にそんな雑な設定にはしていないだろう。

「よくぞ聞いてくれた。主はただ、そこに立っていれば良いだけ。簡単簡単」

「ここに立っていれば良いだけ？」

ムドがよく分からない事を言っている。説明が説明になってない。

「すんません兄貴、俺が補足するッス。俺ら『竜王家族ぐるみ』で兄貴の相手をしようって話にまずなったんスけど、これがなかなか意見がまとまらなくて」

竜王、家族ぐるみ……まあネーミングセンスは兎《と》も角《かく》として、農家系ヤンキーにギャル、甘党、暴れん坊、人見知り、かーちゃん×2、常時フィーバーという面子《メンツ》で意見をまとめるとか、無謀な話でしかないもんな。方向性が四方八方に飛んでしまうのが目に見えてる。

「で、あんまり凝ったもんは無理だし、それならもっと単純明快な方法で決めようって事になったんス！　後半になったらこいつらも意見するのに飽きやがったみてぇで、何と満場一致でこの方法に決定しやした！」

飽きたんかい。

「ふんふん。それで、その方法ってのは？」

「息吹《ブレス》の一斉放射ッス！」

「……ごめん、よく聞こえなかった。もう一回お願い」

「息吹《ブレス》の一斉放射ッス！　兄貴がこれを受け止めて、メル姐《ねえ》さんの加護を発動させる事なく防ぎ切ったらクリア！　見事チェックポイント通過ッスよ！」

……あのさ、竜王の息吹《ブレス》一斉放射ってさ、神の方舟《はこぶね》にぶっ放したアレだよね？　個人にぶっ放して良い代物じゃないアレだよね？

「だから言った。主はそこに黙って立っていれば良い。実に簡単」

「ジェラールの旦那が忠誠を捧《ささ》げる兄貴の事だ。今更これくらい何て事はねぇよな！　俺は最大威力でいかせてもらうぜ！」

「フッ、馬鹿息子にしては分かりやすい説明だったじゃないかい。かーちゃんも期待に応えないとねぇ」

「アズちゃんがいれば、もっと強力な息吹《ブレス》を吐けたんだけどなぁ」

「……」

「もー、また水ちゃん黙りこくちゃってー。ほらほら、風ちゃんみたいにブチアゲないとー」

「ヒャッハー！　ぶっ放ーす！」

竜王は全員やる気もやる気、もう殺《や》る気なんじゃないかと思うくらいに気合いが入っている。息吹《ブレス》の溜《た》めに入り、それぞれの口に各属性の究極系が織り成されていくのであった。

「お、おい――」

「じゃ、兄貴いくッスよー！　俺達《たち》の想《おも》い、受け止めてほしいッス！」

どうもこのバトルラリーは、俺に物言いをつけさせてくれる時間を与えてはくれないようだ。

◇　◇　◇

――パーズ郊外
全竜王の統合息吹《ブレス》、実に恐ろしい攻撃だった。まともに受けていれば、あそこ一帯もろとも全てが消滅してしまっていたんじゃなかろうか？　但し一直線に放たれるだけの攻撃であれば、魔力超過付与の大風魔神鎌《ボレアスデスサイズ》で切り裂き俺のセーフティーゾーンとなる隙間を作ると共に、息吹《ブレス》の軌道を空の彼方《かなた》へと逸《そ》らす事が可能だ。これにより第6チェックポイントは、思いの外苦戦する事なく無事にクリア。フロムとかーちゃんさんにバンバンと背を叩《たた》かれ、雷ちゃんからはなぜか逆ナンされ、ダハクらいつものドラゴンズに拍手で見送られながら、俺はデラミスの地を去ったのであった。

「昔を考えれば、俺も随分と魔法の扱いが上手《うま》くなったもんだよ」

「そうなのですか？　パパは昔から強かったと聞いていますが……」

「いやいや、S級魔法――特に大風魔神鎌には《こいつ》よく振り回されたもんでさ。じゃじゃ馬をならすのに、ママによくサブミッションを決められたもんだ」

「？」

どういう状況か理解できないのか、クロメルは可愛《かわい》らしく首を傾《かし》げている。まあ、俺も事情を知らずに同じ話を聞いたら、1ミリも内容を理解できないだろう。

「次はいよいよ第7チェックポイント、場所はまたパーズに戻る形か。バトルも残り2カ所で、終盤戦って感じだな。これまで以上の相手ともなると、もう面子も限られてくると思うけどさ」

「フフッ。流石にここまでくると、戦う前から悟られてしまいますね。でも、パパはきっと満足してくれると思います。皆さん、パパの事を――」

『――クロメル、身を護《まも》れ！』

「わわっ!?」

念話にて指示を送るも、急であったが為《ため》にクロメルが驚きの声を上げる。肩から腕へと急いで抱え直し、進行方向から緊急脱出。頭を両手で押さえるクロメルは、まだ何が起こったのか理解していない。

「な、何事でしょうか!?」

「敵襲、かな？　バトルラリー中に襲ってくるとは、俺もちょっと予想外だったよ」

空を飛ぶ俺に対して飛んできたのは、1本の光の矢であった。輝く矢という事で、先に戦った伊達《だて》エルフのソロンディールを一瞬思い浮かべるも、すぐにその考えを改める。躱《かわ》した矢が地面に巨大なクレーターを作るのを見て、彼とはレベルが違い過ぎる事が分かったからだ。

「アハハ、敵襲じゃないよ。緊急クエスト、予定外のチェックポイントの出現さ。こんなに面白そうな事をしているなら、私達も交ぜてほしいかなってね！」

「セルジュ・フロア……！」

俺が地上に降りると同時に、付近の高台より颯爽《さっそう》とセルジュが登場。その手に持つのは、弓へと変化させた聖剣ウィルだろう。相変わらず、初手から無茶苦茶な勇者である。

「っと、気配の頭数が合わないな。そこにいるの、セルジュだけじゃないんだろ？」

「おおー！　その状況把握の早さ、惚《ほ》れ惚《ぼ》れするね。ケルヴィンが女の子だったなら、本気で惚れていたかもなんだぜ？」

「その台詞《せりふ》、俺じゃなくて昔のお仲間に言ってやれよ。たぶん、嬉しくて卒倒するんじゃないか？」

「それは嫌」

卒倒じゃなくて真顔で即答ですか。さっきまでの満面の笑みは一体どこへ……可哀想《かわいそう》なサイ枢機卿《すうききょう》達、まあ大部分の仲間は自業自得な気もするけど。

「ちょっと守護者、急に呼び出して何かと思えば、こんなお遊びに私達を付き合わせる気？　少なくとも私は、そこまで暇じゃないんだけど？」

「おじさんは別に構わないよ。可愛い女の子からのお願いだし、刹那《せつな》ちゃんの成長も確認できたしねぇ。彼女の師匠として、たまには良いところを見せないと」

「あの、私としては次のチェックポイントでおじさまと合流したいのですが……え、駄目ですか？　あ、はい。分かりました……」

セルジュに続いて、次々と姿を現し始める気配の主達。ベルにニトのおじさん、エストリアまで来てんのか。なるほど、大体分かってきた。

「こ、これはどういう事ですか？　第7のチェックポイントはパパのお屋敷、こんな襲撃は計画にない筈《はず》ですよ!?」

「おっと、ちっちゃなクロメルは分かっていない感じだね。しっかりしろ、元上司！」

「あの、小さな子にそんな大声はちょっと……恐《こわ》がられてしまいます」

「えー」

孤児院で働く身として子供の扱い方を弁《わきま》えているのか、セルジュがエストリアに窘《たしな》められている。これまでのクロメルの反応からして、セルジュ達の登場は主催者側としても予定外のようだ。

「ええと、取り敢《あ》えず参加の意思は理解しました。ですが、こんなところで戦われては困りますよ。一般の通行人が間違って通りかかりでもしたら、危ない事この上ないです！」

「あ、その辺は大丈夫だよー。前にガウンでも使った、創造者特製の『惑わしの魔香』。念には念を入れて、ここからパーズまでの道のり全域に撒《ま》いておいたから、無害な一般人は絶対に近寄らない」

「ええっ……」

「それ、まだ残ってたのかよ」

惑わしの魔香、ガウンでアンジェとベルに襲撃された際、催眠状態にして住民達を移動させたマジックアイテムだ。確かにそいつを使ったのなら、間違って誰かがこの場所に足を踏み入れる事もないだろう。何だかんだで下準備をしっかりしていやがる。

「だから勝手に話を進めないでよ。私、帰るからね？」

「つれないなぁ、断罪者は〜。良いのかい？　これ、断罪者のお父さんも参加してるイベントだよ？」

「別に構いやしないわよ。むしろ、帰りたい気持ちが強くなっ――」

「――セラお姉様も参加してるよ？」

ピタリ。踵《きびす》を返そうとしていたベルの足が止まる。

「……30分、いえ、20分だけよ」

「さっすが断罪者、優しい子っ！　結婚しよ！」

「うっさい。もう私が参加する時間は動いているんだから、さっさと始めなさいよ」

本当にベルはセラに弱いのな。何だかんだで、それも義父《とう》さんの遺伝だと思う。

「ちぇー……って事でケルヴィン！　ここからは私達『使徒居残り班』が、チェックポイント6・5の番人として立ち塞がらせてもらうよ！　まさか嫌とは言うまいね!?」

「愚問にもほどがある！　もちろん大歓迎だっ！」

「うー、無理矢理チェックポイントを挟まれてしまいました……了解です。私から念話で、運営に連絡を入れておきますね」

「ありがとう、クロメル」

不満そうにしているクロメルには悪いが、これぱっかりはセルジュ達の案を優先させてもらおう。元使徒をこれだけ並べられてしまっては、俺に拒否する選択肢はないのだ。

「それで、一体どんな戦いをさせてくれるつもりなんだ？」

「んっとね、一応これまでの戦いの形式とは被《かぶ》らないようにしようと思うんだ。超ハンデ戦でもなく、バトルロイヤルでもなく、一瞬で勝負が決まっちゃうようなものでもなく、ね」

「守護者、時間、早く」

ベルが爪先《つまさき》で地面を叩きながら、ぶっきら棒にそう言い放った。譲歩はしたが、時間になったらマジで帰るぞ、という合図っぽい。

「あ、はい。前置きの時間もないから、結論から述べようじゃないか！　ケルヴィン、ここでの課題は『追いかけっこ』だ！　かつてデラミスで君に追われた私だけど、今度は逆の立場での戦いだよ！」

◇　◇　◇

「お、追いかけっこ？　追いかけっこって、俺がお前らから逃げるのか？」

「そうそう。その辺の子供も遊びでやってる、至極単純な遊びさ。狩りの作法も学べるし、教育の一環としても優秀だよね」

いや、追いかけっこでそんな作法を学んでるのは、極一部だと思う。

「逃亡戦とは、なるほどねぇ。おじさんも奈落の地《アビスランド》で散々追いかけられる側だったから、たまには逆の立場になりたいと思っていたところなんだよ。おじさんだって、童心に戻りたい時はあるからねぇ」

「要は狩りと同じなんでしょ？　まあ私はいつも狩る側だから、その役割は性に合ってるかしらね。セラ姉様のお手を煩わせるまでもなく、私が足蹴にしてあげるわ」

「私は鈍臭くて薄のろなので、あまり追う者としての適性があるとは思えないのですが……で、でも！　その先にジェラールのおじさまがいるのなら、頑張れると思いますっ！た、たぶん！」

　提案者のセルジュはもちろん、残りの使徒達も何だかんだでやる気になっている。それは歓迎すべき事だが、問題は追いかけっこのルールかな。

「その顔～、どんなやり口で追われるのか気になる顔だね？　ひょっとして、そっちの気もあったりする？」

「ねぇよ。気になってるのは具体的なルールの方だ。追いかける追いかけられるのどっち側をやるにしても、先に勝利条件を示してくれ。パーズの街中に入ってまで続けられちゃ、お互い本気を出す訳にもいかないだろ？」

「まあね。創造者の魔香も、流石《さすが》に街中にまでは撒いてないし。じゃ、追いかけっこについて説明しようか」

セルジュが提示した俺の勝利条件、それは俺が生きてパーズ領内に辿《たど》り着く事だった。もちろん、その間にセルジュ達《たち》はあらゆる邪魔立てをしてくるらしい。分かりやすく言えば、使徒4人による本気の攻撃が俺に向かって降り注ぐのだ。いくらそれらの攻撃を受けようと、加護が発動しても良い。兎《と》に角《かく》、俺が生きている事が条件なのだという。

「なかなかに物騒な事を、綺麗《きれい》な笑顔で言ってくれるもんだ。それってさ、俺が一度死んで加護を発動させたとしても、この戦いは続行するって事だろ？　要は俺が生きて帰るには、死ぬ気でパーズに帰るしか道はないと」

「ハハッ、どうしたどうした？　もしかして怖気《おじけ》づいたのかな、ケルヴィン？」

「まさか。逆にそこまで覚悟を決めてくれた事に、心底喜んでいるくらいだよ。基本俺の行動は逃げになるだろうけど、攻撃を防ぐ為に反撃するのは致し方ないんだろ……!?」

「いーよいーよー。私らだって命懸けでやるつもりだもの。尤《もっと》も、使徒の中でも断トツで死なない男としぶと過ぎる女、そして死んでもどこかで復活しちゃう私に攻撃したところで、大した代償にはならないと思うけどね。断罪者だって私以上に勘が鋭いから、生半可な反撃を受けるような玉じゃないよ」

「フン。余計なゴマすりは不要よ」

ああ、そういや『生還者』の名を持つニトもそうだが、吸血鬼のエストリアもずば抜けた不死性を持っているんだったか。ジェラールとアンジェの全攻撃、更にはリオンの浄化を受けてても生きてたらしいし。セルジュについても一度のみではあるが、俺が持つメルの加護染みた能力を発揮できる。まあセルジュが戦線から離脱すると考えれば、奴《やつ》を倒す選択肢は大いにありだろう。倒せるかどうかの問題は別にして、だが。ベルは——彼女と正面から戦うならまだしも、背中を見せながら戦うのは正直きつい。セラと同等の勘の良さからして、まず攻撃は当たらないと見て良い。

ふんふんふん……なるほど、これらを想定した上での逃亡戦か。徹底的に自分達が楽しめる仕組みにしてやがる。その上で俺も楽しめるから……あれ、ひょっとしてウィンウィンな関係というやつなのでは⁉

「ちょ、ちょっと待ってください！　どうしようもないモンスターや悪党が相手なら兎も角、敵でもないのに軽率に命を懸けないでくださいよ、もうっ！　パパもですよ！」

「あ、はい。ごめんなさい」

「その台詞、元上司に言われると凄《すご》い複雑なんですけど」

「複雑だろうとも、運営側として見過ごす事はできないんです！　ちょっと待ってくださ い。もしもの為《ため》の救助隊員を呼びますから」

念話にて誰かと連絡を取り合うクロメル。セルジュが相手であろうと一歩も引かず、自らの役割をこなす姿には感動さえ覚える。さっきまで己の欲求の事しか考えていなかった自分を恥じたい。大いに恥じたい。俺の娘はどこまで聡明《そうめい》なんだろうか。

「ケルヴィン、ひょっとしなくても親馬鹿かな？」

「む、なぜ分かった？」

「いやー、思ってる以上に顔に出るものだからね、そのタイプの人って」

セルジュ、まさかお前、セラベルに並ぶ察知能力を身に付けたとでも？……フッ、なるほど。ステータスにかまけず、こいつも前以上に成長してるって話か。こいつぁ今日一番の強敵になる可能性大。今一度、気を引き締めないとなぁ！

「っと、来たようです。あちらに」

「え、もう？」

クロメルの知らせに、俺を含めた皆が示された方へ向く。今俺達がいるこの場所は、デラミスとパーズの国境線まで馬車の足なら大よそ3日は掛かる距離にある。普通に飛ぶ分にはそれほど遠い訳でもないが、それでもこんな一瞬で来るのは簡単な事じゃ――

「やっほー！　事情を聞いてゲストとしてやって来ました、元『暗殺者』のアンジェです！　今日はよろしくね、皆！」

――アンジェなら納得である。

「アンジェさん、ゲストじゃないです。パパにもしもが起こったら困るので、ピンチになった際のお助け要員です」

「あ、はい。ごめんなさい」

到着早々に謝る羽目になってしまったアンジェ。俺の命が懸かっているせいか、クロメルも容赦がない。

「運営側からルールを追加させてもらいます。ママの加護が発動した後、パパに生命の危険が迫った場合はアンジェさんがパパを問答無用で救出します。もしそうなったら、このチェックポイントは未達成。ここでパパは失格という扱いにしますから、その時は潔く従ってくださいね？　これは運営最高責任者であるシュトラさん、コレットさん両名からの通達です。双方、よろしいですか？」

あの2人が最高責任者だったのか。今更だが、それも初耳。まあまとめ役として、そしてこういった不測の事態に備える役として適任だろう。

「俺はそれで構わない。そんな事にはならないけどな」

「私達も構わないけど、加護が発動した後も容赦は一切しないよ？　暗殺者、そんな中でケルヴィンを助けられるの？」

「だからならないって」

「パパの主張を信じたいところですが、セルジュさんの懸念も尤もな話です。なのでパパ、アンジェさんに風神脚《ソニックアクセラレート》を施してください。効果時間を維持させる為、魔力超過の使用は不要です」

「あー、なるほどねー。スピードの底上げか。それは断罪者よりも速いわー」

「ッチ。まあ、アンジェが相手じゃそうなるわね」

「フフン、その通り！　ただでさえ最速なアンジェさんが、更に速くなっちゃう訳さ。それと移動中は私がクロメルちゃんを預かるから、ケルヴィン君は二重の意味で安心したまえ！」

「おう、助かる」

確かに風神脚《ソニックアクセラレート》付与状態のアンジェなら、魔力超過付き風神脚《ソニックアクセラレート》を施した俺よりも速い。『遮断不可』の固有スキルもあるから、いつかジルドラを巨大ゴーレムから脱出させた時のように、俺を救出してくれるだろう。……何度も言うが、そんな事を起こさせるつもりは全くないけどな。

「そろそろベルが帰宅時間を気にする頃合いだ。クロメル、合図を頼む」

◇　◇　◇

俺は今、空を駆け巡る風となっていた。誰よりも速く進み、時に緩急をつけ、何者にも予測できない軌道を描く。そう、風とは束縛されないもの。風である俺は自由を愛し、だからこそパーズへと帰るのだ。そこには、更なるお楽しみが広がっているのだから……！

「こなくそぉ――――！」

　脳内でそのような小粋な想《おも》いを綴《つづ》るも、現実ではフリーダムとは程遠い状況が続いていた。風の如《ごと》く必死に前進しようとしている、という点は一緒であるが。

「なかなか粘るじゃないか、ケルヴィン。それでこそ『死神』だ！　でも、私的にはそろそろ手応えを感じたいところなんだ。暗殺者的に言うと、そろそろ首が欲しいとも言うのかな？って事で、本気を見せようか――聖剣《ウィルジリオン》！」

　逃走する俺に向かって矢を放ち続け、同時にいくつものクレーターを量産していたセルジュが、今度は無数の聖剣を生成し始める。一瞬振り向いて確認してみると、俺と同等の速度で追いかけるセルジュに付いて行くようにして、彼女の周囲一帯は宙に浮かんだ聖剣で埋め尽くされていた。まったく、奴は遠慮も限度も知らないらしい。味方にするには実に惜しい人材だ。できれば普段から敵対して頂きたい。

　しかしながら、セルジュだけにかまけている訳にもいかない。追いかけて来る使徒はもれなく全員、ベルの魔法で風神脚《ソニックアクセラレート》が施されている。俺の強化の方が魔力超過がある分強力だが、地力の敏捷《びんしょう》値が馬鹿高いセルジュやベルには油断すれば追い付かれる。そうでなくとも俺は攻撃をいなしながら余計に走っているのに対し、使徒達は一直線に向かえば良いだけ。そもそも走行距離にも違いがあるのだ。まあ、それでもニトのおじさんは若干スピードに付いて行けず、脱落気味ではあるのだが――

「ほら生還者、遅れてるわよ。蹴り飛ばしてあげるから、少しは良いところを見せなさいな」

「とは言ってもね、ベルちゃん！　おじさんにはおじさんのペースというものがあってぇうあああぁぁぁ――――……」

――このように置いて行かれるおじさんが、ベルによって定期的に蹴って飛ばされる。強烈な蹴りとそこから生まれる強風に乗って、四散したおじさんが俺へと送り届けられる寸法だ。バラバラになったおじさんがどこから復活するのか、瞬時に判断するのには苦労する。

「抜刀・燕《つばめ》ぇ――――！」

「そっちかっ！」

早く発見しないと、こんな風に虎狼《ころう》流の技の数々が繰り出されてしまう。見た目以上に厄介で非常に危険なコンビネーションだ。何度かこの攻撃を繰り返され、おじさんよりも本体である刀を探した方が安全だと気付くも、おじさんの抜刀術の瞬間的な攻撃速度は刹《せつ》那《な》並み。避けるのも受けるのもかなり辛《つら》い。一度腕を持っていかれたほどだ。

「安息の棺《ユーサネイジア》！」

「あぶなっ！」

それら攻撃の嵐を何とか切り抜けた後にやってくるのが、エストリアによるこの白魔法の攻撃と妨害。体勢を維持するのもままならない時にぶっ放してくるから、俺の思考が休まる暇はまずないと言っていい。特に俺を光の棺に包み込まんとする結界は要注意だ。

この結界、耐久性が俺の剛黒の城塞《アダマンフォートレス》くらいあるもんだから、一瞬で破壊するには大風魔神鎌《ボレアスデスサイズ》で掻《か》っ捌《さば》くしかない。それでもワンテンポ遅れてしまい、結界の外でセルジュもしくはベルによる追撃が待っているという悪夢のコンビネーション。お前ら、実は陰で連携の練習でもしていたんじゃないの？　俺もこう言うしかないじゃないか。ありがとうございます！

「剛黒の黒剣《オブシダンエッジ》・Ⅱ《デュアル》×10！」

防御兼反撃用の黒剣を緊急生成、セルジュがそうするように宙に浮かべ、俺に追従させる。できれば大地の研磨《グランドクリーヴ》も併用したいところだが、そこまでしている時間はない。

「なんだそれっぽっちかい、ケルヴィーン!?　リオンはもっと一杯出してくれたぞー！」

「なら俺を貶《おとし》めるより、もっと妹を褒めてくれ！」

スコールの如く降り注ぐ聖剣、聖剣、聖剣――セルジュが放つそれら1本1本の威力は、俺の黒剣の強度を大きく上回っている。拮抗《きっこう》するでもなく、尽《ことごと》く破壊されていく黒剣達。あんな化け物とまともにやり合うには、時間も労力もまるで足りていない。だが、時間を稼ぐだけならこれで十分だ。タイミング的に、そろそろニトおじさんが飛んで来る頃合いかな？

「そろそろ仕留めてあげる」

「げっ!?」

かと思いきや、俺の真横に出て来たのはベルだった。既に魔力による武装、魔人蒼闘諍《スクリミッジデイビリテイト》を装着している彼女は、脚甲より吹き荒れる風を噴出させる事で更なるスピードへと達していた。

「蒼竜巻抉《ヴィントホーゼ》!」

噴出される風が竜巻と化し、ベルの蹴りに合わせて横殴りに俺へと迫る。接する地面を抉《えぐ》り巻き込みながら、竜巻は瞬く間に肥大化。まるで足から伸びる巨大な鞭《むち》だ。薙《な》ぎ払われる形なのに、巨人の背ほどの高さがありやがる。間違って触れでもしたら、間違いなく痛いじゃ済まされない大打撃となってしまうだろう。

俺がビクトールであったのなら、抉られるよりも深い地中に逃れる選択肢もあっただろう。が、俺に残されたのは、急いで上空に逃れるか、大鎌で竜巻をぶった斬るかだ。手っ取り早いのは後者だが、何だか嫌な予感がするんだよなぁ。かといって、下手に空を飛ぶ、もしくは跳躍するのもセルジュやエストリアの良い的だ。楽しい楽しい選択の時。同時に働き時だぞ、俺の並列思考!

「せいっ!」

刹那の熟考の後、俺は竜巻をぶった斬る選択を取った。俺が通れる十分なスペースを確保する為、こちらも斬撃を巨大化。振り下ろした大鎌の一撃は、俺に進むべき道を作ってくれる。

「そう！」

「簡単には！」

「行かせられ！」

「ないねぇ！」

「ハァッ!?」

道を作るや否や、四散した竜巻の中からニトのおじさんが、それも何十人という人数が飛び出してきた。嫌な予感の正体はこれか。分身体ニト軍団が竜巻の中心部に潜んでいたのだ。俺は直《す》ぐにこれらがニトの分身体であると察する。だけど、何で全員が刀を持っている!?　分身体をいくら増やそうと、本隊であるおっさん刀は一振りだけの筈《はず》だろ!?

「私の聖刀《マサムネ》、大事に使ってよね、生還者？」

「おじさんが刀を粗末に扱う男に見えるかい？って事で、尋常に斬り合おうか！」

「っ！　セルジュの聖剣を刀に変化させたのか……！」

自由な勇者セルジュは、聖剣の雨による攻撃を出鱈目《でたらめ》に放っていた訳じゃなかった。攻撃と同時に、ニトへ得物として配っていたんだ。元がウィルという業物、刀としての等級は最上級に属するだろう。そいつを居合の達人であるニトが使うとなると――おいおいおいおい、お前ら最高か!?

「掻っ捌いてあげる。風切りの蒼剣《グラディウスアイレ》」

「ご、ごめんなさいです！　救済の罰光《セルベイションレイ》！」

ベルやエストリアからも、凄《すさ》まじい殺気が放たれる。どちらの攻撃もやばいの一言に尽きる代物だ。

「私らの足なら、もうパーズは目前だ。おめでとうケルヴィン、フィナーレは近いよ。神聖大剣《ウィル・デュランダル》」

セルジュが手にしていた聖剣の刃に光が集束し、ジェラールの大剣ほどはありそうな新たな聖剣が再構築された。これまで彼女が放ったどんな攻撃より、ただ携えられているだけのあの刃の方がよっぽど恐ろしい。何なんだ、あの魔力量は？

「ありがとうって、お前もまだ隠し玉があるのかよっ！　本当にありがとよっ！」

「当然当然、こちとら世界で一番勇者をやってるんだぜ？　じゃ、その病みつきになりそうな笑顔、私が頂くとしようじゃないか！」

前門の居合おじさん軍団、後門の最強勇者セルジュ、真横からは嵐の刃を脚に携えたベルが迫り、真上はエストリアの極太レーザースコールで埋め尽くされている。誰が見たって絶体絶命、そんな最高の場面だ。

「オーケー、全部まとめて喰《く》らってやる！」

◇　◇　◇

――パーズの街

「な、何とか辿《たど》り着いた……！」

俺は追っ手を振り払い、この命を散らす事なくパーズへと到着した。装備はエフィルに修復を頼む必要があるレベルでボロボロ、途中で加護を発動させてしまうという失敗を犯すも、それ以降アンジェに救出されるような場面は完全に阻止する事ができた。全力も全力で、俺はやり遂げたのだ。

「ちぇー、あと少しだったのに～」

「そう口を尖《とが》らせるなよ。もう興奮に次ぐ興奮、脳内麻薬出まくりで、俺をここまで疲労困憊《こんぱい》させたんだからさ。加護まで使っちまったし……」

「それやったの、私じゃないし～」

ハムスターの如く頬を膨らませるセルジュ。子供か。

「おじさん、一日の死亡回数最多を記録したんじゃないかな、今日……」

「斬っても潰しても爆散しても無制限に出てきたから、俺としてはある意味恐怖だったぞ、あれ。出て来た瞬間に消さないと、斬撃やら抜刀術やらが飛んで来るとかな。今日だけでニトに何度斬られた事か」

「斬った側《そば》から魔法で再生しちゃう君に言われたくないねぇ」

物量よりも少数精鋭の輝くこの世界であるが、ニトの辻斬《つじぎ》り軍団は正気の沙汰でない強さだった。白魔法がなかったら、確実に俺は詰んでいただろう。

「疲れましたぁ……もうジェラールのおじさまに会いに行っても良いですか？」

「エストリアちゃん、絶対おじさんより元気だよねぇ。年齢的には、おじさんもおじさまの仲間じゃないかな？　ほら、癒されて良いよ？」

「えっ？」

「真顔で返されると辛い。おじさんのハートは硝子《ガラス》なの……」

おじさん、撃沈。心の中で褒めた直後にこれである。

「ったく、相変わらずだらしないわね。ケルヴィン、さっさと行きなさい」

ベルが俺を追い払うように、シッシッと手を払う。何を隠そうこのベルさん、セルジュを差し置いて俺の心臓を物理的に貫いてくれた張本人なのである。アレは良い蹴りだった。そんな強者の余裕なのか、その表情は少し誇らし気だ。

「お、おう。今日のＭＶＰだってのに、やけにそっけないんだな？　もっとこう、激励の言葉とかはないのか？」

「何よ、そのえむぶい……何とかって？　もう用はないんだから、屋敷に直行なさい。今直ぐに、駆け足で迅速に。セラ姉様を待たせないで」

「あー、なるほどな。お前が急《せ》かす理由はセラが次に控えているからか。俺に負けないくらい姉妹思いだよな、ベルって」

「……もう一度貫かれたいの？」

「いえっ、もう行きますですっ！」

ベルからマジもんの殺気が溢《あふ》れ出すのを目にして、急いで回れ右をする。これ以上ここにいたら、さっきの続きを始めてしまいそうだ。セルジュの「精々頑張りなよー」という、戦闘時とは真逆の気の抜けた声援を背に受けながら、俺は第7チェックポイントである屋敷を目指す。と、そこへクロメルを背負ったアンジェが現れた。

「や、ケルヴィン君おめでとー」

「クリアおめでとうございます、パパ」

「ギリギリだったけどな。ま、メルの加護を使っちゃったのは痛手だったけど、クロメルの方は温存できて良かったよ。温存したまま失格になったら、それこそ笑い話でしかない」

「救出する身の私としては、ずっとハラハラのドキドキだったよ。クロメルちゃんの見せ場については、次辺りに期待かな？　個人的には、さっきの戦いで使っても良かったと思うけどさ」

「パパからまだ使うなと、念話で再三注意されていましたので。アンジェさんの言う通り、残すチェックポイントも後は2カ所だけです。次で使う事を強くお勧めしますよ、パパ？」

「そうだなぁ……」

この2人がそう言うのであれば、次はそれほどまでに難儀な試練になるんだろう。とはいえ、次の相手が誰なのか、どんな戦いになるのかを確認しなければ、この場では決めようがない。俺の隠し玉であるクロメルの能力は、限られた時間内でしか発動できないのだから。

街中で疾走して迷惑を掛ける訳にもいかないので、ここでの移動は例外的に徒歩である。それでも今やすっかり歩き慣れた道のりを2人と談笑しながら進めば、気が付けば屋敷の門の前に辿り着いているものだ。門番のワンとトゥーに労《ねぎら》いの言葉を掛けて更に進めば、もうその先は決戦の地。ズラリと並んだ者達《たち》は、明らかにここでの対戦相手だ。

「……アンジェ、行かなくて良いのか？」

「んんっ？　あ、そうだね。クロメルちゃん、厳正な審査をお願いね～」

「当然です。不正なんてしませんよ。アンジェさんも頑張ってくださいね」

「ふっふ～。そう言われちゃうと、お姉さん気合い入っちゃうな～」

アンジェはクロメルを降ろし、向こう側へと移動。これで真に役者が揃《そろ》った状態になった訳だ。既に屋敷の庭園にはコレットの秘術『聖堂神域《タバーナクル》』が施されており、攻撃が外部へ出て行かないようになっている。準備万端な状態で俺を待っていたって感じかな。

「ケルヴィーン！　漸《ようや》く来たわねー！」

威勢の良い第一声をあげてくれたのは、もう一秒たりとも待てない様子のセラだった。

その他の者達も、思い思いの言葉を発してくれる。

「ケルにいなら、絶対ここまで来られるって信じてたよ！　ここは通さないけどね！」

「ガァルルルゥ！（通さないけどね！）」

「この場所を指定した時点で、王ならば相手を察していたであろう。そう、此度《こたび》の戦の相手はワシらじゃ」

「最後に立ちはだかるのは、最も信頼を寄せる仲間ってね。第7チェックポイントは私達『セルシウス家』がお相手するよ」

「アンジェさん、まだ最後ではありませんよ。それよりも、ご主人様の装備が破損しています。戦う前に修繕しませんと」

セラを先頭に、リオン、アレックス、ジェラール、アンジェ、エフィル、そしてクロトがこの場に集結。いつも会っている筈なのに、なぜか胸が高鳴ってしまう。

「お兄ちゃん、クロメルちゃんは私達が連れて行くね」

「パパ、バルコニーから応援していますね！」

それとは別に、幼シュトラとコレットが別途登場。シュトラはクロメルの手を引いて、屋敷の奥へと消えてしまった。うーん、運営の最高責任者らしいし、シュトラはクロメルと一緒に観戦するのかな？　一方でコレットが俺の手を取る。

「ケルヴィン様には必要ないかと思いますが、万が一という事もありますので、私の秘術を――これで安心です」

「死に至る致命傷を一度だけ回避する『生還神域《アルカディア》』か……もしかして、これ全員に施してる？」

「はい。クロト様の援護もあって、先日同様何とかなりました。……ケルヴィン様、このバトルラリーはある意味でここが最大の山場だと言えます。最後の場所に辿り着く為《ため》にも、ケルヴィン様には何としてでも勝利して頂きたいです。私如《ごと》きがこのような事をお願いできる立場でないのは、百も承知なのですが……どうか、どうかその手で勝利を勝ち取ってください。お願いします」

　深々と頭を下げるコレット。いつもの狂乱の巫女《みこ》ではなく、聖女然とした佇《たたず》まいに少しポカンとしてしまうが、直《す》ぐにそんな彼女が愛《いと》おしくなった。ポンポンとコレットの頭を優しく叩《たた》いてやる。

「確かに今回は、俺が思い描ける中で最大の強敵だ。個々の実力もさることながら、連携や互いを信頼する心も過去最強。1人で戦うなんて、無謀としか言いようがない。だけどさ、俺にとってそれはいつもの事だったろ？　もう二度とあいつを泣かせない為にも、俺は勝つよ。絶対に勝つ」

「ケルヴィン様……！　ご武運を、お祈りしています……！」

恐らくクロメルとシュトラのところへ向かったんだろう。コレットが屋敷へと駆けて行くのを見送る。デラミスの巫女の祈りとは、凄《すご》くありがたい効き目がありそう。これで俺もひと安心だ。

「さて、と……俺の愛する仲間達、今日はどうやって生を謳歌《おうか》しようか？」

◇　◇　◇

「生を謳歌じゃって。王のあの台詞《せりふ》、どう思うよリオン？」

「ケルにいらしくって格好良いと思うよ！　アレックスもそう思うよね？」

「ガァウ！（ノーコメント！）」

止《や》めて！　わざわざ俺の台詞を拾わなくて良いから！　場の雰囲気で何気なく出ちゃっただけだから！

そう心の中で叫ぶも、決して表情は崩さない俺。だってさ、ああ言われて赤面でもしてみろ。その時点で恥ずかしいと認めているようなものだ。ここは恥ずかしさを気取られず、この雰囲気のままで押し通すのがベスト。だからほら、早く進行して。誰かさっさと説明を始めて……！

「とうっ！」

俺の魂の叫びが通じたのか、セラがクロトお気に入りの噴水へと跳躍し、その頂点部分に着地する。お立ち台代わり、といったところだろうか？　顔には決め顔を貼り付けたままだが、内心凄いホッとした俺がここにいる。

「さっきケルヴィンがコレットに秘術を掛けてもらったように、私達全員にも致命傷を回避する術が施されているわ。術が発動したら、クロメル達のいるバルコニーに飛ぶよう設定しているものがね！」

セラの指差す先で、笑顔のクロメルが手を振っている。なるほど、あそこが天国か。

「セラ、お前も粋な洒落《しゃれ》を言うようになったんだな。言い得て妙だぜ。マジで妙だぜホントにもう」

「まったくじゃて。シュトラも一緒だしワシ昇天しそう。しかし安易にリタイアはできない悲しみの騎士道」

「は？　2人とも何言ってんの？」

おっといけない、口が勝手に思った事を。

「すまん、たった今正気に戻った」

「もー、しっかりしなさいよね。エフィルも何か言ってやりなさい！」

「クロメル様がいらっしゃってからというもの、ご主人様の心はいつにも増して浮き立っているご様子。これはもしや、更に子が増えれば倍々でご主人様も幸せになるのでは……!?」

「エ、エフィル、貴女《あなた》までトリップしてない？」

思案に暮れるエフィルを、噴水から飛び降りたセラが懸命に呼び戻そうとしている。しかしこれからを考えると、エフィルの言うところは心配要素になってくるかもしれない。クロメル1人でジェラールの如きこんな調子なんだ。今後、エフィルやセラ達とも子供ができたとしたら、俺は一体どうなるのやら。

「セラねえ、エフィルねえの事は僕に任せて、説明の続き続き」

「ウォウォン（また脱線してるよ）」

「それとも、アンジェさんが代わりにやろっか？　元ギルド職員として、説明は得意だし」

「あ、そうだった！　大丈夫、私がやるから！　ケルヴィン、説明再開よ！」

説明の再開、そして再度噴水によじ登るセラ。どうも説明役とお立ち台は譲れないらしい。

「俺がこの台詞を言うの、今日で何回目になるのか分からないんだが……で、そのルールは？」

「まあ、ルールなんてあってないようなものなんだけどね。どんな武器を持ち込もうが、どんな能力を使おうが全て自由！　禁じ手なしの真剣勝負で、私達と死合ってもらうわ！　舞台はコレットの聖堂神域《タバーナクル》でぐるっと囲った庭園一帯！　ケルヴィンが致命傷を負ってバルコニーに移動する事なく、私達全員を倒してバルコニーに送る事ができればクリアよ！　全チェックポイントで間違いなく最難関だけど、ケルヴィンを持て成すならこれくらいはしないとねっ！」

「一度屋敷のバルコニーに送られた人の復帰はなしだから、その辺は安心してね。と、隙あらば補足するアンジェさんでした～」

「ああっ、それも私が言おうと思ってたのにっ！」

若干の不満をアンジェに対して漏らしつつも、これで話が終わったのか噴水より降りるセラ。一方の俺はというと、嬉《うれ》しさから目頭が熱くなっていた。最近は本当に涙脆《もろ》い俺。

「なるほど。何から何まで、俺好みに調整してくれた訳だ。やばいな、マジで嬉し泣きしそう……でさ、もちろん全員本気で俺を殺しに来てくれるんだよな？」

「「「もちろん！」」」

「ウォーン！（もちろーん！）」

皆の声に共鳴するように、クロトも大きく膨れ上がって喜びを表現してくれる。同時に意思疎通での感情がもろに俺へと来て、色々と整理するのが大変だ。戦闘狂冥利に尽きる、これ以上当て嵌《は》まる言葉はないだろう。

「魔人紅闘諍《ブラッドスクリミッジ》、アーンド無邪気たる血戦妃《クリムゾンアストレイア》！」

「蒼炎《そうえん》解放、最初から最大火力で叩きます」

「人狼《じんろう》一体、三刀流――影狼《かげろう》モード！」

「ガゥガゥ、ウォン！（稲妻超電導《ライトニングヴァスト》付き！）」

「ふっふー、アンジェさんにはまだ風神脚《ソニックアクセラレート》の効果が残っていて、そこにリオンちゃんの稲妻超電導《ライトニングヴァスト》も加わった！　これが本当の最高速だよ！」

「孫パワー注入完了！　いつになく絶好調なワシ！」

最後の魔王鎧《よろい》はさて置いて、ハナッから全力全開でのもてなしだ。クロトなんて巨大化のし過ぎで、コレットの障壁に頭をぶつけてしまっている。

「ケルヴィン。合図をされる前に、さっさとクロメルに力を使わせなさい。そのままだと100％負けるって、貴方《あなた》も分かっているでしょ？」

「……やっぱそうなるかな？　俺としては、ここまで来たら自力でクリアしたい気持ちがあんだけど。ほら、この後にも最後のチェックポイントがある事だし」

「それで負けちゃ世話ないでしょうが。使える手は何でも使って良いルールなのよ？　それに裏を返せば外にいるクロメルはただ見ているだけなんだし、躊躇《ちゅうちょ》する必要はどこにもないわ」

「私はご主人様にバトルラリーを完走して頂きたいです。ですが、だからといって手を抜くような冒瀆《ぼうとく》は絶対に致しません。……どうか私に、ご主人様の最高に良いところを見せてもらえませんか？」

「……」

エフィルらが口にしているのは、クロメルの固有スキル『怪物親』の事だ。この能力はクロメルが家族と認識している者、特に両親にあたる者が彼女の視界内に存在している時、その者のポテンシャルを引き上げるというものである。これまでにもこの能力について色々と検証してみたが、俺を父、メルを母として認識しているのは間違いない。家族については、屋敷に住む皆が対象になっているのはもちろん、俺の生み出したゴーレム達《たち》までそれに含まれていたのだから驚きだ。クロメルの家族愛は広く、そして底が深い。俺は泣いた。

この固有スキルは大変強力であり、両親の俺とメルの引き上げの上がり幅はとんでもない事になっている。家族がとんでもなく絶好調なコンディションになるのに対し、両親は過去最大に力を振るっていた時の状態と化す。一見この2つに違いはないようにも思えるが、少し考えてみてほしい。俺とメルが、過去に一番力を持っていた時は一体いつなのかを。そう、メルが女神としての力を発揮し、俺がその力を行使して黒女神クロメルと戦っていた、あの決戦の時だ。今であれば絶対にあり得ぬ状況だが、クロメルの『怪物親』はそれを可能とする。それが如何《いか》にとんでもない事なのか、ここに集った皆は十分理解しているだろう。ちなみにこの能力には捕捉機能があるらしく、こちらは能力を発動せずとも俺から目を離さないようにできたりもする。

　但しこの能力、まったく欠点がないという訳でもない。今のところ発動できるのは最長でも3分、それも1日に一度きり！　視界に入った両親・家族をもれなく対象とするから、恐らくはここに集った仲間達も強化されてしまうのだ。あ、いや、最後については別にデメリットではなく、むしろメリットか。うっかりうっかり。

「クロメル、期待に応えて合図に合わせて使ってくれ！　パパ、超頑張っちゃうから！」

◇　◇　◇

「それでは第7チェックポイント、パパ対セルシウス家の勝負を――開始してくださいっ！」

　バルコニーより聞こえて来るクロメルの合図。同時にクロメルの『怪物親』が発動し、俺にあの時の力が蘇《よみがえ》る。基本武装は利き手に持つ大風魔神鎌《ボレアスデスサイズ》と、逆側に浮かばせた3本の剛黒の黒剣《オブシダンエッジ》。黒剣は全てⅥ《ヘキサ》仕様、更には大地の研磨《グランドクリーヴ》・Ⅵ《ヘキサ》で磨き上げた特注品だ。切れ味と耐久性は一般的なS級武具を軽く超える領域に至り、神にも対抗し得る出来となっている。これを一瞬で生成できるあたり、やはりこの力は強大だ。

『先手必勝！　刈取鮮血海《リーパーブラッドマーレ》！』

口火を切ったのはセラだった。自身の血を水に混ぜ込み巨大な尻尾とし、フィールドごと全てを薙《な》ぎ払う大技を放つ。ついさっきかまされたベルの横殴りの竜巻といい、この姉妹は派手な攻撃で魅せてくれる。獣王祭の対ゴルディアーナ戦でも使っていたが、その時よりも更にでかい。尻尾を振り回しているのは人間サイズのセラだというのに、尻尾は大怪獣のそれである。いや、そもそもの話、一体どこからこれだけの水を供給したんだ？　獣王祭の時のような、マジックアイテムから水を出すような素振りはなかったぞ？　うーむ、開幕から楽しい楽しい謎解きか。まあ供給方法はさて置き、目の前の壁と他全員の行動に集中するとしよう。

まずはあの攻撃について。セラの事だから『血染』の効果はあれ全てに発揮させているだろう。『怪物親』状態の俺といえども、この攻撃を素直に受ける訳にはいかない。今の俺は強さが最終決戦の頃のものになっているだけで、メルとの『絶対共鳴』を受けている訳ではないからだ。状態異常や能力低下効果は普通に受けるし、あの尻尾に触れたら血染の能力は普通に発揮されてしまう。要はお触り絶対厳禁、である。

『さっきはぶった斬って失敗したからな！　今度は上に逃げさせてもらう！』

『何の事だか知らないけど、それは悪手でしょうが！　クロト！』

薙ぎ払われた血の尻尾を躱《かわ》した瞬間、セラがクロトの名を呼んだ。なぜクロト？　なんて疑問に思うよりも速くに、俺に向かってそれらは真下より飛来した。セラの尾から、夥《おびただ》しい数の武器が飛び出したのだ。どいつもこいつも最低でもA級の品ばかりで、なぜか身に覚えのある……というか、俺がこの手で作った試作品の得物達だ。しかし、これらはクロトの中に大切に保管してあった筈《はず》。セラの尻尾から更にこいつらが出てくるのは、あまりにも不自然。それ以前に、この攻撃方法にも見覚えが――

『――ってその尻尾、クロトの擬態か!?』

『ご名答!』

俺は勘違いしていた。いや、勘違いさせられていた。セラのこの攻撃は大量の水から作り出したものではなく、血を与え色を変色させたクロトと協力しての攻撃だったんだ。以前にも獣王祭で見たという俺の記憶を策として利用、更に戦闘前の口上でクロトが大きく膨らんでいたのは、本体のクロトはここにいるぞと俺に強く印象付けさせる為《ため》のもので、本当の本体はセラの体に隠れていたと。よくよく考えれば技名も若干違うし、全ては俺を誤認させる罠《わな》として繋《つな》がっていた。頭とセンスの良い奴《やつ》は、本当に何をしてくるか分かったもんじゃないな……！

しかし、真上に飛ぶ選択もセラが言うほど悪いものではない。仮にあの場面で大鎌の斬撃を放っていたとしても、クロトが相手では接触した途端に魔力を吸収されてしまう。その後に尻尾をバッサリと分断できたとしても、クロトならその直後に斬った断面を瞬く間にくっつけてしまうだろう。そうなれば、俺はあの巨大尻尾に轢《ひ》かれていた。それこそ、セラの血染は受けるわ、クロトに魔力を吸われるわのコンボだ。その時点でゲームオーバーである。

『確かに驚くほど見事な不意打ちだ！　だがそれでも、武器の連続放出程度なら見てから躱せるっ！』

『でしたら、僭越《せんえつ》ながら私も支援させて頂きます』

『っ！』

真下から試作品の数々が飛来するのに対し、今度は真上から蒼《あお》き光が放たれる。僅かに遅れて、とてつもない熱が俺の肌を焦がし始め――あ、これ光じゃなくて蒼い炎ですわ。

『多首極蒼火竜《メルトパイロヒュドラ》・八王《ヤマ》』

タイミングにしてセラが尻尾を振るうのと同じ時、エフィルはコレットの結界ギリギリの高度に向けて、1本の矢を放っていた。俺が跳躍した瞬間に矢は静かに蒼く燃え盛り、エフィルが念話を送ってきたところで爆発。常人であればそれだけで溶けてしまう熱量を撒《ま》き散らしながら、爆発の中より8つの竜の頭が現れこんにちは、なんて可愛《かわい》らしい挨拶がある筈もなく、代わりに凶悪な牙を剝《む》き出しにして、俺へと飛び掛かって来る。

『固有スキル付きの多首火竜《パイロヒュドラ》を八発いっぺんに、それも一首一首の威力を高めての放射か！　いつの間にこんな技が使えるようになったんだ、エフィル!?』

『あはは、ケルにいったら喜んでる暇はないよ？』

『そうそう、私達だっているんだからねー』

超危険地帯の最中にいる俺の横には、仲良く手を繋いだリオンとアンジェの姿があった。仲良きことは美しきかな。でも手を繋いでいる理由は、アンジェの『遮断不可』を共有する為だろう。上は大火事、下は武器の逆スコール状態の渦中でも、そうする事で２人だけは攻撃が当たらなくなるからな。前の突発的チェックポイントで、アンジェが俺にするかもしれなかった救急手段の応用だ。アンジェがリオンを運ぶ事で、スピードも底上げされている。

『斬牢《ざんろう》閉鎖、横にも逃げ場はないからね！』

俺の周囲一帯が、リオンが施したであろう斬撃痕の大群で包囲されていた。しかもこれ、全部が全部違う剣で作り出した斬撃だ。毒が塗ってあったり属性が付与されてあったり、種類が豊富な贅沢《ぜいたく》仕様。クロトが投じた武器を俺が躱している間にキャッチして、次々に設置していったんだろう。幸か不幸か、呪われた武器はリオンが手にした瞬間に『絶対浄化』で清められてしまう為、その類の斬撃はなさそうだ。但し、使い終わった武器はアンジェへと手渡され――

『せいっ！』

『あぶなっ!?』

――再度俺へと投擲《とうてき》！　ただでさえ地獄なフィールドが、更なる弾幕へと進化を遂げている。嬉《うれ》しいけど、流石《さすが》にこれは躱す隙間がないっ！　こうしている間にも、リオンとアンジェはせっせと斬撃設置＆投擲を繰り返している！

『粘風反護壁《リヴエカウンターガム》・Ⅵ《ヘキサ》！』

ここは耐え忍ぶ場面だ。ベル仕込みの障壁を緊急生成。ゴムまりで全方位からの攻撃を受け流して、真逆から迫る攻撃とぶつけて相殺させる。これだけ層の厚い攻撃だと、どこに飛ばしても何かしらと衝突しそうなものだが、妥協はしない。並列思考を最大限まで酷使し、より効率的に相殺、相殺、相殺、相殺！――正直、どれだけ相殺してもキリがねぇ！

『っと！』

大忙しな俺の下へ、エフィルが飛矢極蒼爆雨《メルトフルミネーションレイン》・直撃《じか》ちを放ったのを察知スキルで確認。さっきと違って技名を言わず、こっそりと撃つあたりにエフィルの深い愛情を感じてしまう。それほどに俺のハートを射止めたいらしい。しかし、あの攻撃は接触と同時に大爆発を引き起こす、粘風反護壁《リヴエカウンターガム》とは相性の悪い爆撃だ。このまま縮こまっていたら、甚大な被害になる事は確実。うーん、ちょっと強引だけど打って出ますか。

『障壁、拡大っ！』

◇　◇　◇

粘風反護壁《リヴエカウンターガム》を内部より押し込み、その展開領域を風船を一気に膨らませるように拡大させる。これにより障壁は受け流すのではなく、この瞬間のみ真逆へと跳ね返す性質へと変化。更に跳ね返された攻撃は後続の攻撃へと衝突し、運が良いところでは誘爆してくれる結果となった。エフィルが秘密裏に放っていた飛矢極蒼爆雨《メルトフルミネーションレイン》・直撃ちもその1つだろう。大よそ全ての方向から絶えずターゲットとされていた俺であるが、僅かに完全フリーな時間が訪れる。チャンスもチャンス、千載一遇の隙だ。

考え立ち止まっている暇はない。動くとすればノータイムかつ即行で。俺はこの時間を各個撃破へと移行する為のものとし、元いた場所より飛び出した。最初に狙うとすれば、確実に仕留められる者にしなくてはならない。

最も近くにいるリオンとアンジェは、攻撃が一切通らないように見えるが、実際は攻撃を放つ瞬間のみは『遮断不可』を解除している。その瞬間を狙えば倒せる可能性は決してゼロではない。が、同時に確実性がないのもまた真実。後回しにするのが無難だ。セラとクロトについても、攻撃の性質上その全てが一撃必殺と化している。焦って下手に突っ込んで、やられてしまいましたじゃ笑えない。ならば――

『――って事で、お相手願おう！　エフィル！』

距離として一番遠くにいるが、放置していると厄介この上ない火力を叩《たた》き込んでくるエフィルから狙う。いつもであれば補助魔法なしの足では追い付く事ができない相手だが、今の俺なら如何に遠くにいようとも関係ない。スタートダッシュさえこちらが速ければ、アンジェに後れを取る事もないのだ。

『っ！』

自分が狙われている事に気付き、気配を無にしつつ迎撃の矢を放つエフィル。発射の際の爆炎と砲弾は見えるのに、砲台が消える摩訶不思議《まかふしぎ》現象だ。だが、興奮のあまり頭が異常なまでに冴《さ》えてる俺には、そんなエフィルも余裕を持って捉えられる。

大鎌で両断できるものは斬撃で、接触で爆発を引き起こす類のものは予《あらかじ》め生成していた黒剣2本をぶつける事で処理し、エフィルの下へと最短距離で突き進む。この間に背後から背筋が冷たくなる圧を感じるも、今は振り向いている場合じゃない。目眩《めくら》ましに烈風刃《ショットウィンド》を目一杯背後へばら撒く程度に抑えて、エフィルを倒す事に集中。大鎌にて確実に潰す。

『王よ、やはり来たかっ！』

『攻撃になかなか参加しないと思ったら、ここで護《まも》りに専念か！　ジェラール！』

俺が大鎌をエフィルに振るう直前、ジェラールがエフィルを護る盾となって間に割って入って来た。

『ワシの速度では王には追い付けんからのう！　エフィルとのツーマンセルで王に挑み、

騎士として良いところを見せるのじゃ！　孫達《たち》の為にっ！』

『お、おう』

ジェラールの構える大戦艦黒鏡盾《ドレッドノートリグレス》は、あらゆる攻撃を反射させる事ができる超高性能武具だ。ジェラールの固有スキル『自己超越』との併せ技で、その効力はより高く全身に及ぶまでになっている。だが、魔法を跳ね返すには相応の魔力を消費するのが必須条件！鎧《よろい》のどこかに隠し持っているであろう分身体クロトから魔力を引き出すにしても、これだけ大規模に巫女《みこ》の秘術を使わせた後だ。俺の魔力超過を施した大風魔神鎌《ボレアスデスサイズ》は止められまい！

『お前ごと、エフィルも頂くっ！』

大鎌はその身を挺《てい》して立ち塞がるジェラール、更にはその奥にいるエフィルをも射程に捉え、確かに対象を通り過ぎた。軌道に入りさえすれば、あの神の方舟《はこぶね》や女神クロメルにも通じた必殺の一撃だ。しかし、その後に俺が感じたのは違和感、そう、これまで大風魔神鎌《ボレアスデスサイズ》を使っていて感じた事のない違和感だった。

『大鎌の刃が、欠けただとっ……!?』

振り切った俺の大鎌に刃は既になく、破損した魔力の粒子がジェラールの鎧表面付近に見える。この攻防で相手を打ち負かしたのは大風魔神鎌《ボレアスデスサイズ》ではなく、ジェラールの方だったのだ。しかし、なぜ……!?

『ぶっつけ本番でちょいとドキドキしたが、上手《うま》くいったようじゃのう。『斬撃無効』、それがワシの新たなスキルの名じゃ。おっと、クロトも似た系統のスキルを持っておったかのう？　吃驚《びっくり》するほどのスキルポイントを使用して得た、ワシのとっておきじゃて！』

『うお、マジかっ！』

『ガッハッハ！　その様子、かなり喜んでいるようじゃのう？　何しろ王の攻撃は斬撃を伴うものが多い！　これを封じられるワシは、かなりの天敵じゃぞい！』

『予想通り、ご主人様に喜んで頂けました。良かったですね、ジェラールさん』

カウンター気味にジェラールの魔剣を腹部に食らいながら、ちょっとだけ和気藹々《わきあいあい》と念話で言葉を交わす。すげぇ痛いけど、それ以上にこいつは朗報だ。大風魔神鎌《ボレアスデスサイズ》をこんな形で防がれたのは初めてだ。しかも逆に破壊されたって事は、接触して無効化された際にジェラールの頑丈さに競り負けたのか？　むむむ、検証すべき事柄が多くて探求心が疼《うず》いて止まらない……！

しかし現実にはジェラールによる追撃、その背後よりエフィルの火力支援が行われようとしており、悠長に構えている場合でもない。まずは高速治療だ。斬られ血液が噴き出そうとしている腹部を、それよりも速く治して繋ぎ止める。

『大回復《ライトヒール》・Ⅳ《クアッド》』

よし、完治。魔力超過を付与するにしても、この状態なら大抵が瞬間的に行えるのだから素晴らしい。で、興味津々なジェラールを泣く泣く迂回《うかい》し、当初の予定通りエフィルを狙う。いい加減に1人でも倒さないと、もうアンジェ達が追い付いてしまう。

『王といえども、そう簡単にエフィルに手は出させんぞっ！』

『なっ!?』

再び俺の前に立ち塞がるジェラール。クロメルから怪物親の支援を受けている俺のスピードに、反応するどころか付いて来ている。何が速度では追い付けないだ、しっかりできてんじゃねーか！

『怪物親の効力を十全に受けているのは、何も王だけではないという事じゃ！　仮孫に見守られる今のワシの力は、まるで千人斬りをした時のようじゃて！』

『ハハッ！　なるほど、ジェラールが思い描く最高の『栄光を我が手に』状態って訳かよ！　そりゃ俺にも追い付くわなっ！』

これまでの戦いからも分かる通り、クロメルは決して贔屓《ひいき》はしない。平等に公正に清く正しく、中立的な視点で俺を見ていてくれる。いやまあ、俺を視界に収めているから、近くにいるジェラールもパワーアップしているって話なんだけれども。それでも、そのパワーアップの度合いがやばい。たぶん、ジェラールの理想と固有スキルが良い感じに連動しているんだろう。歓喜の嵐に巻き込まれながら、残った1本の黒剣を手に取り剣戟《けんげき》の舞いを行う。

『ジェラール、ナイス護衛！　お蔭《かげ》で追いついたっ！　ケルヴィン、私とクロトの合体技を食らいなさい！　その10まであるからっ！』

『そしてそんなセラねえとクロトの特性を、アレックスが模擬取って――』

『――私が暗器の山と一緒に、リオンちゃんをお届けするっ！』

新技新コンビネーションの数々と共に、頼りになり過ぎる仲間達が押し寄せる。対応が追い付かないぞ、わぁい！

『極蒼炎四方城塞《メルトランパートスクウエア》』

あ、やば――

◇　◇　◇

ジェラールとの剣戟を繰り広げている間に、セラとクロトの必殺コンビ、リオンとアンジェの無敵コンビが急接近。更には俺を逃がさないようにする為《ため》か、エフィルの魔法で蒼《あお》き炎の壁が四方八方に生成される。炎のダイスの中に、全員が閉じ込められる形だ。あ、いや、閉じ込められたのは俺だけか。エフィルを近くで護るジェラールには火竜王《クリムゾンロガ》の竜鱗外装《リア》があるから、俺よりも熱さに強くなっているだろうし。

『黒斗紅闘諍《ブラッドクロトミツジ》！』

セラの異形の腕にクロトが融合し、見た目こそは変わらないものの放たれるプレッシャーが倍化する。技の命名の仕方がセラらしいなと思いつつ、またやべぇもんを編み出したなと感心してしまう。セラとクロトの特性が、全てあの魔鎧に集約されているんだ。触れてしまうのもアウトって点は同じだが、純粋な威力自体も掛け算式に合わさってないか、これ？　如何《いか》に過去最高状態の俺といえども、あれで思いっ切り殴られたら、とてもじゃないが無事では済まされない。

そしてそして、そんな目立つセラを隠れ蓑《みの》に、密《ひそ》かに近づこうとしているのがアンジェ達だ。念話にて叫ぶ事はせず、されどしっかりとセラ達の能力を模倣しているリオン。そして遮断不可状態でリオンをお姫様抱っこし、速やかな運搬を試みるアンジェ。首狩猫運輸は今日も最短時間で荷物を運んでいる。まあその荷物ってのは、俺に敗北を届ける訳なんだけど。うん、控え目に言って最高のプレゼントだ！

『ほれ、これで詰みじゃて！』
『ご主人様のハート、射止めます！』
『いいえ、やるのは私とクロトよ！』

ジェラールの魔剣が、エフィルの矢が、セラの拳が俺の喉元にまで迫る。これをどうにか躱《かわ》し防いだとしても、その隙を突いてリオンとアンジェの不意打ちが飛んでくるだろう。そもそも、この炎の要塞の中には逃げ場がない。絶体絶命、絶望の淵《ふち》――千載一遇のチャンス！

『素直にやられる俺じゃねぇよ！　栄冠の勝利領域《シャイニンググローレル》・Ⅵ《ヘキサ》！』

罠《わな》を張っていたのはお前達だけじゃない。俺だってそうだ。密かに詠唱を終え、その上で魔力超過を加えたオリジナル魔法を炸裂《さくれつ》させる。

炎の巨大檻《おり》を締め付けるように顕現したのは、幾重にも重ねた光輪の層だ。この魔法の対象範囲は輪の内側、つまりはここに集結した全ての者に適用される。序盤のバラバラの状態じゃ、外側から邪魔をされる恐れがあったからな。機を窺《うかが》って正解だった。

『何これっ！　ケルヴィンの新しい魔法⁉』

『って、アンねえ！　能力解除しちゃってるよ！』

『あれっ⁉　そうしたつもりはないんだけど、いつの間に⁉』

『むむう……！　クッ、絶好調なワシの力でもビクともせん！』

ジェラールが力に任せて抜け出そうと奮闘している。だが、それで解放されるようなやわな代物なら、俺がここで使う筈《はず》がないだろうに。いつか来るであろう仲間達との本気のバトルに備え、俺は最新の魔法を内緒で練りに練っていたのだ。パワーで捻《ね》じ伏せるには、そうだな……全竜王の馬力を集めるくらいはしないと、全然足りないだろう。

『私の炎を捕らえるあの輪、ご主人様の栄光の聖域《グローリーサンクチユアリ》に似ていますね』

『流石《さすが》はエフィル、鋭いな。確かにモデルにしたのは栄光の聖域《グローリーサンクチユアリ》、だが単にそれを強化しただけだと、セラやアンジェには通じない。だから、もう一工夫加えさせてもらった』

『どんな工夫よ!?』

『それは言えないだろ……』

『えー！　狡《ずる》いぃ～！って、うわっ！　固定した血が元に戻ってる!?』

『じゃよねー。ワシは分かってたよ、うむ』

　この栄冠の勝利領域《シャイニンググローレル》は栄光の聖域《グローリーサンクチュアリ》を下地にしているだけあって、対象の動きを封じる拘束効果は未《いま》だ健在。肉体の一部に3つのリングを施す形から、現在の効果範囲一帯を巨大リングで締め付ける形へと形態を変化させている。空間ごと束縛している為、セラの『血染』がリングに触れる事がなくなる安心設計なのである。

『ジェラじい、冷静に分析してる場合じゃないよー……』

『あ、駄目だ。透過の再発動もできないや。えへへ、能力を過信して迂《う》闊《かつ》に近づき過ぎちゃったか～。失敗失敗』

『アンねえ、笑ってる場合でもないよ！』

『うう、対人戦中のリオンちゃんは厳しいよ～……』

　リオンは対人戦の鬼だからな。おっと、話が逸《そ》れた。軌道修正、話を元に戻そう。もちろんこれだけの力では、何でも透過してしまうアンジェを捕らえる事はできない。その解決策として付与されたもう1つの効果が、範囲内にいる者達が有する固有スキルの強制解除だ。アンジェとリオンが姿を現してしまったのは、遮断不可自体が失効した為。セラが纏《まと》っていた諸々《もろもろ》の魔法も、『血操術』がなければ固定する事ができなくなる。通常のS級魔法数十発分の魔力を注ぎ込んでこそ可能となった離れ業、いや、離れ魔法か？　この『怪物親』状態でもない限りは、俺の魔力を以《もっ》てしても発動は無理だろう。兎《と》も角《かく》、効果は絶大なのだ。

しかしこちらの効果時間は10秒と持たず、外側からの刺激に大変脆《もろ》いという弱点があった。前述の通り、敵が離れ離れでは詠唱する訳にはいかない。如何にチャンスだと思わせ、勢い付かせるかの探り合いだった。まったく、危険を承知で支援に徹するエフィルに接近して、ジェラールと矛を交えた甲斐《かい》があったってもんだよ。お蔭で一から百まで堪能できた。まあ、まだまだ思いに耽《ふけ》るには早いのだが。固有スキル強制解除状態が解けるまで、あと5秒ほどしかない。個別に撃破するよりも、この領域内部で一気に殲滅《せんめつ》してしまうのがベストか。

……実はさ、まだ隠していた魔法があるんだ。ほら、最終決戦の時にクロメルが使ってただろ？　2つの属性を掛け合わせた合体魔法ってやつ。あれをさ、俺なりに頑張って作ってみたんだよ。予想通り扱いが難解過ぎて、普段の状態じゃ詠唱もままならないじゃ馬なんだけど、愛娘《クロメル》の前なら使えちゃうんだよね。なぜだろうな、不思議だな。って事で、ここは魔力を根こそぎ使って締めさせてもらおう。もう栄冠の勝利領域《シャイニングローレル》と一緒に準備は済ませているのだ。あらん限りの魔力を注ぎ込み、一世一代の魔法を発現。

『神鎌垓光雨《ボレアラガン》』

俺が魔法を発動した瞬間、この領域の外側全方位より魔力が噴出される。それらは2つの性質を併せ持つ数多《あまた》の碧色《へきしょく》光。キュインと煌《きら》めき僅かに音を漏らした後、その音が敵へと届くよりも速く、一斉に光芒《こうぼう》となって降り注がれる。別に意趣返しという訳ではないが、上も下も横も、ありとあらゆる場所から集束した光の線が放たれ、この場を埋め尽くしていく。

『『『――!』』』

声を上げる暇もなく、リタイアした者達《たち》が次々とバルコニーへと運ばれて行く。そりゃそうだ。神鎌垓光雨《ボレアラガン》が放つレーザー光線は、大風魔神鎌《ボレアスデスサイズ》の切れ味と剿滅の罰光《ディザスターレイ》の熱量を兼ね備えている。そんな危険にもほどがある攻撃が、逃げ場を残す事なくあっちこっちから飛来したんだ。さっきの俺以上に助かる道はないだろう。

『しっかし、マジで綱渡りの戦いだった。改めて礼を言わせてくれ。ありが――』

『――ふぅむ。まだ礼を言うには早いじゃろうて』

『っ!』

光が止《や》んだ直後、突如として現れた大剣が俺の左腕を斬り飛ばした。

◇　◇　◇

左腕が宙を舞う。これも計算して斬ってくれたのか、飛んで行ったのは向こう側だ。拾って繋《つな》ぎ合わせれば魔力を節約できるだろうが、奴《やっこ》さんがそれを許してくれないだろう。今は止血するに止《とど》める。

『む、一太刀で決着させようと思ったのだがな。流石は王じゃて』

『……よう、ジェラール。まさか神鎌垓光雨《あれ》を食らって生きているとは思わなかったぞ。お蔭で俺の魔力もあと僅かだ。一体どんな手品を使って生き残ったんだ？』

俺の眼前に立っていたのは、『剣翁』ことジェラールであった。手に持つ魔剣からは俺の血が滴り落ち、それが左腕の仇《かたき》である事を証明してくれている。いやはや、参ったなぁ。鎧《よろい》は今にも崩れ落ちる寸前で、光に撃ち抜かれた穴がいくつも見受けられる。されど五体満足、気力十分。片腕をなくした俺よりも、随分とマシな様子だ。

『なぁに、ちょっとした幸運が重なって、後は負けん気のコンビプレイというものじゃよ』

『そうそう、アンジェさんも頑張ったんだよ？』

『うお、アンジェも無事だったのか――いや、無事ではなさそうだな……』

隠密《おんみつ》状態を解除したのであろうアンジェが、ジェラールの背後に姿を現す。しかし、アンジェは血塗《ちまみ》れだった。辛うじて片足は無事だが、それ以外に無事なところはない。本当に辛うじて生き長らえている。そんな様子だった。

『エフィルちゃんにリオンちゃん、アレックス、それにセラさんは珍しく運が悪かったみたいでね。耐える暇もなくリタイアしちゃった。けど、私とジェラールさんは撃ちどころが急所じゃなかったお蔭で、クロトの最後の抵抗が間に合ったんだ』

『……なるほど、身を削って2人の盾役になったのか』

『そ。攻撃から魔力を可能な限り吸収しながら、私達を覆い隠すように護《まも》ってくれたんだ』

『加えて、ワシは斬撃が効かないからのう。比較的無事じゃわい』

『その代わり私はこんな感じだから、もう出血多量でリタイアしちゃうけどね、あはは。って、危ない危ない。またリオンちゃんに怒られちゃう』

『いやいや、アンジェはしっかりと最後の仕事をしたぞい。最後の力を振り絞り、ワシと共に王への奇襲に参加してくれたのじゃからな。致命傷でなくとも、あの深手は実に大きい』

攻撃後、ジェラールの剣が突然現れたように感じたのはその為か。今度はジェラールと共に気配を殺し、攻撃が止むまで潜伏していたと。

『後は任せるといい。騎士としての職務は果たせんかったが、戦いには勝たせてもらうとしよう』

『オッケー。私もいい加減に限界だからさ、もう、きっついからぁ……後は、よろ――』

それ以上の言葉は続かなかった。言い終える前に、アンジェはコレットの秘術によってバルコニーへと運ばれてしまったのだ。戦場での最後の言葉を受け取ったジェラールは、剣を地面に突き刺して静かに佇《たたず》んでいる。

『……これで真の決戦じゃな、王よ。腕を治療しないところを見るに、魔力の残量は少ないのじゃろう。コレットのように虹を描かれても格好がつかんからの、早々に決めてしまうとしよう』

『そうしてくれるとありがたいな。だけどさ、ジェラール。お前は見た目以上に、むしろ最初よりも調子が良さそうじゃないか？　単にクロメルに見られて得られるもんでもなさそうだ。何がお前をそこまで駆り立ててるんだ？』

『……』

ジェラールの見てくれは確かにボロボロ、一見満身創痍《まんしんそうい》にも思えるものだ。だがしかし、実際にジェラールから放たれる戦意・殺気・溢《あふ》れ出すエナジーは、これまでトップをいく強さとなっている。まだ何か新たな手を？　なんて事も一瞬考えたが、それは違うと自分の頭で否定しておいた。だってほら、ジェラールはもっと単純に強くなれるもの。

『ワシは今、途轍《とてつ》もなく怒っておる。バトルラリーという祝いの会である事を頭では理解しておるが、どうしてもワシの気が収まらんのじゃ。ああ、ワシは憤っておる。巫女《みこ》の秘術状態とはいえ、リオンやエフィル達、可愛《かわい》い仮孫らを葬った王の所業……絶対に許せんっ！』

『あー……この展開、ある程度は予想していたけどさ。ちょっと理不尽な怒りじゃないかな、それ？』

『問答無用っ！』

『ええっ……』

俺は招待された側だというのに、勝手に問答を無用にされてしまった。いや、分かってるよ。ジェラールのこの怒りは半分が倒されたリオン達を想《おも》ってのもの、そしてもう半分は、戦闘狂いな俺に最高のプレゼントをする為《ため》のものだって。伊達《だて》に長い付き合いじゃない。俺達のように堅い絆《きずな》で結ばれれば、全てを話さなくとも察せるってもんなのだ。

『王よ、ワシの覚悟は疾《と》うにできておる。此度《こたび》、ワシは王殺しの騎士となる汚名を被《かぶ》ろうぞ。般若《はんにゃ》だろうと夜叉《やしゃ》であろうと、ワシの怒りをそれに収めるには温《ぬる》過ぎる。覚悟、覚悟、覚悟、覚悟ぉ……！』

半分も、あるかな……？　3割、いや1割でもその気持ちがあれば、俺は嬉《うれ》しいかなって思います。

『ま、それも忠義の形だわな。ハハッ、こんなハッピーな日があって良いのかねぇ？』

ジェラールの剣を受ける用に、何かしらの得物はほしいかな。ただもうMPがない為、新たに武器を生成するのは迂闊にはできない。クロトもここにはいないから、新たに保管内から出してもらうのも不可。って事で、序盤にクロトが放出していた試作品を拝借させてもらうとしよう。幸い、壊れていないのが大量に落ちてる。

今にも飛び出して来そうなジェラールに注意を払いながら、俺の手に合う武器を見繕う。片手しかないから、そもそも使える武器は限られるが……うん、リオンに倣って動きやすい剣にしておこうかな。斬撃が効かないとなれば、防御と回避に秀でたこいつが――あ、また怒りのボルテージが上昇したような気がする。武器もリオンと被っちゃ駄目なんかい!?

『フッ、王よ……ワシの神経を逆撫《さかな》でするのが上手《うま》いのう！』

『何だかんだで問答してくれてるよな、お前』

『……ワシの怒りを知れぇい！』

今の間は何だったのか。とはいえ、ジェラールの勇猛さは今も増し続けている。一撃でも攻撃を受けてしまえば、コレットの秘術脱出装置が作動してしまう恐れが大いにあり。万が一一刀一刀を確実に受け流し、省エネモードの白魔法を籠《こ》めた蹴り技でカウンター。万が一に武器が破壊されたら即時調達。これを繰り返し繰り返し、ジェラールのHPを削ぎ落とす。一挙手一投足の1つでも間違えば、それだけで終わってしまうかもしれない。決して派手ではなく、地道な戦いだ。だがそれ以上にこのスリルが俺の興奮を誘い、もっと戦っていたいと意識を研ぎ澄ましてくれる。集中力の奥へ、更に奥へ。いつしか俺達は無言となり、剣戟《けんげき》だけが木霊する異様な戦いへと変化していた。

「パパ、今まで一番良い笑顔かもしれません」

「……バトルラリー、企画して正解でしたね」

「うん、ケルヴィンが楽しそうで何より！」

「ジェラじいも凄《すご》く楽しそうだよね。さっきまで怒ってた風だったのに」

「それはほら、ジェラールさんも男の子だからね。アンジェさんは知ってるんだ～」

耳が良過ぎる為に無意識に外の声を拾ってしまう。無粋だし、聞かなかった事にしておこう。今はただ、この瞬間を堪能する。ただそれだけだ。

◇　◇　◇

この更地と化した庭園をダハクが見たら、果たして奴《やつ》はどんな反応を示すだろうか？　怒りか、それとも悲しみか。主である俺が今更こう思うのもどうかと思うけど、ちょっとこれはやり過ぎたかなと考え始めている。まさかあれから1時間も斬って蹴っての応酬になるとは、一体誰が思うだろうか？　クロメルの固有スキルの効果が切れた後は、戦いが益々拮抗《ますますきっこう》しちゃったもんで、いや～、暴れに暴れた。満足だけど、後の事を思うと気が重い。今頃、道中の舗装工事をしているんだろうか？　本当にすまない、ダハク。

「ご主人様、お疲れ様でした。タオルとお飲み物をどうぞ」

「ああ、ありがとう。……ふあぁー、よく冷えてる～。マジで生き返る感じだ。っと、エフィルもお疲れ。良い戦い振りだったぞ。周りは灼熱《しゃくねつ》地獄だったのに、ずっとヒヤヒヤもんだったよ」

「ありがとうございます。特訓した甲斐《かい》がありました」

ま、心配ばかりしていても仕方がない。今は戦闘後の心地好《よ》さを味わうとしよう。んんー、エフィル特製ドリンクが身に染みる。タオルも一度冷やしてくれたのか、汗を拭えば爽快も爽快。一気にフレッシュな気分へと早変わり。ふふふ、もう一戦いけちゃうな、これは。

「ジェラじい、元気出してったら～。とっても良い戦いだったよ？」

「フッ、そうは言うても、ワシは駄目だったんじゃ……リオンらの仇を討てんかった……愛が、情熱が、力が足りなかったんじゃ！　ウオオォ――――ン！」

「わっ、お爺《じい》ちゃんの兜《かぶと》が噴水みたい！　クロト、あの水に乗ってみる？　きっと気持ち良いわ！」

「シュトラちゃん、遊んでる場合じゃないよー。ジェラじいを励ますの手伝って～」

「オロロロォ―――ン！」

「クゥーン……（僕の鳴き声より凄い……）」

ジェラールとの魂の戦い、その結果は皆の会話を聞いての通り、俺がギリギリのところで勝利を収めた。蹴るか斬られるかの白熱したバトルの後、ジェラールはすっかりと燃え尽きてしまい、ああなってしまったのだが……仮孫でも苦戦するあの嘆きようだ。俺なんかじゃ、とてもではないが力になれそうにない。ここは大人しく、リオンとシュトラに任せるとしよう。

「いやはや、見事に負けてしまったねぇ」

「あ、ケルヴィーン！　その様子だと勝ったみたいね」

「おう、アンジェにセラか」

いつの間に着替えたのか、２人は私服になっていた。しかし何だ、その今頃になって結果を知った風な口振りは？……石鹸《せっけん》の香りがほのかにするんだけど、まさか風呂に入った後とかじゃないよね？　俺とジェラールが激闘を繰り広げている間に、お先にさっぱりとかしてないよね？

「最終チェックポイントに行く前に、ケルヴィンもひとっ風呂浴びてく？　エフィルに沸かしてもらったから、今ならちょうど良かったわよ！」

「今日も良い湯だったね〜。疲労と気持ち良さが相まって、思わず寝ちゃうところだったよ」

「……いや、時間もないし、もう少し頑張るよ」

さっぱりしおったな、お前ら。

「そう？　あ、ところでケルヴィン！　さっきの戦いね、ワクワクした？　ドキドキした!?」

「きゅ、急にどうしたんだよ？　まあ、ワクワクもしたしドキドキもした。控え目に言って最高だったけどさ」

「よっし！　アンジェ！」

「おー！　セラさん！」

――パァン！　と、ハイタッチで良い音を鳴らすセラとアンジェ。

「も、もう私の信仰心が限界です！　何とか発散しなくては……エフィルさん！」

「コレット様、どうぞ」

次いでエフィルもハイタッチ。どこからか聖女モードを終えたコレットも現れて、更にハイタッチを交わし――何だ、これ？

「ああ、ごめんごめん。私達《たち》、何をしたらケルヴィン君が喜んでくれるかな～って、結構長い間準備しててさ。それがやっと報われたって感じなんだよね。バトルラリーの重大な山場を任された身として、上手くやれるかもう心配で心配で」

「4大国どころかS級冒険者の皆さん、グレルバレルカ帝国のグスタフ様方までをも巻き込んだ、大掛かりな催しでしたからね。ご主人様の笑顔、そして満足されたお顔が拝見できて本当に良かったです」

「神々しい御尊顔を拝しまして、私としても真《まこと》に素晴らしいひと時でした。また来年もやりましょう。と言いますか、毎年開催致しましょう。ええ、そうするべきです！　ハァハァ……！」

「フフッ、そうね！　でもケルヴィンったら、それはもうキレッキレな表情だったわよ？　こう、口の端っこ的な意味で」

「そ、そんなにか？　まあ、それだけ楽しかったって事だよな。……感謝してるよ、本当に」

こんな楽しい祭りを毎年、か。すげぇ嬉しいけど、今のままじゃ体が持つか心配だな。また来年までに鍛えておかないと。

「も～、皆気が早いわよ！」

「うんうん、まだバトルラリーは終わりじゃないからね？」

「お、シュトラにリオン。ジェラールは良いのか？」

「えっと、泣き疲れて意識を失っちゃったみたいで……それからスリーとフォーがふらっと来て、ジェラじいの部屋まで運んで行っちゃった」

「あー、酔い潰れた奴が敷地内で寝てるのを発見したら、部屋まで運ぶように命令してたもんな……」

泥酔したセラはゴーレムには荷が重いしジェラールは酒に強いしで、まず使われない命令だと思っていたんだが、思わぬ形で作動してしまったようだ。まあ、落ち着かせるという意味でちょうど良かったかな。落ち着いて冷静になってから、また次回の王殺しに向けて励んでもらいたい。挑戦、年中無休で受け付けております。

「お兄ちゃん、次はいよいよバトルラリーのラストよ。勝っても負けても悔いが残らないように頑張って！」

「僕達が一緒に行く訳にはいかないから、ここから応援してるね。クロメルと一緒にファイトだよ！」

「おう、任せておけ！」

ラストのチェックポイントは、確かあそこだったよな？　もう最後の相手が誰なのかは言わずもがな。この場所を指定したのも、まず間違いなくあいつだろう。ある意味、2人だけの思い出の地だ。

「ふふん！　最後の番人が誰なのかはまだ秘密、私達は教えてあげないからね、ケルヴィン！」

「あー、うー。そ、そうだね、セラさん。私達からは教えられないね。アンジェさんもさっぱりだよー」

「わ、私の口から知らないと言ってしまうのは、信仰心の揺らぎなのでは……!?　しかし、ここで空気を読まないというのも……！」

「一体誰ガ相手ナノカナー。想像モツカナイナー」

「そうでしょうそうでしょう！」

セラよ、何で今は勘が鈍くなってんの？

「ご主人様、こちらのお弁当を持って行って頂けないでしょうか？　先の戦いで、予定より時間を要してしまいました。それで、恐らくその……最後のチェックポイントを守る謎の番人さんが、お腹《なか》を空《す》かせていると思いますので」

「お、おう、相手が誰なのか相変わらず全くの不明だが、了解したよ」

エフィルから大きなピクニックバスケットを手渡される。皆気遣いがとっても上手で困っちゃう。

「パパー、お待たせしましたー！　日が暮れる前に出発しましょう。次のチェックポイントはパーズ近郊の森です。バトルラリーの取りを務めるのは……ええっと、まだ内緒、ですよね？」

「ああ、お楽しみは最後まで取っておかないと。さ、行くとしようか。最後の戦いへ！」

「「「いってらっしゃーい！」」」

家族から一杯の声援をもらい、俺達は最後の目的へと颯爽《さっそう》と向かう。が、ピクニックバスケットから漂う極上の香りに、俺とクロメルは思わず腹を鳴らしてしまった。だってほら、これだけの戦闘をこなした後だし、クロメルだって長距離の移動で体力を消費しているんだ。格好がつかないのはご愛嬌《あいきょう》、到着したらまずは飯だよ、飯。

◇　◇　◇

もう走って急ぐ必要もないだろう。目指す先は目と鼻の先なんだ。俺はクロメルを肩に乗せ、パーズの警備に当たる門番に軽く手を振って挨拶する。思えばこの世界で一番最初に会話したのは、メルを除けばこの人だったんだよな。そう考えると、なかなか感慨深い。

「良い旅を！」

「旅ってか、散歩みたいなもんだけどな」

「分かってるよ！　これは俺の仕事の挨拶みたいなもんなの！　ケルヴィンなら知ってる筈《はず》だろー。なあ、クロメルちゃんもそう思うだろー？　酷《ひど》いパパだよなー」

「フフッ、そうですね。酷いパパです」

「ハハハッ。じゃ、ちょっと行ってくる」

「おー、暗くならないうちに帰れよなー」

昔はもっと堅苦しい感じだったのに、今ではすっかり砕けた口調で会話するようになったもんだ。さ、行きますかねぇ。

「そう言えば、ママは何であの森を最後のチェックポイントに選んだのでしょうか？　思いっ切り戦うのなら、お屋敷の地下鍛錬場の方が適していると思うのですが……」

「何だ、クロメルは知らないのか？　今から行く森はさ、パパがこの世界にやって来た、最初の場所なんだ。まあ、始まりの地ってとこかな。その時は前世の記憶を失ってて、ついでにママの事やプロポーズをした事も忘れる有り様で……それでもまた恋人になっちゃうんだから、人生って分からないもんだよ」

「そうだったのですね。それにしてもパパとママは、本当に仲良しさんなのですね。見ていて恥ずかしいくらいです」

「おいお〜い。それを言うならクロメルとも同じくらい仲良しさん、だろ？　自分だけ壁を作るだなんて、パパは許さないぞ。それとも、クロメルは率先して壁を作りたいとか？　もう反抗期？」

「そ、それは違います！　私も仲良しの輪に入りたいです！」

会話をしながらすきっ腹を誤魔化し、森へと歩を進める。うーん、見える景色が全部懐かしい。って、もう到着か。時間なんて夢中になると一瞬だな、やっぱ。

「よ、待ったか？」

「ええ、かなり待ちましたよ。デートをする時は常に5分前行動、いえ、10分前でも良いくらいだと、前々から言っていましたよね？」

「お前の口から聞いたのは初耳だよ。そもそも、待ち合わせの時間も決めてないっての。まあ、その、なんだ……リタイアせずここまで来たぞ、メル」

バトルラリーラストチェックポイント、始まりの森。この場所にて待っていたのは、俺の妻であるメルであった。セラが隠す必要のないくらい明白だったけど、最後の相手としてメルほど相応《ふさわ》しい者はいないだろう。

「当然です。最後まで成し遂げて頂きませんと、皆が準備した甲斐《かい》がないというものです」

きゅるる～。と、お向かいのどこからか音が鳴った。たぶん気のせいだ。

「いつもの事ながら、ホント手厳しいのな。でも、お前が最後の相手で嬉《うれ》しいよ」

ぐぅううぅ～～～。と、俺の腹部付近から音が鳴った。だから気のせいだって。空気読んで。

「あ、あの、パパとママ？　お話の途中で申し訳ありませんが、まずは弁当を頂きませんか？　お腹の音を何とかしないと、大事な会話が耳に入ってこないです……」

よくよく耳を澄ませば、クロメルの方からも可愛《かわい》らしい空腹音が鳴っている。そして顔は真っ赤だ。

「そうだな！　空気改善の為《ため》にも早急に頂こう！」

「ですね！　実は先ほどから私も、そのランチバスケットが気になって気になって！　正直よだれが危ないところでしたっ！」

　一時休戦、レッツランチタイム。ランチな時間じゃないって？　俺達はまだ食べてないから良いんだよ。エフィルから渡された弁当箱を開け、３人で楽しく頂く。これまでのチェックポイントで起こった出来事をメルに教えたり、おかずの１つがクロメルが早起きして作ったものだと知って驚いたり。うん、平和なのもたまには良いもんだ。

「ふー……やはりエフィルの料理はこの上なく絶品ですね。もちろん、クロメルの料理も。満足です」

「私もお腹いっぱいです。あ、ちょっと眠くなってきました……」

「では、このままお昼寝でも――って、待ってください、空気を戻しましょう。一応、私は真面目にやるつもりだったんです」

「奇遇だな、俺もだ。この緩い空気を壊していいものかって、すげぇ悩んでた」

「うみゅ……ハッ！　も、もう少し頑張れます！　さ、パパママ、続きをどうぞ！」

　クロメルを近くにあった倒木に座らせ、森に到着した際の立ち位置に戻る俺とメル。お腹の問題は改善され、意欲も十分。正直ちょっと眠気はあるけれど、そこは気合いでカバーである。始まってしまえば勝手に覚めるものだしな。

「最後の戦いは純粋に1対1の勝負といきましょう。頭数のハンデはなく、いつもの模擬戦でやっているルールです。ですが神でなくなった私は、以前とはまたひと味違いますよ？」

「ふー、そうやってお前は俺を喜ばせるんだから……そいつは楽しみだ。が、さっき話した通り、今の俺は連戦を重ねてトップギアに入ってる。久方振りの手合わせだからって、腕が鈍ってたら一発だぞ？」

「ご心配なく。それに娘の前で残念な戦いはできませんよ。むしろ、あなた様の方が心配です。どの戦いも決して楽なものではなかった筈。連戦による疲労で今になって力を出し切れなくなってしまった、なんて事にならないよう祈っていますよ」

「祈るより折る方が得意だろ、お前。メルの事を一番よく知ってる俺が、直《じか》に死ぬほど体験したんだから間違いない。こう、綺麗《きれい》に折ってくれるからな」

「それを言うのならあなた様だって、魔法や武術を使うよりもポエムを呟《つぶや》く方がよっぽど凶器です。正妻たる私がそう感じたのだから、間違いないです。時折ですが、とても心に響きますもの」

「「……（チラッ）」」

不意にクロメルへと視線をやる俺とメル。クロメルは暫《しばら》く何かを考える仕草をした後、そんな俺達《たち》にカッと目を見開いて見せた。実際はぱあって感じだけど、カッである。

「……ドローです！　パパとママ、どちらの言い分も尤《もっと》もだと思います！」

「クッ、引き分けか……！　やるじゃないか、メル！」

「あなた様も何ら衰えていないようですね。前言撤回、不安は解消しましたよ……！」

挨拶代わりの舌戦はドローに終わった。だが、本当の戦いはこれからだ。……ん？　あ、ああー！　そうか、なるほど！　よく考えてるな、あいつら！っと、そうと分かれば、戦う前にっと。

「クロメル、俺達の戦いをよく見ていてくれよ。これまで通り、よ～くな？」

「……？　はい、もちろんです。ひと時も見逃しませんよ、パパ」

「それなら安心だ。待たせたな、メル。良い勝負をしよう」

「ええ、私とあなた様とでしか描けない、私達だけの勝負をしましょう」

メルの前に立って、1つ分かった事がある。このバトルラリーは俺の為に皆が準備してくれた、とても素晴らしいプレゼントだった。でもさ、それと同時にこの催しは、クロメルの為に開催したものでもあるんじゃないかな？　もっと言えば、記憶を失う以前のクロメルの為に。

チェックポイントによってルールは違えど、俺が本気でやり合っていたのはどこも同じだった。クロメルは俺と一緒に大陸中を廻《まわ》り巡って、そんな全国の強者達との勝負を目に焼き付けている。それはつまり、俺がこの世界を心から堪能している姿を見る事にも繋《つな》がると思うんだ。

一度世界に絶望したクロメルは、俺の転生と世界の再構成を軸に永劫《えいごう》の神となろうとした。転生を繰り返す事で飽きる事なく俺の生を全うさせ、クロメルが女神として君臨する箱庭の上で、新たな物語を紡がせる為に。だがこのバトルラリーは、そんな絶望したクロメルに対しての反論でもあったんだ。この世界のどこに俺を飽きさせる暇がある！　そんな大層な事をしなくたって、行き止まりなんてものはない！ってな。俺が知る限りの実力者だけでもこれなんだ。時間を掛けて探せば、まだ見ぬ強敵達だってきっといる。そうやって娘であるクロメルを通して反論して、絶望したあいつを安心させてやりたかったんだ。

……バトルラリーを企画した運営、その中心は恐らく家族達だろう。ったく。俺とクロメルの為に、本当に粋な事をしてくれるよ。

「そうだ。さっきの舌戦で言い忘れていた事があったんだ」

「？」

最後に1つ、どうしてもこれだけは今言っておきたい。そう怪訝《けげん》な顔をするなよ。ああ、安心しろ。これが本当に最後だ。俺だって早く戦いたい気持ちを抑えているんだ。もう少しだけ付き合ってくれ。

「今になって何です？　戦いの最中で何を言おうと、動揺する私ではありませんよ？」

「いや、大した事じゃないんだけどさ……この勝負で俺が勝ったら、お前に改めてプロポーズするよ。過去最高に格好良く、メルに求婚する。よろしくなっ！」

「は？……へ？……な、なあっ!?」

「さあクロメル、最後の合図をしてくれっ！　準備オッケー、いつでもいけるっ！」

「はーい。それではいきますよー？」

「ちょ、タ、タイム、タイムです！　それは狡《ずる》いっ！」

始まりの森の中で奏でられるのは、楽し気で賑《にぎ》やかな響きだった。それが笑い声によるものなのか、はたまた剣戟《けんげき》や魔法によるものなのか、真実を知るのは俺達だけだ。

■ケルヴィン・セルシウス Kelvin Celsius

■23歳／男／魔人／召喚士
■レベル：217
■称号：死神
■ＨＰ：10512/10512（+7008）
■ＭＰ：35169/35169（+23446）
クロト召喚時：-1500
ジェラール召喚時：-1000
セラ召喚時：-1000
メルフィーナ召喚時：-20000
アレックス召喚時：-1000
ダハク召喚時：-1200
ボガ召喚時：-1200
ムドファラク召喚時：-1200
クロメル召喚時：-200
■筋力：2030（+640）
■耐久：1702（+640）
■敏捷：3471（+640）
■魔力：5169（+640）
■幸運：4147（+640）

■装備
黒杖ディザスター（S級）　愚聖剣クライヴ（S級）
黒剣アクラマ（S級）　悪食の籠手《スキルイーター》（S級）
智慧の抱擁《アスタロトブレス》（S級）　ブラッドペンダント（S級）
女神の指輪（S級）　神獣の黒革ブーツ（S級）

■スキル
魔力超過（固有スキル）　並列思考（固有スキル）　剣術（S級）
格闘術（S級）　鎌術（S級）　召喚術（S級）空き：1　緑魔法（S級）
白魔法（S級）　鑑定眼（S級）　飛行（S級）　気配察知（S級）
危険察知（S級）　魔力察知（S級）　隠蔽察知（S級）　集中（S級）
心眼（S級）　隠蔽（S級）　偽装（S級）　胆力（S級）　軍団指揮（S級）
自然治癒（S級）　鍛冶（S級）　屈強（S級）　精力（S級）　剛力（S級）
鉄壁（S級）　鋭敏（S級）　強魔（S級）　豪運（S級）
経験値倍化　成長率倍化　スキルポイント倍化　経験値共有化
■補助効果
転生神の加護　土竜王の加護　光竜王の加護　風竜王の加護
悪食の籠手《スキルイーター》（右手）/大食い（S級）
悪食の籠手《スキルイーター》（左手）/亜神操意（固有スキル）
隠蔽（S級）　偽装（S級）

■エフィル Efil

■16歳／女／ハイエルフ／武装メイド
■レベル：217
■称号：爆撃姫
■ＨＰ：2076/2076
■MP：21510/21510（+14340）

■筋力：989
■耐久：962
■敏捷：6287（+640）
■魔力：4677（+640）
■幸運：2354（+1899）

■装備
火神の魔弓《ペナンブラ》（S級）　隠弓マーシレス（S級）
戦闘用メイド服Ｖ（S級）
戦闘用メイドカチューシャＶ（S級）
輝く魔力宝石の髪留め（A級）
祝福されし従属の首輪（A級）
女神の指輪（S級）　火竜の革ブーツ（S級）

■スキル
蒼炎（固有スキル）　悲運脱却（固有スキル）
弓術（S級）　格闘術（S級）　赤魔法（S級）
千里眼（S級）　要望察知（S級）　集中（S級）
隠密（S級）　天歩（S級）　教示（S級）
奉仕術（S級）　魔力吸着（S級）　魔力温存（S級）
按摩（S級）　調理（S級）　目利き（S級）
裁縫（S級）　清掃（S級）　精力（S級）
鋭敏（S級）　強魔（S級）　成長率倍化
スキルポイント倍化
■補助効果
火竜王の加護　隠蔽（S級）

■クロト Clotho

■0歳／性別なし／ディユ・マーレ
■レベル：217
■称号：常闇
■ＨＰ：8758/8758（+100）
■ＭＰ：9527/9527（+100）

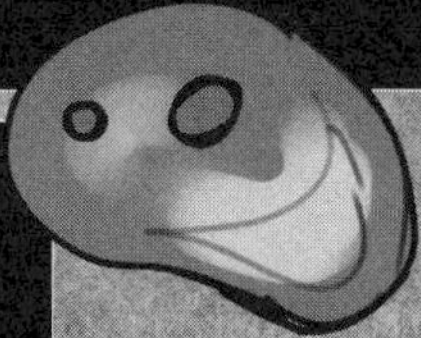

■筋力：7555（+100）
■耐久：6879（+100）
■敏捷：6570（+100）
■魔力：6036（+100）
■幸運：5711（+100）

■装備
なし

■スキル
暴食（固有スキル）
絶対不変（固有スキル）
装甲（S級）　自然治癒（S級）
金属化（S級）　吸収（S級）　柔軟（S級）
分裂（S級）　解体（S級）　保管（S級）
大食い（S級）　消化（S級）
打撃無効　全属性耐性
■補助効果
召喚術/魔力供給（S級）
隠蔽（S級）

■ジェラール Gerard

■138歳／男／冥帝騎士王／暗黒騎士
■レベル：217
■称号：剣翁
■ＨＰ：25696/25696（+17064）（+100）
■ＭＰ：875/875（+100）

■筋力：5194（+640）（+100）
■耐久：5547（+640）（+100）
■敏捷：1517（+640）（+100）
■魔力：645（+100）
■幸運：1216（+100）

■装備
魔剣ダーインスレイヴ（S級）　銃剣ハヴォック（S級）
大戦艦黒鏡盾《ドレッドノートリグレス》（S級）　火竜王の竜鱗外装《クリムゾンロカリア》（S級）
女神の指輪（S級）

■スキル
栄光を我が手に（固有スキル）　自己超越（固有スキル）
剣術（S級）　気配察知（S級）　危険察知（S級）　心眼（S級）
装甲（S級）　騎乗（S級）　軍団指揮（S級）　軍略（S級）
教示（S級）　釣り（S級）　自然治癒（S級）　酒豪（S級）
剛健（S級）　屈強（S級）　剛力（S級）　鉄壁（S級）
鋭敏（S級）　実体化　闇属性半減　斬撃半減
■補助効果
自己超越/魔剣ダーインスレイヴ++
自己超越/大戦艦黒鏡盾《ドレッドノートリグレス》++
自己超越/火竜王の竜鱗外装《クリムゾンロカリア》++
自己超越/女神の指輪++
召喚術/魔力供給（S級）　隠蔽（S級）

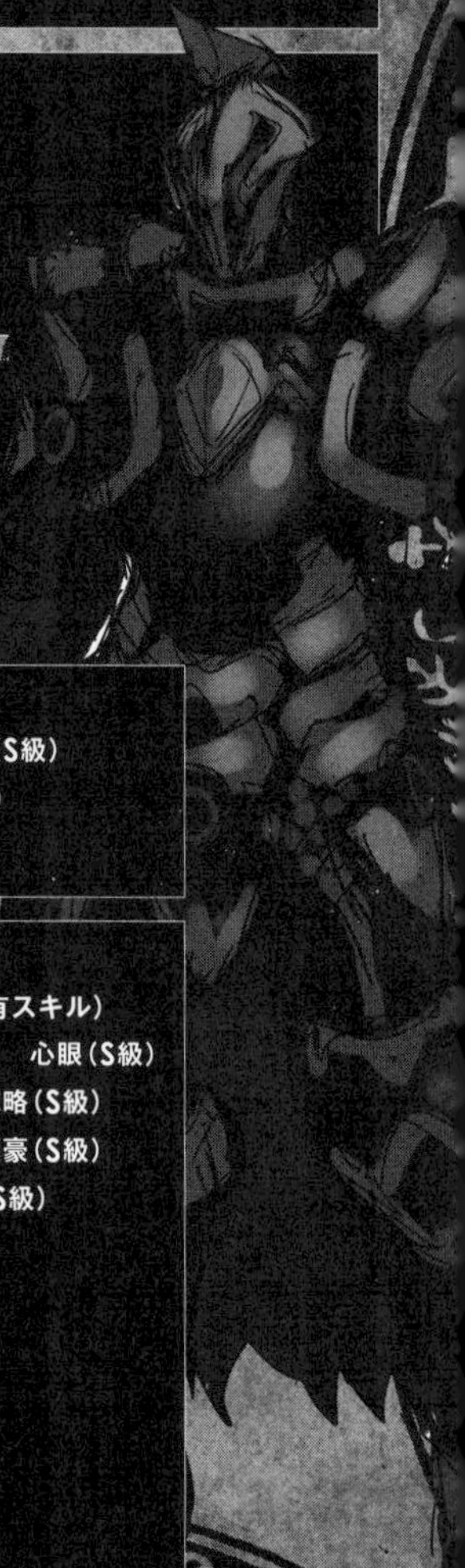

■セラ Sera

■21歳／女／悪魔の紅血王《デーモンブラッドロード》／呪拳士

■レベル：217

■称号：女帝

■ＨＰ：17899/17899（+11866）（+100）

■ＭＰ：18627/18627（+12218）（+100）

■筋力：3609（+640）（+100）

■耐久：3008（+640）（+100）

■敏捷：3533（+640）（+100）

■魔力：4067（+640）（+100）

■幸運：3891（+640）（+100）

■装備

黒金の魔人《アロンダイト》（S級）　狂女帝《クイーンズテラー》（S級）

偽装の髪留め（A級）　女神の指輪（S級）

魔王の残滓《モーンブレイド》（S級）

■スキル

血染（固有スキル）　血操術（固有スキル）

格闘術（S級）　黒魔法（S級）　飛行（S級）

気配察知（S級）　危険察知（S級）

魔力察知（S級）　隠蔽察知（S級）

奉仕術（S級）　連携（S級）　舞踏（S級）

演奏（S級）　釣り（S級）　自然治癒（S級）

屈強（S級）　精力（S級）　剛力（S級）

鉄壁（S級）　鋭敏（S級）　強魔（S級）

豪運（S級）

■補助効果

魔王の加護　闇竜王の加護

召喚術/魔力供給（S級）　隠蔽（S級）

■メルフィーナ Melfina

■1277歳／女／蒼聖の大天使《ガブリエル》／戦乙女

■レベル：238

■称号：微笑

■ＨＰ：20131/20131（+13354）（+100）

■ＭＰ：22276/22276（+14784）（+100）

■筋力：3925（+640）（+100）

■耐久：4328（+640）（+100）

■敏捷：3444（+640）（+100）

■魔力：4401（+640）（+100）

■幸運：3131（+640）（+100）

■装備

銀翼の熾天使《ゼラフ》（S級）　聖女の抱擁《セイントブレス》（S級）

シルバーハイロゥ（S級）　大天使の指輪（S級）

婚約指輪（B級）　強化スターグリーブ（S級）

■スキル

美食（固有スキル）　自食（固有スキル）

槍術（S級）　青魔法（S級）　白魔法（S級）

飛行（S級）　心眼（S級）　胆力（S級）

奉仕術（S級）　魔力温存（S級）　装飾細工（S級）

錬金術（S級）　目利き（S級）　大食い（S級）

鉄の胃（S級）　消化（S級）　味覚（S級）

嗅覚（S級）　屈強（S級）　精力（S級）　剛力（S級）

鉄壁（S級）　鋭敏（S級）　強魔（S級）　豪運（S級）

■補助効果

召喚術/魔力供給（S級）

隠蔽（S級）

■リオン・セルシウス Lion Celsius

■14歳／女／聖人／剣聖
■レベル：216
■称号：黒流星
■ＨＰ：8652/8652（+5768）
■ＭＰ：5423/5423

■筋力：2899
■耐久：1370（+640）
■敏捷：5510（+640）
■魔力：4119（+640）
■幸運：3030

■装備
魔剣カラドボルグ（S級）　偽聖剣ウィル（A級）
劇剣リーサル（S級）　黒剣アクラマ（S級）×2
黒衣リセス（S級）　女神の指輪（S級）
神獣の黒革ブーツ（S級）

■スキル
斬撃痕（固有スキル）　絶対浄化（固有スキル）
剣術（S級）　格闘術（S級）　二刀流（S級）
軽業（S級）　天歩（S級）　赤魔法（S級）
気配察知（S級）　危険察知（S級）　心眼（S級）
隠密（S級）　隠蔽（S級）　偽装（S級）　絵画（S級）
胆力（S級）　謀略（S級）　感性（S級）　交友（S級）
剛健（S級）　屈強（S級）　鉄壁（S級）　鋭敏（S級）
強魔（S級）　成長率倍化　スキルポイント倍化
■補助効果
雷竜王の加護　隠蔽（S級）　偽装（S級）

■アレックス Alex

■3歳／雄／最深淵の黒狼王《ヴァナルガンド》
■レベル：216
■称号：陽炎
■HP：22288/22288（+14792）（+100）
■MP：2514/2514（+100）

■筋力：4725（+640）（+100）
■耐久：4010（+640）（+100）
■敏捷：4473（+640）（+100）
■魔力：2192（+100）
■幸運：1932（+100）

■装備
魔剣カラドボルグ（S級）
偽聖剣ウィル（A級）
劇剣リーサル（S級）
黒剣アクラマ（S級）×2
女神の首輪（S級）

■スキル
影移動（固有スキル）
這い寄るもの（固有スキル）
模擬取るもの（固有スキル）
剣術（S級）　軽業（S級）　隠密（S級）
天歩（S級）　黒魔法（S級）　隠蔽察知（S級）
心眼（S級）　交友（S級）　鉄爪牙（S級）
聴覚（S級）　嗅覚（S級）　屈強（S級）
剛力（S級）　鉄壁（S級）　鋭敏（S級）
■補助効果
召喚術/魔力供給（S級）　隠蔽（S級）

■ダハク Dahak

■162歳／雄／漆黒竜（土竜王）／農夫
■レベル：216
■称号：蔬菜帝《そさいてい》
■ＨＰ：21529（+14286）（+100）
■MP：4801（+100）

■筋力：4273（+100）
■耐久：3990（+100）
■敏捷：2359（+100）
■魔力：2951（+100）
■幸運：1468（+640）（+100）

■装備
大地の鍬（S級）（人型）
大地の作業服（S級）（人型）
大地の長靴（S級）（人型）
大地の手拭い（S級）（人型）
竜の鞍（S級）（竜型）
女神の首輪（S級）（竜型）

■スキル
生命の芽生（固有スキル）
黒土滋養鱗（固有スキル）
緑魔法（S級）　黒魔法（E級）
息吹《ブレス》（S級）　飛行（S級）　胆力（S級）
奉仕術（S級）　農業（S級）　園芸（S級）
建築（S級）　話術（S級）　屈強（S級）
豪運（S級）
■補助効果
闇竜王の加護　召喚術/魔力供給（S級）
隠蔽（S級）

■ボガ Boga

■103歳／雄／黒岩竜（火竜王）／護衛
■レベル：216
■称号：翔山嶽
■ＨＰ：36085/36085（+23990）（+100）
■ＭＰ：411/411（+100）

■筋力：5673（+640）（+100）
■耐久：5628（+640）（+100）
■敏捷：845（+100）
■魔力：491（+100）
■幸運：1128（+100）

■装備
強化アダマンタンク（S級）（人型）
強化アダマングリーブ（S級）（人型）
竜王の鞍（S級）（竜型）
女神の首輪（S級）（竜型）

■スキル
火山体質（固有スキル）
膨張拡大（固有スキル）
息吹《ブレス》（S級）　装甲（S級）
飛行（S級）　土潜（S級）
大声（S級）　農業（S級）
自然治癒（S級）　屈強（S級）
剛力（S級）　鉄壁（S級）
斬撃半減
■補助効果
召喚術/魔力供給（S級）
隠蔽（S級）

■ムドファラク Mdfarak

■63歳／雌／三つ首竜（光竜王）／銃士
■レベル：216
■称号：狙撃姫
■ＨＰ：8024/8024（+100）
■MP：15742/15742（+10428）（+100）

■筋力：1876（+100）
■耐久：1613（+100）
■敏捷：4410（+100）
■魔力：4840（+640）（+100）
■幸運：3448（+100）

■装備
エレメンタルクローク（S級）（人型）
イニシャル入り革ブーツ（A級）（人型）
携帯用無限菓子袋（A級）（人型）
竜王の鞍（S級）（竜型）
女神の首輪（S級）（竜型）

■スキル
多属性体質（固有スキル）
圧縮噴出（固有スキル）　光輪の鐘（固有スキル）
息吹《ブレス》（S級）　千里眼（S級）　飛行（S級）
気配察知（S級）　魔力察知（S級）　集中（S級）
速読（S級）　魔力吸着（S級）　魔力温存（S級）
農業（S級）　味覚（S級）　嗅覚（S級）
精力（S級）　強魔（S級）
■補助効果
召喚術/魔力供給（S級）　隠蔽（S級）

■アンジェ Ange

■18歳／女／超人／刺客
■レベル：218
■称号：首狩猫
■ＨＰ：5048/5048
■ＭＰ：2856/2856

■筋力：3455（+640）
■耐久：2051
■敏捷：9646（+640）
■魔力：1552
■幸運：340

■装備
凶剣カーネイジ（S級）
起爆符付スローイングナイフ改（S級）×?
起爆符付縛鎖剣改（S級）×?
メル印閃光弾（S級）×?
地獄毒のクナイ（S級）×?
影　重《シャドウシェイド》（S級）
猫耳フード付き夜陰《グルーム》（S級）
従属の首輪Ⅳ（A級）
女神の指輪（S級）
仕込み猛毒ナイフ付黒革ブーツ（S級）

■スキル
遮断不可（固有スキル）　凶手の一撃（固有スキル）
剣術（S級）　格闘術（S級）　投擲（S級）
黒魔法（S級）　鑑定眼（S級）　気配察知（S級）
危険察知（S級）　魔力察知（S級）　隠蔽察知（S級）
隠密（S級）　隠蔽（S級）　偽装（S級）　天歩（S級）
謀略（S級）　交友（S級）　演技（S級）　話術（B級）
暗器製作（S級）　剛力（S級）　鋭敏（S級）
成長率倍化　スキルポイント倍化
■補助効果
隠蔽（S級）　偽装（S級）

■シュトラ・トライセン Shtola Trycen

■18歳／女／賢人／人形使い
■レベル：215
■称号：人形姫
■ＨＰ：1226/1226
■ＭＰ：12087/12087（+8058）

■筋力：463
■耐久：1125（+640）
■敏捷：1506
■魔力：4719（+640）
■幸運：3024

■装備
女神の魔糸（S級）　モニカ（S級）
ゲオルギウス（S級）
ロイヤルガード（S級）×10
ガード（A級）×25
フェアリードレスⅡ（S級）
偽装の髪留めⅡ（S級）
女神の指輪（S級）
精霊王の靴（S級）

■スキル
完全記憶（固有スキル）　報復説伏（固有スキル）　操糸術（S級）
青魔法（S級）　危険察知（S級）　隠密（S級）　胆力（S級）　軍団指揮（S級）
軍略（S級）　謀略（S級）　魔力吸着（S級）　魔力温存（S級）　交友（S級）
交渉（S級）　演技（S級）　話術（S級）　剛健（S級）　精力（S級）
鉄壁（S級）　強魔（S級）　成長率倍化　スキルポイント倍化
■補助効果
隠蔽（S級）

■クロメル Kuromel

■8歳／女／堕天使／神の子
■レベル：72
■称号：死神の愛娘
■ＨＰ：780/780（+100）
■ＭＰ：1083/1083（+100）

■筋力：591（+100）
■耐久：234（+100）
■敏捷：347（+100）
■魔力：624（+100）
■幸運：415（+100）

■装備
聖衣アグノスパスマ（S級）
シルバーハイロゥミニ（S級）
大天使の指輪（S級）
精霊王の靴（S級）

■スキル
怪物親（固有スキル）　格闘術（S級）
青魔法（B級）　黒魔法（B級）
飛行（C級）　危険察知（S級）
歌唱（C級）　交友（C級）
■補助効果
召喚術/魔力供給（S級）　隠蔽（S級）

あとがき

『黒の召喚士15　戦闘狂の成り上がり』をご購入くださり、誠にありがとうございます。色々あって忙しい日々の迷井《まよい》豆腐《どうふ》です。WEB小説版から引き続き本書を手にとって頂いた読者の皆様は、いつもご購読ありがとうございます。

『黒の召喚士』も本書で遂《つい》に15巻、そして第一部完結となりました。一応の区切りという事で、サブタイトルもWEB小説版と同じものを、ここで持って来た形となります。カバーイラストも1巻を想起させる形でとお願いしまして、漸《ようや》くケルヴィンがカバー一番前に出て来て……いやあ、諸々《もろもろ》感慨深いですよ。1巻から15巻まで、こう、床に並べてみるんですよ。腕を組みながら、それを眺めるんですよ。感慨深いんですよ！　更に海外翻訳版も一緒に並べるんですよ！　しゅごく良いんですよ……！　まあ、兎《と》も角《かく》あれです。イラストレーターのダイエクスト様もカバーコメントで仰《おっしゃ》っていました。ケルヴィン、カバーのトップ飾れて良かったね！

　さて、ケルヴィンのお祝いもした事ですし、ここからは何を書くべきでしょうか。もうあとがきも数え切れないほど書いて来た身ではありますが、未《いま》だに何を書けば良いのか全く分かりません。これぱかりは学びようがない。というか、今回あとがき3ページもあるんですよね、何てこった、絶望。

……某ウマゲームの話でもします？　いや、確か前回もしたしな。ウマ、馬といえばウチの担当さん、今年に入ってから結構競馬場に行っているみたいです。いやあ、馬は可愛《かわい》いですからね。これは仕方ない。コロナが収束したら、中山や東京を案内してほしいものです。あ、乗馬とかもしてみたい。一方、別の担当さんは猫に夢中。ツイッター、猫まみれです。猫も可愛いですもんね、これも仕方ない仕方ない。収束したら、是非とも愛猫のましろちゃんを紹介してほしいものです。ちゅ～るとかもあげてみたい。というか、猫カフェ行きたい。埋もれて深呼吸したい。

とまあ、色々と錯乱気味ではありますが、作者は何だかんだ元気に日々を送っています。こんな時だからこそ、面白いと思って頂けるような小説を書いていきたいですね。

最後に、本書『黒の召喚士』を製作するにあたって、ケルヴィンの戦いを描き切ってくださったイラストレーターの黒銀様とダイエクスト様、そして校正者様、忘れてはならない読者の皆様に感謝の意を申し上げます。それでは、次巻でもお会いできることを祈りつつ、引き続き『黒の召喚士』をよろしくお願い致します。

……ああ、そうそう。この後にお知らせがあるみたいですよ。

迷井豆腐

予告編 ▼飢える召喚士

春の陽気に包まれた、居心地の良い日が続いている。

このところのパーズは平和も平和で、突発的に凶悪モンスターが出現する事もなく、いつぞやの天使型モンスターが舞い降りて来る事もない。魔王や黒女神の影響は凄《すさ》まじかったんだな、なんて今更に身に染みて実感するほどだ。いやー、平和って良いよね。マジで平穏が一番ですわー。

「駄目だ、ピースが過ぎる……」

私室の窓より頰杖《ほおづえ》をつきながら外を眺めていると、自然とそんな言葉がこぼれてしまった。全くの無意識である。やる気のない俺の台詞《せりふ》を嫌ってなのか、近くの木の枝に留まっていた小鳥がパタパタと飛び去って行った。いや、別に平和を脅かそうとか、そんな意味で言ったんじゃないからね？

ついひと月前、俺はバトルラリーを思う存分に堪能しながら大陸中を駆け巡った。あれほど楽しいひと時はクロメルとの決戦以来で、今でも目を瞑《つぶ》れば、その時の光景が瞼《まぶた》の裏で鮮明に甦《よみがえ》る。

しかし、それも1ヶ月も前の事。それからは結婚を控えての諸々《もろもろ》の挨拶回り、歓迎の酒盛り、お立ち台阻止、新たな女神関連の行事に参加するなど、諸々がバトルとは程遠い生活を送っていた。このままではいくら理性的な戦闘狂だって、ストレスで悶《もだ》えてしまうというもの。せめて仲間達《たち》との模擬戦でも挟み、欲求を解消したいところだ。

「あ、でも義父《とう》さんとの殴り合いは良かったかも」

「何のお話ですか、ご主人様？」

俺のふとした呟《つぶや》きにエフィルが反応。聞かれてしまったかと頬をかきながらも、エフィルなら正直に打ち明けても大丈夫だよな、などと思ったり。

「いやさ、このところ本腰を入れて手合わせしたり、思いっ切り体を動かしてモンスターを倒したりする事がなかっただろ？　それで、ちょっとだけバトル分が不足しているというか……」

「最近は皆さんも予定尽《ず》くめで、なかなか時間に余裕がありませんでしたものね。でしたらご主人様、今からでも地下修練場に向かいませんか？　不肖ながらこのエフィル、ご主人様のお相手をさせて頂きます」

エフィルは胸に手を当て、さあさあ！　とやる気に満ちた様子だ。そのやる気は大変嬉《うれ》しい。嬉しいが――

「そうやって俺を喜ばせようとしたって駄目だぞ。仕事をするのはまだ良いけど、戦闘行為は絶対に禁止だってこの前に決めただろ？　本当ならメイドの仕事だって、少しずつ減らしていかないといけないくらいだ」

「そ、そんなぁ……」

「ぐっ……！　な、涙ぐんだって駄目なもんは駄目なんだ」

以前の俺ならば、エフィルの誘いに意気揚々と乗っていた事だろう。しかし今は、そうしてはならない理由が、絶対に許されない理由がある！　手合わせしようぜ！　なんて叫びたい気持ちを泣く泣く押さえ付け、俺は己に打ち克《か》つのであった。

「新しい命が宿ってから、もうそろそろでひと月だ。エフィル、俺や皆の気持ちを分かってくれ」

「も、申し訳ありません。頭では分かってはいるのですが、つい……」

そう、めでたい事にエフィルは、俺の子を身ごもったのだ。バトルラリー後、自身の管理も万全なエフィルにしては珍しく、体調を崩して熱を出したり吐き気に襲われたりと、そんな日々が暫《しばら》く続いていた。俺が回復魔法を施しても症状は変わらず、流石《さすが》にこれはおかしいと心配する俺とジェラール、そして餌付けされた偉大なる竜王達。急いで医者に、いや、コレットに見せるべきだと家族内で騒ぎが広がる中、副メイド長であるエリィが待ったをかけて、こう宣言。

『おめでとうございます、ご主人様。ご懐妊ですよ』

『おめでた～♪』

リュカが追撃の宣言を投げ掛けてくれるも、この時の俺はその言葉を瞬時に理解する事ができなかった。思わぬタイミングで仮ひ孫ができてしまったジェラールと顔を合わせ、またエリィを見てマジかと再確認。力強く頷《うなず》かれる。そうしてからやっと顔を赤らめているエフィルへと振り向き、よくやったと声を掛けるに至った訳だ。男とは、肝心な時に頼りないものよ。

『正妻的に、私が一番乗りだと思っていましたのに……』

『メルはクロメルがいるから、ある意味で一番乗りしてるじゃないの。ま、私は順番なんて気にしないわ！　こういう時は女の器の大きさを示すべきだって、ゴルディアーナが言ってたもの！』

『セラお姉ちゃん、後半の台詞は心の中にしまっておくべきだと思うわ』

『くぅ～……！　回数か、やっぱり回数なのかっ!?　悔しいけどおめでとう、エフィルちゃん！』

『エフィルねえ、お腹《なか》触ってみても良い？　え、まだ動かないの？』

『わあ、早くも妹ができるんですね。パパ、ナイスです』

尤《もっと》も、この時に動揺していたのは何も俺やジェラールに限った事ではなかった。誰が何と言ったのか、そこまで話す気はないが、まあ女性陣も結構なもんだったよ。けど最終的にはまあエフィルなら順当だよね、といった感じで意見がまとまったらしい。

それ以降も家族内で色々な意味で騒ぎになったものだが、話し合いの末、エフィルが戦闘に参加するのを全員一致で禁止にする事に。たまにこうして誘惑される事もあるが、俺は鋼の意志で注意を促すに徹している。

一方でメイドの仕事だけはエフィルが頑《かたく》なに譲ろうとしなかった為《ため》、妊娠初期である今は無理をしない範囲で行う事を許可。エリィ達にこっそりとフォローをお願いしたり、陰ながら仕事量を減らさせる努力はしたりしているけどな。

「エフィルは俺の理解者筆頭だ。謝らなくたって、俺の事を想《おも》っての事だって分かってるよ。それで、調子はどんなもんだ？　味の好みが変わって、料理するのに苦戦していたみたいだけど？」

「あ、はい。リュカに味見をお願いして、何とか調整しています。工程と分量さえきっちり仕上げれば、ほぼほぼ完璧にできあがりますし」

「そっか。でも本当に無理はしないでくれよ。少しでもやばいと思ったりお腹が膨らみ始めたりしたら、もう絶対安静だぞ？」

「ええ、重々承知しています。なので、今だけは私の我《わ》が儘《まま》にお付き合いください」

ニッコリと微笑《ほほえ》むエフィル。

そんな顔をされては、もう俺からは何も言えなくなってしまうではないか。存分に奉仕されてしまうではないか。俺の鋼の意志はいつまで持つだろうか？

「……ん？」

何だか良い雰囲気になっている最中、部屋の外からドタドタという焦ったような足音が聞こえてきた。耳を澄ませば、その足音がこの部屋へと近づいているのが分かる。何だ何だ、緊急時でなければ廊下は走るなと家訓で決めてるってのに。セラもしくはリュカ、大穴でダハクかフーバーかな？　全く、いっちょ注意してやるか。

――バタァーン！

勢いよく開かれる扉。おいおい、扉をそんな風に開けるもんじゃありません。お行儀がなってないぞ、なんて咎《とが》めようとしたら、開かれた扉の先にいたのは意外にもリオンだった。リオンらしからぬ行動に驚いてしまい、なかなか第一声が出て来ない。そうこうしているうちに、リオンは1枚の紙を俺達に向かって突き出して来た。

「ケールにいぃ――――！　ルミエストからの合格通知書、今届いたよぉ――――！」

「マジかぁ――――!?　リィオ――――ンようやったぁ――――！」

これまでの行動を、俺は秒で許した。そして胸に飛び込むリオンを当然の如《ごと》くキャッチし、暫くその場でクルクル回って祝福。何がどうしたと話す事は山積みなんだろうが、今はこの触れ合いが最優先なのである。

◇　◇　◇

学園都市ルミエスト。

西大陸に位置する世界有数の学び舎《まなや》とされ、各地から王族貴族が集う名門中の名門。入学する為の条件は大変厳しいらしく、中にはロイヤルファミリーなのにその条件を満たせず、入学を断られた者も過去にはいたそうだ。地位と才能、或《あ》いはそれらを補う何かがないと、とてもではないがルミエストに入り込む余地はない。その分、入学してからの指導は超一流。武術や魔法に止《とど》まらず、あらゆる分野の勉学を最高の環境下で行う事ができるのだ。

ルミエストについての説明は、まあこんなところだろうか。では、そもそもなぜリオンがルミエストからの合格通知書を持って来たのか、その経緯について話そうと思う。時は遡り、俺がバトルラリーを終えて数日が経過した辺りへ。ここ最近の行動と同様に、その時の俺は既に戦いを謳歌《おうか》する暇がなく、結婚などの準備を進めているところだった。

屋敷に戻り、少し休憩。慣れない疲れを少しでも緩和する為に、バルコニーに置いたデッキチェアへと身を沈め、ぐったりする俺。戦いならいくら明け暮れても疲れを感じないのに、贔屓《ひいき》する事なく平等に用意を整える行為は、何と難易度の高い事か。まあ兎《と》も角《かく》、俺は心底ぐったりしていた。

「えっと、ケルにい。今、ちょっといいかな？」

「……リオン？　リオンかっ!?」

　戦闘行為を抜かすと、俺の精神的な回復ポイントは実に少ない。しかしそんな数少ないポイント、妹成分を補給する絶好のタイミングが、向こうからやって来た。当然、俺はすぐに飛び起きる。兄として至極真っ当な反応だろう。

「あはは、ケルにい凄《すご》い反応速度だね。バトルラリーの時よりも速いんじゃない？」

「兄として、今の俺が秘める最高速度を叩《たた》き出すのは当然だろ？　それで、どうしたんだ？　兄妹水入らずで駄弁《だべ》るなら、俺は大歓迎だぞ。その間の回復速度も倍々だ」

「もちろんオッケーだよ。でもね、その前に見せておきたいものがあって……これ、なんだけど」

「んん？」

　リオンが何かの冊子を差し出す。もちろん、俺は素直に受け取る。大きく印字された文字を読むと、そこにはルミエストと記されていた。どうやら可愛《かわい》い可愛い我が妹は、学園都市ルミエストの資料を携えながらやって来たようだ。

「これ、シュトラやコレットが卒業したっていう、学園都市の紹介資料じゃないか。何でリオンがこれを？」

「えっと、実はね……僕、そこで学園生活を送ってみたいんだ」

「……」

――バサリ。

ショックの大きさの余り、俺は受け取った資料を床に落としてしまった。え、今何て言った？　学園生活？　リオンを、西大陸のルミエストに通わせるって事か？　屋敷から通わせるのは現実的じゃない。って事は、寮生活？　俺と離れての生活？　そりゃ学園都市って言うくらいだもの、寮くらいはあるだろう。だけどさ、その寮って本当に安全？　未知の勢力からS級魔法をぶっ放されても、ちゃんと耐えられる設計になってんの？　いや、そもそもの話さ、リオンをどこの野良犬とも知れぬ若人共と一緒に生活させるなんて、許される事じゃないからね？　で、俺との距離はやっぱり離れちゃう感じ？

そんな疑問と確認の問答が並列思考内で繰り返し行われ、外見的には停止状態になってしまう俺。しかしリオンはこうなる事も織り込み済みだったようで、俺が再起動するまでしっかりと待っていてくれた。

「――ッハ！　今、俺止まってた⁉」

「うん、ピクリとも動かないで止まっていたね。はい、その間に落とした資料を拾っておいたよ」

「あ、ああ、それはすまなかった……」

「あとね、この資料を見てもらえば分かると思うけど、寮は男女で厳重に分かれているから安心だよ！」

「……ええと、さっき俺、考えていた事が声に出てた？」

「ううん、僕の予想。ケルにいなら、まずはそこを心配するんじゃないかと思って」

「な、なるほど」

俺は兄の事をよく理解してくれていると喜ぶ反面、リオンをルミエストに行かせる事には賛成しかねていた。だってさ、寮は別々だったとしても、学園自体には男の生徒もいるんだろ？　思春期真っ盛りの、飢えた男共がいるんだろ⁉

そう強く抗議したいが、リオンの天使そのものな笑顔を前に実行する事ができない。

……などと俺が躊躇《ためら》っていると、次の瞬間に奴《やつ》は現れた。

「話は聞かせてもらったぞい！　駄目じゃ、駄目じゃよリオン！　寮が男女で分かれていようとも、学院内には飢えた猛獣共が跋扈《ばっこ》しておる！　男は狼《おおかみ》なんじゃ！　ワシはそんな危険な場所に可愛いリオンを送るなんて、到底了承できん！」

わざわざ1階から登って来たのか、ジェラールがバルコニーの手すりに手を掛けながら頭を出し、そう魂の叫びを上げたんだ。たまたま下の庭にいたのか、俺とリオンの会話が聞こえていたらしい。何という地獄耳である事か。だけど、俺が言いたかった台詞《せりふ》をそのまま言ってくれたその所業、今ばかりはグッジョブだ。リオンに見えぬよう、ジェラールに称賛のハンドサインを送っておく。

「確かに、俺もその点は心配だな。それにだ、ルミエストはそう簡単に入学できる場所じゃないんだぞ？　相応の推薦状が必要だったり、場合によっては大金を積んだりしなくちゃならない。周りはお偉いさんの関係者ばかりだろうし——何よりもリオンの事が心配なんだよ、俺達《たち》は」

今が好機だとばかりに、ここで俺も不安要素を叩き込む。心優しいリオンの事だ。大好きな兄と爺《じい》がここまで反対したとなれば、考え直してくれるに違いない。

「そ、そっか。そうだよね。僕、転生する前は病弱だったから、学校にあまり行った事がなくって……少しの間でも良いから、そんな経験がしてみたかったんだ。ケルにいと結婚したら、もうそんな事もできないと思って……でも我が儘言っちゃったよね。ごめんなさい」

「「……（ズキン）」」

やはりリオンは分かってくれた。頭まで下げてくれた。くれたけど、何だこの胸の痛みは？　凄い罪悪感だし、後味悪いし。これが俺達が求めていた結果なのか？　本当にそうなのか？

「お、王よ、ワシの信念がポキリと折れた音がしたんじゃが……」

「奇遇だな、俺もだよ。しかし、しかしだ！　ここで俺まで折れて、リオンの身に何かあってからじゃ遅いんだ！　致命的に遅い！」

俺、何とか堪える。

「なるほどね、話は聞かせてもらったわ！　ここは私に任せなさい！」

「ッ!?」

バルコニーの手すりの向こうより聞こえる新たな声。それが誰のものなのか、恋仲にある俺としては考えるまでもなかった。ジェラール同様、庭の方からこの場所へとよじ登って来たセラは、やけに自信満々な表情で登場。ねえ、何で皆そこから現れるの？　よじ登って登場する手法、君らの中で流行《はや》ってるの？

「セ、セラ、お前まで……いや、まあ良いけどさ。で、どうした？」

「不安に不安を重ねる心配性な2人に、私が妙案を持って来てあげたの！」

「「妙案？」」

「リオンを1人で行かせるから不安になっちゃうのよ。それなら、頼りになる護衛役を一緒に入学させたら良いじゃない！」

「ほ、ほう……？」

セラめ、またとんでもない案を持ち込んで来やがった。

「なるほど、護衛役か。それならワシや王も安心じゃな！」

「でしょう？　ふふん！」

「待て待て、待てったら待て。ジェラール、安心するにはまだ早い。ただでさえ入学条件が厳しいのに、リオンの他にどうやってその護衛役を入学させるんだよ？　人様の子まで入学支援をする余裕は、メルの食費、結婚費用やらの関係で、我が家にはない。そもそも護衛なら、寮でも一緒じゃなきゃ意味がないんだ。男なんて以《もっ》ての外《ほか》。よってリオンと同性、尚且《なおか》つリオンと同等以上の力を持つ奴じゃなきゃ、俺は認めないぞ」

「むう、それは確かにのう。王の言い分も尤《もっと》もじゃわい」

俺はセラを説き伏せるつもりで、諸々《もろもろ》の理屈を織り交ぜた渾身《こんしん》の台詞を言い放った。そいつの力のみで入学ができ、リオンに匹敵する実力者。そんな奴、都合よくいる筈《はず》がないと、そう確信して。……だがしかし、セラの自信満々な表情は崩れていなかった。

「なら問題ないわ。今ケルヴィンが言った条件ね、私の自慢の妹、ベルなら全部クリアできるもの！　それじゃ次に帰省した時、父上とベルにお願いしましょう。２人とも、きっと力強く頷《うなず》いてくれるわ！」

「えっ、ベルちゃん？　ベルちゃんも一緒に入学できるの!?」

「そ、できちゃうの！　私と同じでベルったらお姫様だし、今の安定したグレルバレルカなら、お金の問題も些細《ささい》なもの。何なら、私が獣王祭で稼いだお金を使っても良いし！　フフッ、それに妹と妹で相性も抜群よね～」

話が俺の予想斜め上の方向へと傾き出していた。

新章突入
戦いに飢えた
戦闘狂の
次なる冒険の
舞台は——

西大陸最高学府、ルミエスト学園。

黒の召喚士 ⑯

The Berserker Rises to Greatness.

2022年発売予定！

作品のご感想、
ファンレターをお待ちしています

あて先

〒141-0031
東京都品川区西五反田 8-1-5 五反田光和ビル4階
オーバーラップ文庫編集部
「迷井豆腐」先生係／「ダイエクスト、黒銀（DIGS）」先生係

OVERLAP

黒の召喚士 15
戦闘狂の成り上がり

発　行　2021年8月25日　初版第一刷発行

著　者　迷井豆腐
発行者　永田勝治
発行所　株式会社オーバーラップ
〒141-0031　東京都品川区西五反田8-1-5
校正・DTP　株式会社鷗来堂
印刷・製本　大日本印刷株式会社

Printed in Japan ISBN 978-4-86554-977-5 C0193

オーバーラップ　カスタマーサポート
電話：03-6219-0850／受付時間 10:00～18:00（土日祝日をのぞく）

第9回 オーバーラップ文庫大賞
原稿募集中！
イラスト：KeG
紡げ、魔法のような物語！
【賞金】
大賞…300万円
（3巻刊行確約＋コミカライズ確約）
金賞……100万円
（3巻刊行確約）
銀賞………30万円
（2巻刊行確約）
佳作………10万円
【締め切り】
第1ターン 2021年6月末日
第2ターン 2021年12月末日
各ターンの締め切り後4ヶ月以内に佳作を発表。通期で佳作に選出された作品の中から、「大賞」、「金賞」、「銀賞」を選出します。
投稿はオンラインで！ 結果も評価シートもサイトをチェック！
https://over-lap.co.jp/bunko/award/
〈オーバーラップ文庫大賞オンライン〉
※最新情報および応募詳細については上記サイトをご覧ください。
※紙での応募受付は行っておりません。